女たちのなかで

女たちのなかで

ジョン・マクガハン
東川正彦 訳

国書刊行会

マデリンへ

年をとって身体が弱ってくるとモランは娘たちのことを鬱陶しく思うようになってきた。かつては力に溢れていたこの男は娘たちの中に深く根を下ろしていたので、彼女たちは仕事を持ち、ダブリンやロンドンで結婚し、子どもも生まれていたが、頭の中では生家のグレートメドーから一歩も外に出てはいなかった。そして今、彼女たちは父をそこで消えさせるわけにはいかなかった。

「父さん、もっとしっかりしなくちゃ。そんなんじゃ駄目よ。自分でその気になって頑張らなくちゃ。私たちの力だけで父さんを良くさせることはできないわ」

「構うものか。どのみち誰もわしのことなど気にしてやせん」

「私たちがしてるわ。みんなとても心配しているの」

クリスマスには娘たちが全員グレートメドーに集まった。クリスマスのあとは、ただ一人結婚していないモナがダブリンから毎週末にやってきた。週の中ごろにはシーラが家族を置いてモナと一緒に車を二三時間走らせてやってくることもあった。マギーはロンドンからの航空運賃が高すぎるので定期的には来られなかった。一番下の弟のマイケルはイースターにはロンドンから帰って来ると約束していたが、長男のルークはどうしてもグレートメドーに戻ってこようとはしなかった。三人の娘たちはかつてのモナハンディの活気を蘇らそうと計画した。彼女たちは継母のローズにモナハンディがどんな日なのかを説明した。ローズは今まで家でその話を聞いたことがなかったのだ。

二月の終わりにモヒルで行われる市《いち》がモナハンディだ。毎年その日になるとマッケイドが現れた。彼とモランは戦時中同じ部隊で戦っていた。マッケイドはやって来るといつもウィスキーを一瓶空けてしまった。

「もし私たちがモナハンディの活気を取り戻してあげられれば、きっと元の父さんに戻れる良いきっかけになるわ。父さんにとってモナハンディは特別な日だったんですもの」

「でも家でウィスキーが空けられてしまったのはちっとも嬉しくなかったと思うわ」ローズは娘たちの考えていること全てに懐疑的だった。

「マッケイドさんがウィスキーを飲んだって父さんは一度も嫌な顔をしなかったわ。ウィスキーなしでマッケイドさんを家に呼ぶなんてできないわ」

娘たちが夢中になって計画を立てているのを見てローズは彼女たちの邪魔はできないと思った。モランには何も告げないことになっていた。突然の驚き、一種のびっくりパーティーにしたかったのだ。常識で考えれば理屈に合わない話だが、娘たちはルルドの聖水〔南フランスのルルドの洞窟内に湧き出す聖水は不治の病を癒す奇跡の泉と言われている〕のように、これが次第に衰えている父の気力を好転させるきっかけになるだろうと感じていた。当時から随分時間が経った今になってみると、モナハンディは大規模な、そしてとても神秘的な催しで、何だってできる特別な日だったと思えるのだが、実際はその日になると家中がピリピリとしてどれほど恐ろしい雰囲気だったのかということなど、娘たちはすっかり忘れていた。

マギーはその日の朝ロンドンから飛行機でやってきた。モナとシーラがダブリン空港で彼女と落ち合い、モナの車で三人はグレートメドーに向かったが、急いではいなかった。年月と共に彼女たちの結びつきはより強くなっていた。離れているとお互いの欠点がとても気になるのだが、一緒になればそれぞれの個性が一つに溶け合って親密な気持ちになれるのだった。

ダブリンやロンドンという大海の中では彼女たちはちっぽけな泡のような存在でしかなかったが、一緒になると完璧なグレートメドー帝国の高貴なるモラン一族の娘たちになるのだった。彼女たちはそれぞれがみな、自分や一緒に暮らす家族のこと、すなわち子どもたちや夫、犬や猫、それからベンディックス社の皿洗い機、新しい服や靴、自分たちが買ったものの値段などについてお喋りをした。そうしてそれらが自分のことであるかのように目を輝かせながらお互いの話に耳を傾けるのだった。グレートメドーに関することならどんな小さなことでもみなの気持ちは一つになった。彼女たちは、自分の家の苦労や喜びの話を誰よりも早く口にしたくて相手が話をやめる隙をうかがってジリジリしながらうなずいて、相手の話を聞いている振りをしている女性たちとは全く違っていた。マリンガーを過ぎても彼女たちはまだ一言も喋っていないような気がしていた。ロングフォードのホテルでお茶とサンドイッチで一服した。そしてまさに冬の日が落ち始めた頃、彼女たちは有毒なイチイ〔イチイの果実の種には有毒物質が含まれている〕の枝がかぶさる門に向かった。

彼女たちは急な訪問で父を驚かそうと思っていたが、ローズはモランに娘たちがやってくることを話してしまっていた。

「みなわしが迎えに出ていると思うだろうな」

「そんなことはないわ」彼女は断言した。「でもあの子たちはお父さんの具合がずっと良くなっているはずだと思っているでしょうね」

「なんでこんな風にみなで揃ってやって来ようなどと思ったものかな」

「そういうことになったのよ。さあ、ちゃんとした服に着替えたら」

「誰もわしのことなど気にしてやせん」彼は無意識のうちにそう口にしたが、茶色のスーツに着替えた。彼女たちがやってくると、胸が昂《たか》ぶり頬を赤らめた。

彼女たちは心配しながら持ってきたお土産——お茶、果物、免税店で買ったウィスキー（「誰も飲む人がいなくても家に置いてあると役に立つわ。グラスも必要だったかしら」）、絹のプリントスカーフ、厚手の皮手袋——をすぐに差し出した。

「何だってこんなものを持ってきたんだ」彼は贈り物を受けとるのをいつも嫌っていた。

「クリスマスのとき、手がいつも冷たいってこぼしていたじゃない、父さん」

自分の手がいつも冷たいという話題から注意を逸《そ》らすために、彼は手袋を滑稽なしぐさではめ、そのまま部屋の中を盲人のように手探りで歩き回る振りをした。

「外に出るときにだけすればいいのよ。こんなに素敵なものを貰って頭がおかしくなってしまったんじゃないの」彼が家の中でも手袋をはめるのだという振りをしたので、ローズは笑いながらそれを脱がせた。

「それにしてもお前たちが一団となってやってきた訳がまだ分からんのだが」みなの笑いがやむと彼はそう言った。

「今日が何の日だか忘れたの。モナハンディよ。いつもこの日にはマッケイドさんがモヒルの市の帰りに家に来てたでしょ。みんなで大変な支度をしなくてはならなかったでしょ」

「それがどうしたと言うのだ」彼は贈り物と同じように過去のことをあれこれ蒸し返されるのが嫌いだった。彼は今現在こそが自分の人生であり、過去のことを蒸し返したり、疑いを持つべきでないと強く思っていた。

「モナハンディだったら私たち三人が同時に家を出られるいい理由になると思ったの。で、こうしてみんなここにいるというわけ」

「そんなのは口実にもならんな。マッケイドの奴は戦争のときわしと一緒だったというだけの単なる酒飲みのごろつきだ。哀れなものだよ。モナハンディに一かけらの肉でも恵んでやらなかったら、奴はモヒルで一人ぽっちで飲んだくれているしかなかっただろうからな」

「この子たちがこうしてはるばるお父さんに会いに来たのに、そんな言葉で迎えるなんて」ローズは静かに不平を漏らした。「かわいそうなマッケイドのことはいいわ。もう随分前に亡くなってしまったんだし。主よ、安らかに眠らせたまえ」

「今更誰が何を心配するのだ」

「私たちがよ。父さんのことがとっても気になるの。みんな父さんのことが大好きなのよ」

「神にお前らの正気を戻してもらうんだな。わしのことは放っておいてくれ。お前らの兄貴にもそう手紙を書いた。『わしが今できることなどほとんどない』とな。もっとも、返事を期待して手紙など書くのは止めちまった方が良いのかもしれんがな」

彼は沈黙し、暗い顔つきになり、自動車からはずして暖炉のそばに置かれた椅子に坐り、合わせた両手の親指を廻しながら自分一人の世界に引きこもった。ローズと娘たちは、兄については何も言わない方が良いと素早く目配せを交わした。彼女たちは朗《ほが》らかに忙しく夕食の準備を始め、その間入れ替わりモランの注意をひきつけようとあれこれと世間話をし続けたので、そんな彼女たちの懸命な努力に負け、彼も次第に普段の陽気さを取り戻していった。なんとかみなが揃って夕食の席に着いたとき、当時のマッケイドの話を再び始めたのはモランだった。

「マッケイドは悪い奴じゃなかったが、酒のせいで駄目になった。だが不思議なことに何をやっても終《しま》いには上手く行くという種類の人間だった。牛の商売を始めたときだって初めは何も知らなかったんだ。だがそれで奴は一財産作った。ああいう人間の方がまともな人間よりもいつだって上手くやって行くのだな」

「新聞売りになりすまして駅で列車が来るのを待っていたときがあの人の最高の日だったんでしょ」シーラは何年もの間毎年モナハンデイになるとその話を聞かされていたが、戦争のときの話を持ち出すことをモランが許してくれるのかどうか確信がなかったので恐る恐る尋ねた。戦争が話題に上ると彼は石のように黙りこくってしまうのが常だった。

「あのときも運が良かったのだ。大体奴は何があったって屁の河童だったのだが」

モナは話を続けても大丈夫だと確信し、もう一歩踏み込んだ。「あの人は父さんが部隊の頭脳だったといつも言っていたわ。部隊の行動計画の最後の最後の細かいところまでみな父さんが立てたんだって」

「わしは他の者より長い間学校に通った。モインのラテン学校〔ロングフォード州モインにあった主にカトリックの聖職者を育てるための学校〕にだ。地図も読めたし、距離を計算することもできた。信じられんかもしれんが、マッケイドも他の連中と同じで、自分の金を勘定することくらいなら簡単にできたが、ほとんど読み書きもできなかったのだ。だからあの頃、わしが部隊の頭脳という称号を得るのはたやすいことだった」

モナハンデイにやって来てくれた娘たちにお返しをしたいと思ったのか、突然彼は戦時中のことを初めて隠さず話し始めた。「イギリスの連中は自分たちがやっていることの意味をちゃんと分かっていないようだった。連中は以前上手くいったことをなんとなくやっているだけに見えた。例えば軍列の行進だ。軍楽隊を引き連れた大佐が泥炭地の真ん中で周りに立つ武装した兵隊を謁見しているなんてところを想像してみればいい。子供だってそんなことしやしない。

だからといって油断は禁物だ。汚い仕事なんだ、戦争は。わしたちはイギリス警備隊〔一九二〇年にアイルランドの反乱鎮圧にイギリスが派遣した、カーキ色の服に黒いベルトをしていた警備隊。ブラックアンドタンズ Black and Tans と呼ばれた〕のように女子どもを撃ち殺しはしなかったが、それでも殺し屋の集まりだったのだ。上手く立ち回ったが、誰かが殺されないで済んだ週などほとんどなかった。最初二十二人いた部隊が休戦のときには七人しか残っていなかった。次の日まで生きていられるかどうかすら誰にも分からなかった。敵に騙されないようにしなくてはいけない。戦争っていうのはすぐ後ろに追跡者がいるのではと恐れながら、一晩中寒くて冷たい下水溝の中に首まで浸かってじっと立っていることだ。長い行軍の終わりまで、どうやって次の一歩を踏み出して良いのかも分からずにな。それが戦争ってもんだ。軍楽隊が演奏する中でくそ政治家が地面に花束を置いて戦死者の霊を悼《いた》むなんてことは戦争とは関係ない。

その結果わしたちは何を手に入れたのか。そう、言うなれば国をだ。確かに国の要職の何人かにイギリス人の代わりにわが国の人間を置くことはできた。それでもわしの家族の半分以上はまだイギリスで働いているじゃないか。一体本当にあれは何のためだったんだ。みんなたわごとさ」

「父さんは戦後、軍のトップに立てたはずだけれど、横槍が入ったんだってみんなが言っているわ。マッケイドさんは軍部が邪魔だてしたのだといつも言っていたわ」シーラが勢いこんで言った。

「そう、確かにわしは止められた。しかしあのマッケイドが理解していたほど単純な話じゃない。平和なときの軍隊というのはくそみたいなもんで、上手くやっていこうと思ったらそれに相応《ふさわ》しい人間でなくてはならない。わしは決して人と上手くやっていけなかった。お前たちにも今はそれが良く分かるだろ」彼は半分おどけるように言った。

彼女たちは微笑もうとしたが、反対に目に涙が浮かんできた。ローズは静かに様子を伺っていた。

「マッケイドやわしのような人間には戦争のときが一番良かったのだ。あんなに何もかもが単純ではっきりしていた時代はなかった。戦争のあとは何をやってもしっくりしないし上手くやれないのだ。もちろん戦争なんかなかった方が良かったさ。もう疲れた。病気の老いぼれをわざわざ遠くから尋ねて来てくれて、お前たちは本当に素晴らしい娘たちだ」

彼は小さな袋から数珠を出し手首にゆるく垂らした。「ともかく戦争はもうわしにもお前らにも関係のないことだ。誰にせよ最後に笑った奴は長いことずっと笑っていなければならんのさ。わしらはできるだけしっかり働くことに努めねばいかん。さあ祈ろう」

彼は相当無理をして疲れているようだったので、彼女たちは父の部屋でロザリオを唱えようと言ったが、彼はその申し出を一蹴した。彼はテーブルに向かって背筋をきりっと伸ばして跪《ひざまず》いた。「主よ、わが唇を開かせたまえ」と彼は始めた。奉献の部分〔死者のための祈り〕にくると言葉を探るように黙った。そのとき彼は今までにもときどきあったのだが突然、周りにいる娘たちが自分をずっと思いやり愛してくれていることを感じることができた。しかし性格的にそれに応えることがなかなかできなかった。「そして今夜は亡きジェイムズ・マッケイドの霊魂が安らかに眠れるようこのロザリオの祈りを捧げます」

祈りが終わると三人の娘たちはかわるがわる父におやすみのキスをし、ローズは彼と一緒に寝室に向かった。娘たちは片づけを始めた。じきにテーブルの上はきれいになり、部屋には朝食の支度が整った。

テーブルに朝の支度ができているのを見てローズは「あなたたちがずっとこの家にいたら私はすっかりだらしなくなってしまうわね。こんな時間に他の人たちが何を飲んだり食べたりしているかは知らないけれど、今晩は少し羽目をはずしてタバコとホットウィスキーを頂くことにするわ。とにかく今晩あなたたちはみんなでお父さんを元気にしてくれた。みんながこうやって何とか一緒になって来てくれたっていうのがお父さんには一番だった」と言った。

次の日、女性たちは暖かい部屋の中でお喋りを楽しみながら長い時間をかけてゆっくりと朝食を摂った。窓の外の畑は霜で固くなり、杉木立の陰の大きな円い部分にだけ緑の草が生えていた。

そのとき玄関の近くから一発の銃声が聞こえてきた。彼女たちはぞっとして顔を見合わせ、全員が一塊《ひとかたまり》になってさっと玄関に向かった。開け放した窓のそばにパジャマ姿のモランが猟銃を手にして立ち、前庭をじっと眺めていた。トネリコの木の下の白い地面の上にカラスの黒い残骸が散らばっていた。

「大丈夫、父さん」みな大声を上げた。

彼が無事であることが分かると、ローズは「お父さんどうしたの。みんな本当に肝《きも》を潰してしまったわ」と言った。

「ここ何日かあのカラスめがわしをいらつかせていたのだ」

「窓を開けっ放しにしてこんなところに立っていたら風邪を引いて死んでしまうわ」マギーは唇を尖らせて言い、ローズが窓を下ろした。

「ともかく外さなかったのね」ローズはその場の気まずい雰囲気を消そうと笑いながら言った。

「父さんは狙ったら絶対に外さないわ」モナが言った。

「近づいて行って相手がライフルの照準に入ったら絶対に外すことはなかった」疲れてぼんやりした声だったので、その言葉の意味する冷酷さの幾分かが薄まっていた。

空の薬莢《やっきょう》を外すと、初めてローズが猟銃を元の場所に置くことを許した。着替えをし、彼女たちとテーブルで食事を摂った。猟銃は部屋の隅の定位置に置かれ、死んだカラスの話題は全く出なかった。

一時間ほど経ち、「疲れたな」とだけ言って彼は部屋に戻って行った。

マギーはその晩ロンドンへ飛行機で帰ることになっていて、シーラとモナが車で彼女を空港まで送って行った。二人の娘は次の週末まで戻ってはこないだろう。モランはローズと一緒に戸口に立って車が去っていくのを見ていた。彼は車に向かって黙ったまま弱々しく手を振った。二人が家の中に戻るとローズが扉を閉めた。

かつては素晴らしく盛り上がったモナハンディだったが、今回蘇ってきたのはその弱々しい抜け殻のようなものにすぎなかった。イースターが終わったあとローズはモランの容態が気になり、娘たちがグレートメドーに現れる気づかいのない隙に、妹に屍衣にするフランシスコ修道会の茶色い法衣を買わせにやった。二人の女性は夜遅くなってから静かでがらんとした家の中にこっそりその法衣を持ち込み、ローズはその夜遅くなってからモランが絶対に開けない衣装簞笥の下着などを入れた引き出しに隠した。

モナハンディを再び蘇らせようとした試みは、まるで一緒になれば二人の関係も上手くいき、辛い現実も楽しいものに変えられるだろうという期待だけで結婚しようとしている夫婦関係のような上辺だけのものに終わってしまった。

マッケイドが年にただ一度だけグレートメドーにやってきた過去のモナハンディと同じように、

彼がこの家で過ごした最後のモナハンディにも、モランは神経を尖らせながら彼が来るのを待っていた。マギーとモナが掃除をしたり食卓を整えたりご馳走の用意をしていた台所にモランは朝から出たり入ったりしていた。マギーは十八歳で背丈もあり人目を惹く女性だったが、それでも子ども時代からずっとそうだったように父のことを畏《おそ》れていた。二歳年下のモナは父と衝突しやすい娘だったが、その日はマギーが黙々と父に従っているのに倣《なら》うことにしていた。さらに一つ年下のシーラは一筋縄では行かぬ賢い娘で、つまらぬことで権威に逆らうことになるのも嫌だったので、その日のピリピリした空気から逃れるために仮病をつかっていた。二人だけのときはマギーとモナは陽気に、時にはあまり騒々しくならぬように抑えた声ではしゃぎながら仕事をしていた。しかし父親が入ってくるとたちまち二人は黙りこくってしまい、彼の機嫌を伺うように怯《おび》えながら自分たちの姿をできるだけ目立たせないようにした。

「ラム肉を見せてみろ」彼は強い調子でまた聞いた。「最高のラム肉といってお前らが買ってきたのがこれか。わしはカヴァナーの店以外からラム肉を絶対に買うなと何度も何度もお前らに言ってあったはずだ。何百回も叩き込んできただろうが。全く、なぜこの家では話が何ひとつ通じないのだ。何を言っても右の耳から左の耳だ」

「カヴァナーさんは今日の牛の切り身は最高ではないがラムは上等だって言っていたから」マギーがこう付け加えたが、モランは、この家ではほんとに些細なことですらきちんと片付かない、こんな単純なことさえちゃんとできないのなら、毎日毎日をどう過ごすことができるのだ、とぶつぶつ言いながら台所から出て行ってしまった。

二人の娘はドアが閉まったあとしばらく静かにしていた。それからどういうわけか突然二人は身体をぶつけ合いながらモランの口癖を真似して大騒ぎをした。「ああ、なんてこと、なんてこと。こんな連中を我慢しなけりゃいけないなんて一体わしが何をしたというのだろう。ああ、なんてこと、なんてこと。一体なぜにこんな簡単なことさえきちんとできないのか」彼女たちは大声で笑いながら椅子に崩れ落ちた。

大声で気晴らしをしている最中に、無遠慮などんどんという大きな音が本実継ぎ《ほんざねつ》〔板の片側を凸、それと接触する部分を凹にしてかみ合わせて板を継ぐ方法。凸の部分を実と呼ぶことから〕の天井から聞こえてきた。彼女たちが騒ぎを止めて耳を澄ませると音は止んだ。

「あの子は私と同じくらい元気。病気なんかじゃないわ。何か面倒が起きそうになると、喘息《ぜんそく》だって言っちゃ寝床へ行ってしまうんだから。上で本やお菓子を隠しているに違いないわ」モナが言った。二人が黙ってじっとしていると、再び苛立ったような音がしつこく始まった。

その音に「ワーン、ワーン」と二人は返した。「ワーン、ワーン、ワーン」何かで床を叩いているのだろう、天井の板がブルブルと震えていた。靴か長靴を使っているのだろう。「ワーン」二人は繰り返した。「ワーン、ワーン……」

階段が軋《きし》んだ。怒ったシーラが戸口を背にして立っているのがすぐに見えた。「ずっと叩いていたのに、みんな私のことを馬鹿にして笑ってばかり」

「聞こえなかったの。私たちは誰のことも馬鹿にして笑ってやしなかったわ」

「ちゃんと聞こえていたくせに。二人のこと父さんに言いつけてやる」

「ワーンだ」二人は答えた。

「冗談だと思ってるのね。後悔するわよ」

「何が欲しいのよ」

「私は病気なの。それなのに飲物一つ持ってきてくれないじゃない」

二人は彼女に大麦湯〔大麦の煎じ汁にレモンなどを混ぜたもの。小児の下痢止めなどに用いる〕の入った水差しときれいなコップを渡した。

「今日が何の日だか分かってるでしょ。マッケイドさんが市からやって来るのよ。父さんがしょっちゅうばたばた出たり入ったりなの。上であんたにべったり付き添っているわけにはいかないの。そんなところに立っているのをもし父さんに見られたらきっと何か言われるわよ」マギーが言い終わらないうちにシーラはするっと上の部屋に戻って行ってしまった。

二人は糊の利いた白いテーブルクロスを大きなモミ材のテーブルに広げて掛けた。部屋は十分暖められ、料理用ストーブの上の天板は微かに赤く輝いていた。二人は食器を並べた。部屋がゆったりと心地良くきちんとしているのを見て満足した。そのときモランが外の畑からまた部屋に入ってきた。今回は部屋の中央に立ち、なぜ自分がここにやってきたのかはっきりしないような、まるで演説をしている途中で何を言うのか忘れてしまった人間のように、何か注意すべきものがないかとでもいうように目を泳がせた。

「準備万端整っているんだな」

「大丈夫、全て順調よ、父さん」

「ラムチョップは上手く焼くんだぞ」そう言って彼はまた出て行った。ドアが閉まるや、父がいたときの緊張感が急に解けて、モナは手にしていた皿を落としてしまった。皿が割れると二人は身をすくめ、黙ってぼんやり立って見ているだけだった。我に返って二人は素早く破片を掃き集め、隠した。そのあとどうやってばれないように代わりの皿を出せば良いのか考えた。

「大丈夫よ」マギーはショックでまだ青白い顔をしているモナを慰めた。「代わりの皿ならそこらにあるわよ」二人とも気落ちしてしまい、ふざけてこの場を紛らわす気にもなれなかった。どんなものでも壊れてしまったら見えないところに隠し、代わりを出して忘れてしまわなくてはいけない。

外は寒かったが雨は降っていなかった。モナハンディというのは昔から貧しい農民が自分たちの冬の蓄《たくわ》えを売り、金持ちの農民がそれらを買って太っていく日で、いつも寒いのだった。モランは貧乏でも金持ちでもなかったが、貧乏に対する恐れと嫌悪感は病気に対するそれらと同じくらい強烈なものだった。貧乏になるつもりはなくとも、自分や周りの人間がみな施《ほどこ》しを受けて暮らすようになったらどうしようという恐れがあった。モランは畑でやるべき仕事などなかったのに、寒い中まだ外にいて、生垣を眺めたり、道の両脇をじっと見つめたり、牛の数を数えたりしていた。気持ちが昂ぶって部屋の中にいられなかったのだ。陽が落ち始めるとモランは植林されたモミの木立の中に姿を隠し、マッケイドの車がやって来るのを見張った。マッケイドは市で大きな取引をしたのなら暗くなるまでやっては来ないだろう。

ほとんど日も暮れようという頃になって、白いベンツがゆっくりと道に現れ、向きを変えてイチイの木の下の開いた門から入って来た。モランは車が止まってもまだじっとしていた。車のドアが開くとモランは自然に木立の奥へとあとずさった。じっと立ったまま、マッケイドがやっと車から下りて誰かが現れるのを待つように開いたドアに寄りかかるのを眺めていた。立っている場所から声をかけようと思えばできたのだが、しなかった。マッケイドは車のドアをばたんと閉め、家に向かって歩き出した。彼が家まであと少しというあたりまで近づいたところでモランは木立から出た。ゆっくりと抜き足差し足で畑を横切り、家の裏口に回った。この数週間この時が来るのを待って過ごしてきたのだが、マッケイドが自分の家に入って行くのを見ると、彼に対してふつふつと怒りが沸いてきて心がかき乱されるようだった。

マッケイドは暖炉のそばの肘掛け椅子に坐っていた。力のみなぎった胴体と巨大な腹で椅子は一杯になっていた。肉付きの良い足を包む黄色いワークブーツの紐は半分までかけてあった。彼はモランが入ってきたのに気がつかなかったのか、椅子から立ち上がらなかった。娘たちとしていたふざけたお喋りの途中でモランに顔を向けただけだった。

「この子たちは今が花盛りだな。お前はこの果物畑に悪い虫が入らぬようにしなけりゃいかん。

さもないと秋になる前にみんなもぎ取られちまうぞ」

　こんなにはっきりと上機嫌な強い調子で言われた言葉に反論するのは難しかっただろうが、モランはほとんど聞いていなかった。怒りは沸いてきたときと同じくらい素早く消えていた。マッケイドがここにいるのだし、今日はモナハンデイなのだ。

「マイケル」と言いながらマッケイドは椅子から立ち上がり、モランの手をがっちりと握った。

「ジミー」モランは同じように簡潔に応えた。「大分前から来ているのか」

「それほどじゃない。この子たちと楽しくお喋りしていたよ。みんな素晴らしい娘だ」

　モランは部屋を横切り、薬が入れてある布覆いの掛かった戸棚に向かい、封の切っていないレッドブレストウィスキーの瓶とグラスを出した。たっぷりと注ぎ、マッケイドに持って行った。マギーが湧き水の入った水差しをテーブルに置いた。「どこまでか言ってくれ」モランはマッケイドのグラスに水を入れ始めた。マッケイドは四分の三くらいになるまでグラスを持った手を伸ばしたままでいた。

「市のあとにはこいつがなくちゃな」モランは言った。

「別にどうしてもというわけでもないが、こいつがありゃあもっと元気になる。やらしてもらうよ。みんなに幸運を」

「市はどうだった」モランは彼らしくない快活な調子で聞いた。

「いつものモナハンデイと変わらずさ」マッケイドは答えた。

「良かったのか、悪かったのか」モランは続けて聞いた。

「良くもなし悪くもなしさ。要するに金だよ。百姓たちはみんな自分の牛が最高だと思っているが、わしの目に見えるのは金だけだ。つまり値段が妥当か相場より安ければ買う、上だったら抜けるだけだ」

「わしは昔からあんたのことを見ていたが、いつ競《せ》りに加わり、いつ抜けるのか、その潮時がどうして分かるのかずっと不思議に思っていたのだ」モランは感心して言った。マッケイドが自分の仕事に対して持っている素晴らしい手腕にモランは少年のように魅了されていた。モランは外の世界では何一つ上手くやっていけなかった。彼が上手くやっていけるのは自分自身と、結婚やめぐり合わせによって一つになった家族というもう一つの自分に関することだけだった。彼は自分の殻の外へ出て行くことがずっとできないでいた。

「自分でもどうしてそれが分かるようになったのか良く分からんのだ」マッケイドが言った。「ただそうなるまでに随分金を使ったことだけは確かだ」

娘たちが切ったばかりのパンとバターとミルクをテーブルに置いた。ラム肉は大きな鍋に入れられるとジュージューと音を立てた。次に鍋の空いたところにソーセージ、ブラックプディング、ベーコン、半分に切ったトマトが入れられた。小さな鍋で卵が焼かれた。モナは大きなティーポットを蒸《む》らし、茶を淹《い》れる準備をした。料理をしている間、二人の娘は必要なとき素早く小声で言葉を交わす以外は黙っていた。

「王様の食事みたいだ。腕まくりをして食うぞ」マッケイドは皿がテーブルに置かれるのを見てその味を期待し心から素直に喜んだ。大きな身振りで一息にウィスキーのグラスを空け、椅子から立ち上がった。

二人の男は二人の娘に給仕され、黙って食事を味わった。十分満足し、空になった皿を脇に滑らせるとマッケイドはすぐに言った。「本当に素晴らしい娘さんたちだな。ところで他の子たちの姿が見えないが」

「シーラは風邪をひいて上の部屋にいるんです」マギーが天井を指差して言った。「マイケルは山に住む叔母さんのところへ一週間ほど行っています」

「でルークはどこだね」

娘たちは視線をマッケイドからモランに、そしてまたマッケイドに移したが、黙ったままでいた。

「どこにいるかわからんのだ」モランが重い口を開いた。彼は家の事情を話すことを特に嫌っていた。「奴はこの家にいたときだって、わしに嚙みつくとき以外口をきくこともなかった」

「請け合っても良いが、ルークの実力はきっと金で報われるよ」マッケイドは静かに笑ったが、モランが何も言わなかったので続けた。「若い者は自分の道を進んで行くもんだ、マイケル。とにかくわしはルークのことはいつだって好きだった。彼は真っ直ぐで男らしい人間だ」

「わしはどの子どもの価値もみな同じように認めている」モランは言った。「ところであんたのとこの息子たちはどうなんだ」

「ご存知のようにみな結婚しているよ。何か欲しいときにしか顔も見せんし、わしもめったに会いにはいかん。だがみな良い連中だ。よく働くしな」

「で奥方は」

「ああ、あの婆さんなら元気だ。わしからがみがみ言われるのを待っておるよ。そうでもなきゃ立ったまま居眠りだってしかねん」

マッケイドは若いときに結婚し、息子たちも同じように若くして結婚した。今は牛商人として夫婦だけで広い野原の中の白い柵をめぐらした大きな家に暮らしている。マッケイドが家にいるのは食べて寝るときくらいで、いても「茶を淹れろ。靴を磨け。このバカ猫を追い出せ。シャツのカラーを持ってこい。一体カラーはどこにあるのだ」という具合に怒鳴っているだけだった。「すぐ行くわ、ジミー。ほら、今行くところ。ちゃんと私が手に持ってますよ」妻はあたふたと走りまわり大きな声をあげているのだった。そうかと思うと彼はふいっとどこかへ出て行き何日も家に戻ってこない。そんなときに彼女は猫を甘やかし、図書館の本を読み、自分の花壇や彼が牛たちに食べさせようとして作った家の南側に沿った石ころだらけの庭に咲く色とりどりの花の手入れをしたりした。そんな平和な何日かが過ぎたある日突然、家の扉が激しく開く。「トラックに六人乗っている。ヤカンをかけろ。テーブルの用意をしろ。さあ忙しくなるぞ。足に車でも付けんといかんぞ。とにかくわしらは腹ペコなんだ」何の前触れもなかった。ぽんぽんと言葉が立て続けに飛び出してくるのにはもう慣れっこになっていて、また何か適当なことを言ってるわくらいにしか聞こえなかったし、息子たちはと言えばほとんど両親の言い合いなど気にすることもなく、二人だけの秘密の睦言《むつごと》くらいにしか思っていなかった。

食べたあとの皿が洗って片付けられた。モナは上のシーラの部屋へ行った。マギーは誰かに会いに外出した。他の日だったらモランはどこへ行くのだと聞きただしたろうが、その晩はしなかった。

何年か前マッケイドが牛の商売を始めるときモランは彼に金を貸したが、今ではマッケイドの方が金持ちで有力な人間になり、二人はめったに会うこともなかった。二人はマッケイドが言うところの、彼らの栄光の日々に戻るために、年に一度だけ会うのだった。モランは厄介な性格の持ち主で自分が何を考えているかを誰にも明かさなかった。モランは戦時中部隊の指揮をとっていた。マッケイドはずっと彼の副官だった。毎年毎年、二人は同じことを思いながら過去へ戻って行った。十字路で荷馬車の車輪を持ち上げたこと、河のほとりでの訓練期間、初めての待ち伏せ、安全な隠れ場所から別の隠れ場所への深夜の移動、隠れ場所ごとの異なった特徴、食料、女たち……スパイだったウィリアム・タイラーへの尋問、そして灯油ランプの明かりの下、牛小屋の牛たちに隠れて行われた彼の処刑。その処刑のあとイギリス警備隊の連中が彼らのことを村中くまなく探し始めた。彼らはしばらくの間泥炭地に掘った横穴の中で暮らした。夜となく昼となく見張られていた。イギリスの兵隊がメアリ・ドゥイナンの家にやって来たとき、彼女はモランたちに茶とサンドイッチを持って行こうと思っていたところだった。ドゥイナンの家の人間はみな元来感情を顔に表すようなことはなかったので、メアリも尋常ではないことが起こっているという困った顔つきもせず、奥の泥炭地で作業していた男たちに茶やサンドイッチを運んでいった。イギリス兵の姿が見えたので、驚いた男たちは食事を終えたばかりだったのに、坐り直して運ばれてきたものをまた食べ始めた。

「あのメアリときたら大したもんだったよ」マッケイドはしみじみと言った。「あの日危ないところが何とかなったのは本当に彼女のおかげだった。穴にいた男たちに食い物を運んで行こうなんて良く気が回ったもんさ。今はダブリンの大工と結婚していて、何人も子どもがいるよ」

モランは空になったグラスに更にウィスキーを注いだ。

「本当に一滴もやらんのか」マッケイドはグラスを持ち上げながら言った。「一人で飲んでいても面白くない」

「酒と上手くつきあえんのだ」モランは言った。「知ってるだろ。止めたんだ。見るのもだ」

「そりゃ悪いことを聞いたな」

「いいさ、全く気にしていない」

思い出話は続いた。戦友たちの死、一人で夜の行軍をしたこと、酷く辛い任務で死んでしまった者、安全な隠れ場所から別の隠れ場所への深夜の移動、雨、湿気、泥濘、寒さの中一箇所で何時間もじっと待ち伏せしたこと。

「わしらは奴らを退却させた。奴らは護衛が付いていないとわしらに立ち向かってくる勇気もなかった」

「三年前にはわしらの顔に唾を吐きかけていた者たちも、親しげにわしらの背中を叩くようになった。みんな競うように勝っている方へ付こうとしていた」

「年金や勲章を貰い、戦後良い仕事にありついた連中のほとんどは鉄砲を見たってどっちが頭でどっちが尻かも分かりゃしない。本当に鉄砲を持って戦った者の多くは何も手に入れちゃいない。早く死んじまったか、出稼ぎの移民船といったところさ。何のために戦ってきたかを考えると具合が悪くなることがある」モランが言った。

「あんたがIRA〔アイルランド共和国軍。アイルランド独立闘争を行ってきた武装組織で、後の過激派テロ集団として知られるものとは別組織〕の年金を受け取らないのはどうかしている。十分それに見合った働きをしたじゃないか。明日の朝にだって貰えるだろうよ」マッケイドは言った。

「そんなもの奴らの顔に投げつけてやるさ」モランは言いながら拳を握ったり、緩めたりした。

「わしは金ならそれがどんな金かなど気にしない。与えられたら受けとるだけだ」モランがじっと考えたまま返事をしなかったのでマッケイドは続けた。「戦争もあとの方になると随分暢気《のんき》なものになっていったな。もう隠れてばかりいなくても良くなった。暑い日に川岸に服や銃を置きっぱなしにして何も身につけずに泳いだことを覚えているよ。日曜日に仕掛け針を船の後ろに垂らして流し釣りをしたこともあったな。そんなとき奴らはとうとう大将を出してきたんだ」

「大将じゃない。あれは大佐がその振りをしていたのだ」

「何にせよ、わしらは奴を始末した」マッケイドは満足気に言った。「あんたは初めから終いまで素晴らしい頭でいろいろな計画を立ててくれた。それで磨り減ってしまったんだ」

「あんたがいなかったらあれほど上手くは行っていなかっただろう。あんたはどんな時にもちょっとそこらを散歩しているように冷静だった」モランが言った。

「しかし計画を立てたのはあんただ。あんたが最初から最後まで上手くやり遂げたんだ。わしたち他の者にはあんたのような頭がなかったからな」

「わしらにはスパイがたくさんいた。何週間も町で調べさせたんだ。連中が三時の列車で大物を連れてくることになっていた。奴らは派手に盛り立てようと、駅の周りの鉄道員宿舎が並んでいる前に楽隊や立派な警護隊を立たせた。その宿舎にはわしらの仲間がいたのだが、奴らはそんなところを調べやしない」

「どこにいたって奴らには見つけられなかっただろうよ」

「ニブズ・マッガヴァンは毎日、新聞と特別の客用に仕入れるボーランズの食パンを受けとるために手押し車を引いて駅で列車を待っていた。それが当たり前の景色だったので誰も彼のことなんか気に留めていなかった。それをわしらが利用したわけだ」

「今思ってみればあれほど単純な計画もなかったようなものだが、それでもわしらは予行演習を四十回はしたたな。わしらは暗くなってから秘かに町に潜り込んだ。弁護士事務所員だったトミー・フラッドだけには手を焼いたがな」

「それからわしらはニブズをとっ捕まえたんだ」マッケイドは笑って言った。「ちょうど町に出かける用意をしていたところをな。本当に運が良かったよ。ニブズは決まったパブに行く習慣がなかった。ニブズは全く問題なしだった。すぐに飲み込んだよ。わしらは奴にウィスキーを飲ませ、朝までは縛り上げもしなかった。そんな必要はなかった」

「それからわしらの待ち伏せが始まった」モランは力強く言った。

「決して忘れんよ。ニブズの服を着てな」マッケイドが言った。「あの服は埃と脂で、人が着ていなくてもまっすぐ立ってられるくらいにカチカチだった。そんなのを着てじっとしているのはひどいもんだった。何だか斎いになっていくようだった。しばらくは何も起こらなかったが、突然全てが目の前で始まった。うすのろたちが行進しながら駅に向かってきた。楽隊さ。列車の音が近づいてきて、気がつくとわしは手押し車を引いて通りに出ていたんだ。車輪が緩くて外れちまうんじゃないかと気が気じゃなかった。わしらが考えもしなかったただ一つのことが車輪の点検だったからな。ボタンをかけた外套の中には銃と手榴弾。夏の真っ盛りにもニブズはそんな外套を着ていたんだ」

「わしは宿舎の窓からストップウォッチを眺めながらあんたの動きを追っていた。あんたの一歩一歩を頭の中で辿っていた。あんたが坂に早く着き過ぎるんじゃないかと気を揉んだよ。それにあんたが坂の上に突っ立ったままでわしらの集中砲火を浴びてしまうのではないかと心配したんだ」

「駅の入り口が閉じて列車が蒸気を上げながら入ってきた。するとあの馬鹿バンドがイギリス国歌を始めやがった。プラットホームの脇に三本のモミの木が立っていた。機関車の蒸気と煙のせいで大きくならないのだと言われていた。曹長が大声で叫んでいた。みな直立不動だった。そこで大将だか大佐だか、とにかくそんなのがプラットホームに下りてきた。剣を高く捧げ持った兵隊がそばについていた。わしは神様に、このくそ車輪が外れませんようにと祈りながら手押し車を押して行った。わしや車を見ている者は誰もいなかった。下りた二人が閲兵しながら進んできた。剣を持っていたのは若かった。大佐の方は赤い眉の大きくてがっしりした男だった。覚えているのは手押し車を押しながら見た奴の赤い顔と眉だけだ。奴さんはそのとき人生で一番長い旅を始めようとしていたんだ。わしは手榴弾のピンを抜いた。奴は一吹きで吹っ飛んだ。もう一人は倒れながらまだ剣を握っていた。わしが兵隊の列の間を抜けて行ったときも奴らは直立不動の姿勢をとったままだった。拳銃を使う必要はなかった。反対側の土手に着くとわしは身体を投げ出して転がっていった」

「そこまでわしは見ていた。あんたが転げ落ちたのを見てわしは発砲するよう命令した」モランが言った。「撃たれて倒れるときにも直立不動のままの兵隊もいた。奴らはどこから攻撃されているのか全く分からなかったに違いない。雑貨屋に入って味方を撃った兵隊もいたくらいだ」

「わしが坂の下まで転がっていったとき、宿舎の窓から絶え間なく発砲しているのが見えた。息を整えてから道を横切った。撃たれるなんてこれっぽっちも思わなかった。宿舎の裏にたどり着いて真っ先にやったのはニブズの服を脱ぐことだった」

「奴らは駅の裏から撃ち返してきた。マイケル・スイーニーが肩を撃たれた。わしはみなに一列になって移動するよう命じた。マイルズ・ライリーとマクダーモットが窓の近くに残った。あの二人は最高の射撃手だった。ダナヒューの十字路に着くと、そこで道が寸断され木々が音を立てて揺れていた。わしらはそこでライリーとマクダーモットを待った。それから二手に分かれて半分は湖畔の隠れ家へ、残りは山に向かった。わしらには手を焼いたことだろう」

「奴らは顔を出すのを怖がっていたし、出したときには隊列を組んで女子どもを撃ちまくった」

「奴らは二度と以前のようには戻れなかった」モランは言った。「その事件は国中に知れ渡った」

「マイケル、あんたは実に凄い頭の持ち主だった」

「あんたがいなけりゃ、何一つ実を結ぶこともなかったさ」

「奴の眉のことは昨日のことのように良く覚えているよ。赤い眉のイギリス人にはめったにお目にかかれないからな。ニブズの服を着て、手押し車を押しながら奴の顔をそんなに長く眺めていた時間があったなんて信じられんほどだ。わしは外套のボタンを外して、奴の顔を見ながら、いままさにこれからお前さんの長い旅が始まるのだが、それがどんなものなのかも分かっていないのだろうな、と思った。そしてわしは手榴弾のピンを抜いた」

「わしはストップウォッチを手にしてあんたのことを見ていたのだ」

「あの日わしらは二手に分かれる必要はなかった。奴らは町で顔を出すこともできないくらいビクビクしていたからな。国は再びわしらのものになった。次は条約だ。それからわしら同士で戦うようになってしまったのだ」

「その結果どうなったのだ。今の国の状況はどうだ。自分のことしか考えていない度量の狭いごろつきどもに動かされているじゃないか。あんなことはなかった方が良かったのだ」

「それには賛成できない」マッケイドは言った。「ともかく国はわしらのものになった。いずれは今わしらから離れない坊主やごろつきどもよりましな連中がやってくるに違いない」

「坊主たちのことは放っておけ」モランが鋭い口調で言った。

「わしは誰のことも見捨てはせんぞ。みんなわしたちの後ろについているんだ」

　モランは答えなかった。怒りの感情が部屋中にたち込め静まり返った。マッケイドはここ何年かで徐々に蓄えてきた人を支配する力、モランを上回るその力を感じながらじっと動かずにいた。モランは立ち上がり外に出た。マッケイドはモランが再び部屋に戻ってきたときにもまるで口をきかなかった。

　マギーが戻ってきたとき、二人が張り詰めた緊張の中で黙ったまま身動きが取れなくなっているのが分かった。家に入る前にマギーは懐中電灯の明かりで髪を整え、服の皺をなでつけきちんとしてきたのだが、そんなことをしなくとも今夜のモランは何も気がつきはしなかったに違いない。彼女は黙ったまますぐに茶を淹れサンドイッチを出す用意をした。モナが上から下りてきてマギーに何か耳打ちすると、ミルクを入れた小さな壺とサンドイッチをいくつか手にしてまた上に消えていった。モランは黙ったままマッケイドのグラスが空になっているのを見てウィスキーを注ごうとした。

「もういい」マッケイドは自分のグラスに手で蓋をした。

「昔はもっとたくさん飲んだじゃないか」

「もうそんな時代は終わったんだ。マギーが淹れてくれたお茶を飲もう」

モランはしぶしぶ瓶の栓を締め、薬戸棚の布覆いの奥に戻した。「もういい」と言ったときの口調は相手の感情を傷つけるような角のあるものだった。

「マグワイアの農園で夜の見張りをしていたときのエディー・マッキニフのことを覚えているか」マッケイドが聞いた。「マグワイアの農園からはあたりの道全部を見晴らすことができた。わしらはイギリス警備隊の連中が夜、湖の近くにやってこないように見張っていた。エディーはカモ撃ちの経験が豊かだったから石のようにじっとしていることができた。エリーだったかモリーだったか、マグワイアの娘、どちらも背が高くてなかなか別嬪《べっぴん》だったが、その多分モリーだったと思うが、朝の用事のために外に出てきてエディーがいたすぐ近くの林檎の木の下でしゃがみこんだのだ。エディーはしばらく様子を伺ってから静かに屈みこみ、彼女の尻っぺたに奴の銃身を当てたのだ。いやあ、あの娘がびっくり飛び上がったときの顔は見ものだったよ」マッケイドは大声で笑った。「一晩中外気にさらされていた銃身ほど尻に冷たいものはなかったろうな」

モランは笑わなかった。彼は自分の重苦しく不機嫌な気持ちを持て余しかねているようだった。いらいらしたり、何か反撃の手段を探しているときにいつもそうするように、彼は両手の親指を合わせて動かしていた。

「マッキニフは下劣な奴だからそんなことをしたのだ。それにそんな話を人にするなど、恥ずべきことだ」

「面白いじゃないか」マッケイドはモランの批判など吐き捨てるように言った。「あんたはあのマグワイアの娘と何の関係もなかったのか。わしたちはいつも娘っ子に近づいてものにしたいと思っていたんだ、マイケル。おまえはどう思っていたか知らないがともかく娘っ子たちは熟したスモモのようにいつだっておまえの手の中に落ちて行ったもんだ」

「そんなのは根も葉もない噂話にすぎん」モランは自分が無意識のうちに秘密にしていることをむき出しにされるといつもそうであるように怒りを込めて言った。

「あんたらの父さんは若いとき女にはお固かったんだそうだ」マッケイドは二人の娘たちに向かって言った。

「マッケイドさんは適当なことを言っているのだ」モランはしかつめらしい低い声で言った。

「あんたが言い寄ったという噂もあった。プロポーズでもしたかったのか、マイケル」

モランは押し黙ったままだった。娘たちが茶とサンドイッチを運んできた。

「ああ、この子たちなら男を幸せにすることができる」マッケイドは言った。「しかしあんたは素晴らしい男だよ、マイケル。わしなどうちのばあさんに何か起きたら、平和に生き延びられるかどうか」

娘たちはやっと周りを気にせずに笑うことができた。この年老いて太った牛商人があまりに突拍子もない現実離れした話を持ち出したので、モランさえも微笑んだ。

「わしは年金を貰っている。マイケル、あんたはそれだけの働きをしたんだ。奴らがくれるというものは受け取っておくべきだ。どんな金かなんて考えんことだ」茶を飲みながら二人は当たり障りのない話をし始めた。

「長いことなしでやってきた。今になって貰う必要はない」向きになって喋っている様子から彼がそれほど確固たる気持ちを持っているわけではないということは明白だった。

「金が害になることはない。牛の仕事を始めたころには金の問題が何度も起こった。今じゃ貰っても貰わなくとも変わりはないが、月末にポストの中にやってくるのは悪いものではない」

「貰うことも考えてみた」モランは認めた。

「自分で使うのが嫌なら、この子たちに何か買ってやったり、学校に行かせたりすれば良い。ずっと前から貰うべきだったんだ。この世に暮らしている限り、金なしというわけにはいかんぞ。金の必要がない世の中なんてないんだ」マッケイドは我慢できずにモランの強い信念に対して一撃を加えた。

「ことを図るは人……」モランはぼんやりと言った。

「何もしないのが神、だ」マッケイドは昔からのことわざ〔「ことを図るは人、成敗を決めるは神」〕を都合よく言い換えた。

娘たちは洗い物をし、カップや皿を片付け、少し残ったサンドイッチに湿った布巾をかけた。

「マッケイドさん、お部屋の準備ができてます」自分たちの部屋にひきあげる準備をしながらマギーが言った。「ベッドも風を当てて乾かしてあります」

「いかん、忘れていた」マッケイドは慌てて言った。「すぐにでも帰らねばならんのだ。もっと前に言っておくべきだったが、この老いぼれの頭から抜け落ちてしまったようだ」

モランは反対しなかった。自分の椅子に隠れるように深く坐りながら彼はマッケイドを半分目を閉じて眺めていた。モナハンデイにこうして集まったときにはもう何年もマッケイドはこの家に泊まっていったのだが。

「うちのばあさんに今晩は帰ると言ってきたのだ」マッケイドは立ち上がりながら作り話をした。「わしが泊まると分かっていれば息子の家にでも出かけたのだが。夜一人だけで家にいるのを怖がるのだ」

何か用事を言いつけられるのではないかとずっと寝ずに待っていた娘たちはモランのところに行き、毎晩そうしているように彼の唇におやすみのキスをした。

「おやすみなさい、マッケイドさん」彼女たちは手を差し出した。

「見事な食事だったよ。あんたたちは本当に素晴らしい姉妹だ。出かけることがあったらうちのばあさんのところにも顔を出しておくれ」彼は二人の手を取りしっかり握った。

「おやすみなさい、マッケイドさん」二人はぎこちなくまたそう言って男たちを二人だけにして部屋に入っていった。

マッケイドは一旦椅子に坐り、すぐにまた立ち上がった。モナハンディの晩はずっと昔からここに泊まっていたので、そのつもりになってしまったのだ。しかし今夜はモランが高圧的になって何でも自分の意見に従わせようとするのにだんだん苛だってきて、長年の習慣をひっくり返し、一刻も早くここから出て行こうと突然強く心に決めたのだった。マッケイドがすぐに立ち上がったのを見て、モランは今夜だけでなく今まで彼と一緒に過ごしてきた全ての夜がたった今壊れかけているのだ、ということを感じたが、彼もまた自分の殻に引きこもっていった。彼に泊まるよう説得もしなかったし、帰る手伝いもしなかった。

マッケイドは今夜突然モランが強い態度に出たのを何とかなだめたいと思って言った。「ああ、マイケル、食事も何もかもありがとう。今晩は楽しかった」

モランはしばらくずっと坐ったままで、マッケイドが家から一人で出て行くのを送ろうともしないつもりのようだったが、ようやく椅子から立ち上がり、歩いたり動いたりするのが大儀な様子でのろのろと嫌そうにマッケイドのあとを玄関の石畳までついて行った。暗い中で玄関の扉の縁に手を伸ばした。

「それじゃな、マイケル」年老いた牛商人は最後にそう言ったが、モランは暗闇の中で何も答えなかった。

雲間に見える月の明かりがつかの間、木の門まで続くツゲの並木の輪郭をはっきり見せた。マッケイドはゆっくりとしかし確かな足取りで門に向かって歩いて行った。開け放した門を閉めず揺れるままにして進んで行った。ベンツのドアを開けると車に寄りかかり咳をして黄色い地面に唾を吐いた。

「二人目が待ちきれない人間もいるのだな」十分聞こえるほどの大声でそう言うとマッケイドは車に乗り込み、方向を変え去って行った。モランは車の明かりが見えなくなるまで扉の縁を摑んだまま立っていたあと、道に面した鉄の門の鍵もかけずツゲの木のそばの木の門も開け放したまま玄関の扉を閉じた。

彼はどす黒い怒りにかられたまま長いこと椅子に坐ったり、立ったり、また別の椅子に坐ったりした。モランは友情というものをひどく嫌ってはいたのだが、昔からの親友をついに失ってしまった。大事なのは家族だ。それも彼を中心として大きくなった家族、つまり彼の家族が大事なのだ。そんな風に怒りながら坐って、家族の一人一人が徐々に彼の手からすり抜けて行ってしまうのを感じていた。そうだ、そのうちみんないなくなっちまう。自分は一人ぼっちになるのだ。そんなことには耐えられない。そうだ今こそローズ・ブレイディと再婚しよう。どんなことに関してもそうだが、彼はある考えに捕らわれるとすぐに腹立たしいほどに気持ちが昂ぶってしまうのだった。

マッケイドはたまたま真実を言い当てたのか、あるいはモヒルの市で確かな噂話を聞いてきたのかのどちらかだ。

ローズ・ブレイディはグラスゴーから父親の看病のために帰郷していたが、彼が亡くなったあとも一日延ばしにぐずぐずと留まっていた。その気になればもう十二年もその一員として暮らしていたグラスゴー郊外のローゼンブルーム家の大きな屋敷に戻ることもできた。ローゼンブルーム夫人は彼女が戻ってくるのをみんな待っているという手紙をよこしてきていたが、彼女は相変わらず母親と兄と一緒に、アリーニャ炭鉱に向かうゴロゴロとした岩だらけのなだらかな山の斜面に建つ、湖を見下ろす田舎の家に留まっていた。

夕方、時によると自分はこの田舎の家に閉じ込められていると強く感じることがあった。実際には外の庭に出る扉はいつだって開いているのだが、兄は畑仕事で出ているし、母はバケツを持ってあちこち動き回っているしで、彼女は話をしたいと思ってもいつも一人でテーブルに肘をついたり、椅子の背にもたれたりして所在無く過ごすのだった。ある日の夕方、郵便局に手紙を出しに行くと言って家を出た。

驚いたことに小さな郵便局の中は夕方の郵便物の到着を待つ人たちで一杯だった。彼女が入るとみんな彼女の方を振り向き、彼女が窓口まで行く道を作るために人垣がさっと分かれた。はっきりと名前を覚えていない人たちに名前を呼ばれるたびに、彼女は礼儀として微笑み、お辞儀を返した。郵便局はアニーとリジーというローズの遠い親戚にあたる二人の白髪の姉妹のもので、アニーが彼女の封筒に切手を貼り消印を押してから受付台の綿の袋の中に落とした。

「まだこちらなのね、ローズ」

「そうなの、アニー。ところで今日は物凄い人ね」

「郵便自動車が来るのを待っているの。あなたの家宛てのものが来るかもしれないからもう少しいたら」

順番に窓口に来る人に場所を譲ろうと脇に移動すると、ローズは偶然モランの隣に立つことになった。彼女は彼のことを知ってはいたが直接話をしたことはなかった。

「お父さんはお気の毒でしたね」彼が言った。

「どうもありがとうございます」彼女は改まった返事をした。

彼が何年もやもめ暮らしをしていることは知っていた。彼はかつて軍にいたけれど、何か問題があってそこを去らねばならなかったらしい。彼が子どもたちと住む石造りの家の前を通ったことが昔何度もあった。今では随分大きくなった子もいるだろう。彼女は彼に関する良くない噂を聞いたことがあったが、何分か彼と話をしてみると、それらは単なるやっかみに過ぎないと思えた。彼には思いやりがあり、知的で魅力的でさえあると感じた。さらに周りのものと容易に交わらないはっきりとした矜持《きょうじ》心の持ち主であるようで、彼女が知っているこの地方の他のどの男たちとも違いそんなところが清々しかった。郵便自動車が外に止まると周りの話し声が止んだ。運転手は一言も喋らずに封をした袋を持ち上げ、受付にどかんと置いた。アニーが袋を開け手紙の束に手をかけ始めるや、モランは仕分け作業に全精神を集中させた。ローズのことは完全に念頭から去っていた。それまで彼の意識の中心にあったローズの存在がその瞬間突然消えてしまったのだ。アニーの手にある一通一通の手紙が彼の全生命であるかのように、彼女が手紙を誰かに渡したり脇に積み上げたりするのをじっと目で追い、次の手紙は、その次の手紙はと、注視し続けた。彼の集中力と緊張感が余りに激しかったので、小さな郵便局から外に出るとローズは急に大きな安堵感に包まれた。

「何か大事な手紙を待っていたの」

「いや」彼は笑って言った。「何でそう思ったのかね」

「あら、ただそう思っただけ」

「ほとんど毎日夕方には郵便局に出かけるのだ。ここに来れば早く知ることができる。翌日郵便配達のジミー・リンチが届けに来るかどうか家で気を揉む必要がなくなるだろう」

彼女が押していた自転車が、道に積もった埃の上に細いタイヤの跡を残していた。橋の近くの四辻で二人は別れた。

「もうじきあんたの姿を見ることができなくなるのだろうな」彼が言った。

「いつ戻るかはっきりしていないの」彼女は答えた。

彼女は三十代の後半で、痩せていたががっしりとした体格で、顔つきはさっぱりとして平凡なものだったので、若いときから美人とは言えなかったが、大きな灰色の瞳は知的で力強い意志と活力に満ちていた。家に戻るとモランの名前を口に出さずにはおれなかった。

「なんだかぱっとしない人だって言うじゃない」母親は釘を刺すように言った。

「郵便局で話をしたのよ」

彼女は母がきつい顔つきで自分を見つめているのが分かった。「外で人といるときにはとても優しくて人当たりが良いけれど家の中では全く違った人間になるって話よ」

「このあたりの人たちはみんな他人のことに口を出し過ぎるのよ。無知な人間の悪意から出た話がほとんどよ」

彼女は生来、悪く使われると毒になるような制度である家族・親類・地位・因習といった社会の枠組を無視して行動する気概があった。しかしそうした制度の中で彼女は魅力的にまたひたむきに熱心に上手く立ち回り順風満帆に物事を進め、人懐《ひとなつ》こい大きな灰色の瞳はその大きな助けにもなっていた。だからローゼンブルーム家の人々はどんな場所にも彼女を一緒に連れて行けるとずっと思っていた。しかし彼女はそういった才能をモランに対しては使えなかった。彼のことをもっと知りたいという気持ちの方がずっと強かったからだ。彼女にはほとんど時間がなかった。彼には社会の規範に沿わないところがたくさんあったが、それが彼の個性的な魅力にもなっていた。彼女は困難だけれど決然と自分で一歩を進めなくてはならなかった。

次の日の夕方も、その次の日にも彼女は郵便局に向かった。最初の日はリジーから紅茶と巣付き蜂蜜を買い〔郵便局は小さな雑貨店を兼ねている事が多かった〕、金曜日にはアニーの受付で手紙を出し、そのあとやってきた郵便物の仕分けが始まるまで中で待ち、何とかモランと二人だけで局を出た。二人は四辻で長いことお喋りをしてから別れたが、モランは週末に彼女に会おうとは言い出さなかった。彼女は不安で落ち着かぬ気持ち、今までと違う新しい生活を始めるという夢、旧弊な因習に対してずっと抱いていた苛立ちなどのどれも顔に出さなかった。失敗を見越して生きるほど若くはなかった。意志の力で自分の願望を曖昧なものにすることはできたものの、月曜日になるとまた郵便局に行かずにはおれなかった。こうして彼女が規則的に姿を見せるようになると、周りの者たちも彼女のことを詮索するようになった。アニーとリジーはモランと親しくしていた。二人で良く彼の家のこと、男一人で子どもたちを育てるのがどんなに難しいかなどという話をしていた。彼女たちはローズが小さいが良く掃除された局に夕方になると現れるのを次第に皮肉交じりに歓迎し始めるようになった。このちょっと不釣り合いな恋愛ごっこは野次馬にとって滑稽な見世物になっていた。というのは恋愛なんてものはアニーやリジー、それにもっと若い連中にとっても、ずっと昔にどこかに置き忘れてきたものだったし、妬《ねた》み心でしか見られていなかったからだ。この二人の求愛のダンスは彼らには怪しげでみっともないものにしか見えなかった。

レナルズ夫人は村の入り口にある家を出て、通りとの境になっているダリアやフランスギク、キンレンカなどの植わった花壇に水遣りに行く途中で、ローズが橋の近くを歩いて郵便局へ行く姿を見て立ち止まり、毒づくように「年を取った愚か者ほど始末の悪い愚か者はいないわ」と、まるで自分自身の悪い部分を見てしまったかのようにぶつぶつ一人ごちた。夕方になると男たちが集まってくる二軒のバー、橋の上、ゲーリック・フットボール場では「棒を沈めろ。汚い穴にな。みんなはめちまえ」と下品な叫び声が上がり、そのあと囃声《はやしごえ》がいつまでも続いた。ローズはそうした嘲《あざけ》りの中を、それに気がついても反応すまいと決意しながら毎夕郵便局へ通った。

「何か大事な手紙でも来ることになっているの、ローズ」彼女の母は心配そうに尋ねた。

「いいえ、母さん。一二時間ちょっと外の空気を吸いに出ているだけよ」

そんなあるとき結婚している彼女の姉が家にやって来て、彼女が毎日郵便局に通う本当の理由を知らせた。「あの年なんだからもっと分別があると思っていたのに。今のところはまだ平気だけど、あのままじゃ、あの子いい笑いものになってしまうわ」

「ローズ、郵便局でモランさんと会ってるんですって」母親が腫《は》れ物に触るように切り出した。

「そうね。あの人も毎日局へ来ているわ」

「あの人のことで神経を使いたくないの。第一もう大きな家族をお持ちなんでしょ」

「私たちただの友だちよ、母さん」ちょっと笑って彼女はそう言い、そのあと本心を隠す晴れ晴れとした微笑を浮かべた。「私たちが話すのはあの人の子どもさんのことだけよ。とっても気にかけているの」

「私がお前だったらもっと注意するね、ローズ。人の口に戸は立てられないものだよ」

「だったら喋らせておけばいいのよ」

しかしモランはまだ彼女に対して何の働きかけもしていなかった。何の約束もしていなかったし、関心のある素振りも見せなかったし、助けを貸すこともなかった。二人が初めて出会ったところから少しも動いてはいなかった。彼は彼女に近づきも遠ざかりもしていなかったが、彼女はずっとこのままでいるわけには行かないだろうと思っていた。ある日の夕方、にわか雨を避けるためにプラタナスの葉陰に逃げ込まざるを得なくなったとき、彼女は言った。「マイケル、いつか私の家に来てちょうだい。みんなあなたに会いたがっているの」

「断るのは難しいのだろうな、ローズ」

「でもあなただって歓迎されると思っているでしょう」彼女は微笑んで彼のもとを去っていった。次の日も、その次の日にもローズは郵便局に現れなかったが、モランは驚きもしなかった。会いたければ出かけて行くしかないのだ。

若い頃彼はたくさんの娘たちに言い寄られた。彼は秘かに女性を蔑《さげす》んで見ていたが、そのことで彼の魅力は少しも減じなかった。年が経ち家族も増えるにつれ、彼の女性蔑視は異常なほど大きく膨らみ、他の醜い部分と同様に錘《おもり》のように彼に付いて離れないものになっていた。だから彼は自分というものをローズのようにさらけ出そうとは決してしなかった。ローズ・ブレイディが自分に注目してくれたのは、予期しない突然の好意だった。彼女はまるで天上から惜しみなく自分の元に降りてきたかのようだった。彼女は彼よりも随分若く健康で見た目も悪くなかった。彼女はきっと金を貯めているだろうし、これからも一心に彼のことを思ってくれるのなら彼の生活も再び輝くだろうと思った。これ以上いくら待っても、これほどの幸運が彼に再びやって来るとは思えなかった。その週のうちに、彼はマギーに、二人だけで話をしたいと出し抜けに言った。極度の不安と驚きと共に、彼女は彼のあとについて部屋に入った。

「家族全員にとって非常に重大な問題についてこれから真面目に相談したいのだ」話しながら自分が責任感と威厳という衣装をまとっているように感じていた。「お前はわしがこの家の一員として誰かを連れてくるとしたらどう思うね」

マギーは彼の顔をさっと見たが、何のことだか理解できなかった。

「わしがもしお前の母さん――主よ、彼女を安らかに眠らせたまえ――お前の母さんのあとに誰かを連れてきたら」彼は言い直した。「つまりわしが再婚すると言ったら、だ」

母親のことを突然言われたからなのか、この場が途方もなく不穏な気分になってしまったからなのか、マギーは突然啜《すす》り泣きを始めた。それは随分長い間続き、その間モランは彼女に黙れと怒鳴りたい衝動を抑えるため、もぞもぞと落ち着かぬ様子で足を動かしていた。しばらくして彼女は自分の気持ちを啜り泣きの陰に上手く隠すことができていると思った。

「女性ならわしがお前たちにしてやれないいろいろなことを助けてくれることもできるだろう」彼は続けた。「誰だって自分でできることには限りがある」

「父さんがそう思っているなら」彼女は自分が何を言っても仕方がないということが分かってい

た。

「それならそれが一番良いと言うのだな」彼はこの場を早く収めたかった。

「父さんが一番良いと思うのなら」

「わしはそう思っている。それがみなにとって良くないことかもしれんなどと疑ったことなど一瞬たりともない。随分長い年月が過ぎてしまったが、これでまた本当の家、本当の家族になれるのだ。ここはお前たちがいつでも戻ってこられる場所になるのだ」

マギーは待ちきれずにすぐにモナとシーラにこのことを告げた。最初二人はマギーが冗談を言っているのだと思った。しかし彼女がモランとの会話を一言一言順を追って語ると、二人は爆発するように激しく笑った。彼女たちは弟にはその話をしなかった。彼女たちは弟のことを自分たちの子どものように可愛がっていたが、彼に家の内実については知らせていなかったのだ。

「誰なの、その人」笑い止むと二人は聞いた。

「グラスゴーから戻って来ているブレイディさんでしょ」

「あの人じゃ絶対無理よ」

「その人父さんに夢中だっていう話よ。毎日夕方になると郵便局へ行くんですって」彼女たちはその姿を花の盛りの自分たちと比べてまた笑い始めた。

モランは日曜日のミサのあと小屋から青い小型のフォードを出し、エンジンとタイヤを点検してから洗車し、乾かしたあとピカピカになるまでワックスをかけた。三時になるとローズ・ブレイディの家までの四マイルを運転して行った。彼女の家に向かう小道は細くて曲がりくねってい て、途中たくさんの門があったので、彼は車を牛乳缶置き場の脇にある広い草地の縁に停めた。たくさんの木の影になって、彼の車は家からは見えなかった。彼はめったに着ないアイロンのかかった茶色のスーツの着心地と、変化に乏しい彼の日常の中に現れた新しい興奮を楽しみながら、ゆっくりと小道を進んだ。新鮮で未知なものに足を踏み入れているかのようだった。

彼が庭に向かう大きな赤い門柱まで来たのが見えた。彼がやって来たのが分かったのでローズはほっとしてじっと動かずに戸口に立ったままでいた。安心感が純粋な喜びとなり彼女は手を振って若い娘のように庭を横切って彼に向かって行った。彼の隣に来て初めて自分の顔や髪の毛の様子が気になった。

彼女は気の晴れない日がずっと続いていた。夕方になると郵便局に集まってくる人々や、橋を渡ってやって来る郵便自動車や、手紙を仕分けするアニーや、二人が立ち止まって話をしたプラタナスの木まで伸びている誰もいない道などのことを鮮明に思い出しては胸を痛めていた。出かけて行きたいという気持ちがあまりに強く、決心を貫き通すのが本当に大変だった。彼女の方から出向くわけにはいかなかった。相手には十分な、いや十分過ぎる合図を送ってしまった。あとは待つしかない。そして今、彼はついに彼女の元にやって来た。

彼女の母親はモランのことを気に入らなかったが、歓待の精神が強く身についていたので、自分の感情すなわち不快感を露骨に表すことはなかった。彼女の兄には以前会ったことがあるので、二人の男はその年の干草の蓄えや、自分たちが期待している羊や羊毛や牛の価格について話をした。テーブルには白い布が掛けられ、その上には自家製のパンとジャム、リンゴのタルトが乗っていた。茶が淹れられた。彼はパンとブラックカラントのジャムの味を誉めた。

「毎年うちの庭はブラックカラントで一杯になってしまうの。ほとんど鳥が来て食べてしまうんですけど。お宅の娘さんたち、来年はここに摘みに来られるといいわ」

「そんな、まさか」

「娘さんたちに摘んで頂かないと、庭のゴミになるか、鳥に食べられてしまうかですわ」母親はできる限りの愛想の良さを見せた。

「フットボールに興味は」と彼女の兄が聞いた。

「それほどでもないですが、良い試合を見るのは好きです」

「それでは結果がどうなるかお聞きになりたいでしょう」

「もちろんです」それから彼はラジオをつけて、モランが入ってきたときまで聞いていた日曜の試合の続きを聞いた。十分くらいで試合は満足のいく終わり方をしたようだった。そのあと試合について二人で話を交わした数分間、モランは控えめに相手の話の聞き役に回った。

一時間ほど経つと彼は「さて、十分頂いたので、そろそろお暇しなければ」と言った。

母親と兄が丁寧に彼と握手した。ローズはカーディガンを手にして彼と一緒に小道までずっと歩いた。山の低い斜面に岩とハリエニシダがちらほら見えるだけの痩せた土地が目の前に見えた。

小道からは周りに葦《あし》の生えた小さな湖が見えた。

「あの湖に魚はいるのかな」

「昔は小さなパーチやパイクやウナギなんかがたくさんいたの。でもみんな大きく育つことはなかったみたい」

丘のふもとにある最初の門を潜ると、その日初めて二人は誰からも見られることがなくなった。垣のサンザシやイバラの茂み、車道のそばの緑の畝《うね》、堤の上で濃く色づき始めた野イチゴがあるだけだった。

「あんたの家でへまをしなかったかな」彼は聞いた。

「完璧だったわ。あれ以上はできなかったくらい。来て頂いて本当に良かったわ」彼女は彼の手を取り、彼が初めてのキスをしようと屈んだときには自分から彼の唇に自分の唇を近づけていた。

「わしは外出するのに慣れていないのだ。今度はあんたがうちの連中に会ってくれないか」彼は言った。

「とてもお会いしたいわ」

「近いうちにその手はずを整えよう。連中が行儀をわきまえてくれれば良いのだが」歩きながら責任感というものが目に見えるように彼の肩に降りて来たのが分かった。

「あなたが車を持っていたなんて知らなかったわ」車が置いてある場所に着くと彼女は驚いて言った。

「しょっちゅう乗るわけではないのだが、車があるというのは良いことだ。思いたったらどこへでも行きたいところに行ける」

彼女は心の奥で彼が車を持っていることをとても喜んだ。車は彼が牛や畑を買い足そうとしたがっている周りの他の人間とは違うという印の一つだった。このあたりでは自動車は花畑や果樹園、それにハーブ園などよりも珍重されるものだった。本当の贅沢の象徴であった。

彼女は平和な気持ちと力のようなものを感じながらゆっくりと小道を戻った。この細い小道は彼女にはとても親しい場所だった。スコットランドで眠れない晩に彼女は良くこの道を歩いている自分の姿を心に思い描いたものだった。土手に生える野イチゴや硬い針金のような草、それにカラスノエンドウの黒い豆果など、彼女にはどれも親しいものだった。今までの間違った道から、彼女が摑み取り現実のものにしようとしている本当に新しい道を進み始め出すのに、これらの植物たちが立ち会ってくれているのだと感じていた。彼女はもう笑われたり傷ついたりしながら焦って幸せを追いかけなくとも良いのだ。与えられた狭い場所から、今や外の世界に向かって進み出すことができるのだ。

「トムはどこに行ったの」彼女は家に戻ると兄の姿が見えないので聞いた。

「ちょっとオニールさんのところへ出かけると言っていたよ」

「道で会わなかったわ」

「畑を横切って行ったんだろう」

そのあとしばらく黙っていた母が口を開いた。「あの人がやって来たのにはちょっとびっくりだったわね」

「こっちに来ることがあったら家に寄ってって頼んだの。で、あの人どうだった」

「あの人がお前を気に入っているなら、私のことも気に入ってるんだろうね。あの人にはたくさん家族がいるんだろう」

「それはそんなに悪い材料だとは思わないわ」

「お前にも昔は随分言い寄ってくる男がいたんだけどねえ」母親は話題を変えた。

「みんないなくなってしまったわ」二人ともそこで会話が途切れたのをありがたく思った。これ以上話しても二人の気持ちが変わることはなかっただろう。

彼女は次の日もその次の日にも郵便局へは行かなかった。もうプラタナスの並木の先の白い道のことを思って胸を痛めることもなかった。日曜に家に来てくれたことでモランはあの道を全てに通じる道にしてくれた。自分が一番良いと思った日に出かけて行けば良い。物欲しそうだとも軽々しいとも思われたくなかった。

郵便自動車が停まっている郵便局に近づくと、彼女は再び不安になってきた。狭い局内は人で一杯だった。モランがいて彼女に微笑み、話しかけてきた。日曜日のことを聞いていたせいか、彼女が最近来ていないことに気づいていたせいか、そのどちらかは分からなかったが、アニーとリジーの態度はそれまでと比べて穏やかに見えた。ローズはモランが自分の記憶より随分だらしのない格好をしていて、少なくとも一日以上髭も剃っていないことにも気がついた。まるで彼は自分本来の格好で彼女に向かって進んでいるということを乱暴に示しているかのようだった。郵便局を出ても彼は自分がむさくるしい格好をしていることを詫びはしなかったが、それでも今まですっとそうだったように親しげで魅力的だった。

「日曜日に公会堂で演奏会がある。まずそこで家の子どもたちに会っておく方が楽だと思うのだが」彼は続けた。「そうしておけば、いつだって家に来ることができるだろう」

「あなたが一番と思えばそれが一番」彼女は彼が望むことなら何にでも従うことが嬉しかった。

土曜の夜、ロザリオの祈りのあとでモランは言った。「最後にお前らの父親に正しい道を示してくれるようにと祈りたいと思う」それで子どもたちは、小さなマイケルでさえも彼が何を言っているのかを理解した。「明日の演奏会でお前らに特別な人に会って貰いたいのだ。みな気に入ってくれればと思っている。ブレイディさんだ」彼は子どもたちが膝を上げるとすぐにそう言った。子どもたちは彼女に会えるのが嬉しいという意味のことを、曖昧な言葉で表した。「みんな飛び切りの格好をして行くのだぞ」モランははっきりと言った。

日曜の晩、娘たちはきれいに着飾り、息子は堅信礼のときの青い服を着て黒靴を履いた。みな興奮し、少し恥ずかしがっていた。彼らはミサのとき遠くからブレイディさんの姿を見たことはあったが、きちんと会ったことはなかった。村を出た丘で彼は子どもたちに金を渡した。「一番前の列に二つ席を取るんだ」そう指示して彼は子どもたちをやった。公会堂にはほとんど人はいなかったが、一番前の列まで進んで行くことはせず、前から三列目の席に坐り、折りたたんだコートを置いて別に二つの席を確保した。子どもたちは公会堂に入ってくる人たちのことをみな知っていた。近くの席に坐った人たちが彼らを見て微笑み話しかけてきた。彼らははにかみながら何とか返答した。カーテンが上がるのを待って公会堂を埋めていた人たちの前を父親がローズと一緒に歩いてやって来たとき、子どもたちはさらに居心地の悪い思いをした。彼は必要以上にゆっくりと歩き、ローズを席に案内した。娘たちは二人が席に着くまで自分たちが好奇の目にさらされているという苦痛を大いに味わった。モランはゆっくりと重々しくローズに順に子どもたちを紹介していった。彼らは舞台よりも注目の的になっていた。ローズはなかなか如才なかった。そのとき不安を感じていたとしても、そんな表情は見せず、ほんの数分で娘たちの気持ちを楽にさせ、彼女たちの感じていた居心地の悪さ、恥ずかしさ、不安感を完全に取り去ったのだ。

演奏会は素人のものだった。細工物で飾り立てた少女たちの踊り。青いスーツを着た男の歌。アコーディオンで何曲か演奏した老人。滑稽な寸劇をした団体。舞台に出て来る人々はみな観客の関係者か知り合いだったので、どの演目も同じように大きな歓声で迎えられた。休憩時間になるとローズは周りの人たちに微笑みお辞儀をした。モランは何の素振りも見せず、自分の周りを眺めることすらしなかった。

演奏会が終わると彼は四人の子どもとグレートメドーへ帰った。ローズが前の座席に坐った。家に着くとモランはローズに家に入るよう言ったが、彼女はもう遅いからと断った。彼女は子どもたちの一人一人におやすみを言ったとき、彼らそれぞれがみな彼女にとって大事な存在であるということを、自分の魅力を印象付ける手腕を使ってか、あるいは純粋に彼女の人柄がそうさせたのか、伝えることができた。子どもたちは彼女のことを思うと本当に心暖まるぬくもりに包まれたので、次の日からモランに繰り返し聞かれるたびに、みんな本当に彼女のことが好きだと心から答えることができた。実際いつ聞いても同じ返事を繰り返すばかりなので、モランは次第に苛つくようにもなった。

ローズはすぐにでも結婚したかったし、それには何の障害もないようだったが、モランは用心深くなり、はぐらかし始めた。それを見て取った彼女は、別の動きを取った。ある日曜日、モランは三人の娘と一人の息子にローズの家に行って丸一日過ごして来いと彼らを出した。ローズを通しての招待だったので、子どもたちがよその家に出かけようとするといつもモランはその邪魔をしたものだが、楽しんで来いと喜んで送り出した。

ローズは彼らに周囲に葦の生い茂っている小さな湖を見せ、山の斜面に連れて行き、それからマイケルのために釣りの用意をして彼女が子どものころによく釣りをしに行った場所に連れて行った。彼は小さなパーチに餌を食われ逃げられたときにも、捕まえたのを頭の上で揺らしながら湖岸まで歩いているときにも大喜びで叫び声を上げた。ローズの母親は娘たちに家の中を案内し、小鳥たちや農場の動物たちを見せて廻った。その中にはローズが母の香水をつけているときでないと決して乳絞りをさせないペットの山羊もいた。上等の茶が振る舞われ、彼女たちは来たいときにはいつでも来て良いと言われた。少し経つと彼女たちは定期的に訪れるようになった。モランも勧めたので、彼女たちは何の罪悪感もなく出かけて行くことができた。いつでもぴりぴりと緊張していなくてはいけないグレートメドーから出て行くのは堅苦しい制服やきつい靴を脱ぎ捨てるようだった。ブレイディ夫人はモランのことは好きになれなかったが、子どもたちのことはとても気に入っていた。子どもたちは初め、夫人が若かった頃の旧式な作法通りに堅苦しく丁寧な態度で接していたが、彼女が子どもたちの心を捉えるようになると遠慮もなくなってきた。子どもたちは嬉々としてお使いをしたり手伝いをしたりし、夫人も喜んで彼らに茶を淹れケーキを作った。ローズは彼らを家に連れてきたときと同じ如才なさで、母と彼らの間にはなるべく出しゃばらないように注意した。彼女は子どもたちに兄が仕事をしている畑にサンドイッチと飲物を持って行くよう頼んだ。兄も他に誰もいない畑で彼らと一緒に静かな時間を過ごすことを喜ぶようになった。ローズの家とモランの家はほとんど一つになったかのようだった。冗談めかしてはいたが結構真剣に、モランはグレートメドーが寂れてしまったので、そのうち自分が彼女の家に移ろうか、とまで言った。今までこの家がどのように営まれてきたのか、誰にも分からなくなった。ローズの取った策略は実に鮮やかで、まるで物事に良く通じていて本など見なくとも何でも上手にやってのけることができる人のようだった。

「ローズがあなたたちのお父さんと結婚するとしたらどう」老婦人はある日、もう聞いても大丈夫だろうと十分確信したので、愛想良く、しかし力強い調子でマギーに聞いた。

「嬉しいです」

「本当に嫌じゃないの」

「ええ。本当に嬉しいです」

「お父さんはあなたたちのことを殴ると言っている人もいるけれど」

「お父さんは私たちが他人と付き合うことを喜ばないので、人はそんなことを言うんだと思います」

「ぶたれたことはないの」

「ええ……私たちが無作法をしたときにはときどき。でもそんなのはどこの家にもあることだと思います」恥ずかしさと父に対する愛情から、彼女はすぐにそう否定した。

「あなたたちのお兄さんはどうして家を出て行ったまま戻らないの」

「父さんとルークは上手く行かないんです。二人はとても似ているから」そう言うとマギーが泣き出してしまったので、ローズの母はあまりに酷いことを言い過ぎたと思った。

「ローズも同年輩の人と一緒なら良かったのに」老婦人は誰に言うでもなく呟いた。「あの子はたくさんの人に好かれていたのよ。あの子に憧れていた人も沢山いたわ。本当に沢山。どこで狂ってしまったのかしらね」

マギーはその言葉を聞きながら涙を拭った。彼女にはその独り言が滑稽に聞こえた。マギーから見ればローズだってモランと同じような年寄りだった。ローズの母親はマギーの返事に安堵したわけではなかったが、マギーが好きだったから、家のことで彼女たちに嫌な思いをさせたくはなかった。

マイケルはローズのお気に入りになった。彼が一番伸び伸びしていた。マイケルは彼女に向かって一人で勝手に何時間もとめどなくお喋りをした。彼女は彼にこっそり小遣いをやり、彼は家事の手伝いをした。言い合いになることも多く、そんなときにはしばらく寄り付かなくなったが、次に来ると喧嘩の前より一層親しくなってお喋りをしながら一緒に庭を歩き回ったりするのだった。

彼らにはいつでも家においでと言っていたが、ローズ自身はグレートメドーにはなかなか出かけていく気がしなかった。出かけて行っても決して長居はしなかった。モランがクリスマスの夕食に強く誘ったときにも彼女は断った。「クリスマスに自分の家にいないのは良くないことだと思うわ」彼女はそう答えた。二人がまだ結婚していないからという話は出なかった。「代わりに翌日のセント・スティーヴンズ・デイの早い時間にだったらお伺いできるわ」と彼女は言った。

娘たちはローズと一緒にクリスマスを過ごせることを楽しみにしていたのだが、結局いつもと同じでその年のクリスマスもとても長い緊張した一日になった。モランは何か起こりはしないかと不安げな娘たちに給仕され、大きな鏡のついた食器棚の前のテーブルで一人食事をした。彼が食べ終えると、娘たちは壁際の小さな食卓で自分たちの食事を摂った。家族の一員が欠けた初めてのクリスマスで、モランはルークがいないことをことさら意識しているようだった。

「クリスマスには戻ってくるか手紙の一つでもよこすかと思っていたが、何もなかった。奴は自分のことしか頭にないのだ」ルークが今この時間一人でイギリスのどんなところに閉じこもっているのか想像しようとしたができなかったので、みななおさら重苦しい気分になった。暗く深い闇を見ているようだった。食事のあとラジオがつけられた。それからロザリオの祈り。そのあとトランプが出された。みな早く寝た。やっと一日が終わったのだとほっとしながらシーツに包まれるのが本当に嬉しかった。

次の朝、ローズが贈り物を持ってやって来た。モランには絹のネクタイ、娘たちにはブラウスと濃い紫色のセーター、マイケルには白いフットボール用の靴。贈り物を貰うことが嫌いなモランがどんな風に絹のネクタイを受け取るか娘たちは息を詰めて見ていた。

「ありがとう、ローズ」そう言うとラジオの上に置いた。

「気に入らないの」彼女は微笑んだが、あまりに素っ気無い反応にぎょっとしていた。

「高価なものだし第一わしのような老人には派手過ぎる」そうは答えたが、その口調には明らかに喜びが満ち満ちていた。

ローズが帰る用意をしていたそのときアリーニャ炭鉱から石炭車に乗ったミソサザイの一団〔セント・スティーヴンズ・デイはミソサザイの日とも呼ばれ、ミソサザイを入れた鳥籠を持った一団が歌や踊りにやって来る〕がやって来た。仮面を付けカーニバルの扮装をした男たちが車の荷台に二十人は乗っていただろう。あちこちの家から集めた金で彼らはハムやパンやバター、レモネード、樽に入った黒ビ

ールなどを買って、その晩カークウッドの小屋で盛大なダンスパーティーを開くことになってい
た。近所の者たちはみなそれに招待されるのだ。
彼らは家に入ってくるとすぐにメロディオン〔アコーディオンの一種〕を奏《かな》で始め、二挺のヴァイ
オリンがそれに完璧に合わせた。それからバグパイプの独奏があった。若い男たちが台所でロー
ズ・ブレイディや娘たちとダンスをした。口笛や掛け声が上がり、陽気にキスの真似事をしたり、
仮面を被った人間の名前を言い合ったりしたあとで歌になった。
「あんたたち二人は今晩のダンスに来るだろうね」金を集めていた男が言った。
「ああ、多分」モランは答えた。「多分伺う」
モランは一ポンドを、ローズがハンドバッグから赤い十シリング札を出して渡すと、彼らはや
って来たときと同じように、歌ったり踊ったりしながらさっと車に戻って行った。車が次の家に
向かって走り去って行くと、家の中は気味の悪いような静けさに覆われた。
「ダンスに行くでしょう」ローズは帰るときにモランに言った。
「行ったってあの連中がさっきと同じ馬鹿騒ぎをしているのを見るだけだ」
「だってクリスマスじゃないの」
「行きたいのか」
「ええ、とっても」
彼は渋々出かけて行った。カークウッドの小屋でのミソサザイ団のダンスは型破りなものだっ

たが、大変な喜びと自由な気分に溢れていた。モランは寛げ(くつろ)なかった。親しげな雰囲気というのはモランが最も嫌っているものだった。一日中車の荷台に乗って家から家を訪ねまわっていた連中が今は風呂に入って髪の毛も梳《と》かし、高い板台の上で楽しげに演奏していた。霜が下りて外は厳しい寒さだったが、ダンスからそっと抜け出すカップルの姿も見られた。しかし彼らは大抵三十分かそこらで意気消沈して戻って来ては再びダンスに加わり陽気に踊るのだった。モランはほとんど誰とも口をきかず、反り返った床の上でローズとダンスをしながら、ぶつかってくる誰彼に荒っぽく反応した。ローズはモランが一人で長い間大きな責任感と共にあの石造りの家で暮らしてきたのだということをつくづく思いやり、気にしていた。この人は外出したり他人と気楽に付き合うことができなくなっていたのだ。モランが今は若くもなく名声もないが、かつてはハンサムで軍隊での名声もあり、こうした小屋でのダンスパーティーの花形だった、ということをローズは知らなかった。彼はもうこんなことに参加することは決してないだろう。

ローズは自分たちが正式な一組のカップルであることを人々に示そうと思ってこのクリスマスの自由なお祭り騒ぎのダンスにやって来たのだった。だから彼女はこの場に留まることに心を決めていた。彼女は周りの誰ともにこやかに話をした。茶も飲んだ。近所の人や子どもの頃一緒に学校に通った男たちともダンスをした。彼女はモランに無理やりダンスをさせようと努力したが、終いにはそのせいで疲れ果ててしまった。彼はこの夜中ずっと彼女に全く協力しなかったが、それでも彼女の愛情が減ずることはなかった。

車の中で、彼女は苛立ちを我慢している彼の肩に頭をもたせて言った。「私たちはあの人たちと同じようにする必要はないわ。これからだって無理に外出することもないわ。ね、結婚の邪魔をするものなんか何もないでしょ。大好きなの、マイケル」

「いつ結婚したいのだ」

「今年。夏が来る前に。足を引っ張るものがあれば別だけど」

「子どもたちのことを考えなくてはな」

「あの子たちのことに立ち入ったりはしないわ。助けになりたいだけ」

「ならいつがいいのだ」

「レント〔イースターの前日までの四十日間〕に入る前なら差し障りは何もないでしょう」

「ちょっと慌《あわただ》し過ぎるな」彼は言った。「レントが終わってからだ」

「じゃイースターの一週間後は」彼女は日取りが決まって嬉しかったので、彼が自分と一緒に歓喜に向かって進もうとしていた訳ではなく、戸口に立って他人の噂話に聞き耳を立てている人のようだったということに気がつかなかった。

「披露宴の食事はロイヤルホテルでしましょうね。沢山の人を招待することはないわ」何日か経って彼女は慎重にこう切り出した。

「ホテルではやりたくない」

「でもどこかで披露宴はしなくちゃ」彼女は言い張った。

「二人とも自分の家があるだろう」

「でもそういうことを家でやるのはおかしいんじゃないかしら。イースターに結婚すると言ったら、家ではすぐにロイヤルホテルの名前が出たわ」

「ブレイディ家はロイヤルホテルで散財するほどの金があるのかね」

「いいのよ。一日だけのことだし」

「ホテルは駄目だ。わしたちは年を取りすぎているし、金もない」

「そんなの変よ。みんなそうしているわ」

「誰もが川に行って飛び込むからといって、わしたちが同じ川に飛び込む理由にはならん」

「おっしゃることに理屈が通っていることは分かるわ」彼女は手を彼の腕に添えた。「ただ家で披露宴をしてもみな喜ばないと思うの。きっと分かってくれないわ。みんなのためにロイヤルホテルにしましょうよ」

「彼らに分からせてやれば良いのだ」彼は彼女の手を上機嫌に、だが脅すような感じで取りながら言った。「家にはいつだってみなのためのハムや茶やウィスキーだってある。そうすればあちこち移動する手間も省ける」

冗談にしてはほぼ完璧に近いものだった。披露宴というのはいつも花嫁の家で仕切るものだった。モランの家でやるわけにはいかないし、モランはホテルは駄目だと言っている。ということは、ブレイディ家で開くか、さもなければ披露宴などなしにするかのどちらかということだった。

結局ローズが家族を説得し、彼女の家で披露宴をすることになったが、家族は気に入らなかった。彼らはその案に最後まで反対した。それればかりかこの結婚の全てに反対した。しかし彼女は懸命に踏ん張った。結局反対する者は減った。何と言っても彼女はもう若くはなかったのだ。

結婚式の前の晩、娘たちはほとんど寝られず、いつもなら寝入るまでしているお喋りもしなかった。朝になれば父親が結婚するのだ。そして他人を連れて家に戻って来るのだ。ローズのことが好きになっていたということとは別問題だった。彼女たちにとって長い間変わらずにずっと続いてきた慣れ親しんできた生活ががらりと変わり元に戻ることはないのだ。それは何かが死ぬようなもの、あるいは大きな傷を負うようなもので、その変化は驚きや恐れや畏敬のようなものを家に持ち込むだろう。彼女たちはそれぞれ今までとは違う新しい生活の始まりを迎えねばならないだろう。

モランのほうは、彼女たちの弟の隣で断続的にではあるが眠った。何度かマイケルの身体の上に手を伸ばしたが、少年はぐっすりと眠っていた。この部屋で少年が眠る最後の晩だった。シングルベッドを一つ置いた小部屋がすでに用意されていた。明日の晩はローズがこの少年の寝ている場所に横になるのだ。目覚めるとモランは少年の目の粗いシャツの上に手を伸ばし、優しく肩を揉み始めた。

「わしたちが一緒に朝を迎える最後の朝だ」

「最後だね」少年はぼんやりと繰り返した。

「今日が何の日だか知っているか」

「結婚式でしょう」

「一つの生活の終わり、新たな生活の始まりだ。家族全員にとって最も重要な日になるだろう。最高の日になるように祈り願うだけだ」

少年はこのように、父から優しくされるといつも、突然手荒な扱いを受けるより居心地が悪くなった。彼は急にベッドから起き上がり、耳を澄ませた。

「みんな起きているよ」彼はそう告げた。「みんな起きているよ。父さん、カーテンを開けようか」

「いいや。まだいい」モランは言ったが、揉んでいた父の手から自由になった少年は、もぞもぞと服を着始めた。静かに扉を閉め、何も言わずに部屋を出た。モランはそのあともずっと遅くまでベッドに横になっていた。娘の一人が戸口まで彼を起こしに行かねばならなかった。

「父さんの服はもう風を通して着られるようになっているわ。起きる時間よ」

彼はまだ寝巻きのシャツと古いズボンのままで部屋に入ってきた。彼女たちはすでに式に出る服を着ていて、借り物の装飾品を少しばかり付けていたが、父がそれに気がつくことを怖れていた。少年は白いシャツと青いスーツを着て、青いネクタイを締めていた。黒い靴は磨かれ、金髪には油が塗られていた。ヤカンの湯が沸いていて、マギーが髭剃り用の鏡の前に置かれた盥に湯を注いだ。彼は娘たちが身に付けていた借り物の装飾品には気がつかなかったが、戸惑ったように黙ってあたりを見渡した。今日は結婚式、彼の人生の輝かしい瞬間ではあるが、子どもたちが着飾っているだけで、あとは普段の日と同じだ。彼の服は暖炉の前に置かれた椅子の背に広げて掛けられていた。室内物干し台は片づけられていた。鏡の前の盥には湯気を立てている湯が待ち構えていた。今の生活に何か足りないものがあるという満たされない気持ちがにわかに心の中で小さな叫び声を上げ、それが波紋のように広がり表に出た。「今何時だ」彼は強い声で詰問した。

「ちょうど十時よ、父さん。ミサまでに一時間しかないわ」

「十時から十一時まで一時間がかかることは知っているつもりだ」そんな嫌味を口にして少し気持ちが楽になった様子で、彼は留金から黒い革砥《かわと》を外し剃刀を出した。革砥で研《と》がれている間、刃がきらりと光った。石鹸の泡を塗り髭剃りを始めた。その間子どもたちはみな真剣な緊張した面持ちで眺めていたが、切り傷はできなかった。剃りあとを洗い、タオルで拭いた。「まだ叔父さんからは出席の返事がないのか」

「ええ。何も言ってこないわ」

暖炉の前で着替え始めると上の二人の娘は部屋を出て行ったので、マイケルがカラーのボタンを探す手伝いをした。マギーは先ほど髭剃り鏡の中でズボンをはかずシャツとソックスだけの父の姿をチラッと見たとき、怖かったけれど少し笑いそうになってしまった。ズボンなしのソックスだけの姿は間抜けに見えた。彼は慎重に身なりを整えた。結婚式のために服を新調することには反対したが、茶色のスーツはきちんとアイロンがけがされブラシもかけられていた。白いシャツは糊付けされ靴も磨かれていた。髪の毛を梳かすためにまた髭剃り鏡に向かった。全て終わると彼は静かに満足した様子で折り畳んだハンカチを服の袖の中に押し込んだ。

「全くお前たちの叔父ときたら返事を書いて寄こすという常識もないのだ。礼儀作法など何も心得ておらん。ああいう人間に何も期待してはいかんということぐらいとっくに分かっておったのだが」苛立ちが増しているのが口調にあらわれていた。「ちょっとしたメモくらい何で書けんのだ」

全ての準備ができていた。叔父を待つだけで他にすることはなかった。モランは叔父の古いが大きな車に乗って全員で教会へ向かうつもりでいた。みな叔父とは何ヶ月も会っていなかった。モランは彼に手紙を出していたし、当然来るものと思っていた。モランは何度も戸口に出て道を眺めた。彼は左の袖に入れていたハンカチを右に移した。

「決して他人をあてにしてはならぬ、ということを今日まで良く学んでおくべきだった」

「パンクしたんだよ、きっと」マイケルがおずおずと切り出した。

「今日のような日に、そんなことを起こしたと言うのか」

「まさかそんな風になるなんて思ってもいなかったんだよ」

「まあ、そう思いたければ良い。お前はおめでたい奴だ。とにかくこれ以上は待てん」

彼は外に出て小さな青いフォードのエンジンをかけ、後ろ向きに小屋から出し、エンジンを切らずに戻ってきた。

「出かけないといけない。こんな風にいつまでも待っているわけにはいかん。ああ、なんてこと、なんてこと。こんな人間がいるなんて！」全員がぎゅうぎゅう詰めになって車に乗った。「じろじろ見られると思うかもしれんが、そんなことはない、絶対にない。人のことなど誰も気にしやせん」彼は運転しながらぶつぶつ言ったが、車を橋の手前にあるマッケイブの家の前の空地に停め、ここから教会まで村を通ってずっと歩いて行くのだと言い放ったので、みなびっくりした。

「まだ時間はある。歩くぞ。もし奴が向かっていれば途中で会えるかもしれん」

みな一緒に道路に出るとマイケルがモランのすぐ後ろで忍び笑いをしたが、すぐにマギーがとがめるような目で見たので笑うのを止めた。娘たちはみなひどく恥ずかしかった。自分の結婚式に歩いて教会に向かう花婿や花嫁など誰も見たことがない。どんなに貧しい者でもその日には何とか車の用意をしたものだし、その昔には盛装した馬が引く二輪馬車で出かけたものなのだ。幸いなことに橋にも教会までの濃い緑をしたプラタナスの長い並木道にも誰もいなかった。橋を渡ったところでモランは時計を見、足早に歩き始めたので子どもたちは大いに安心した。彼らは叔父さんがやって来て、彼の大きな車の中に姿を隠したいと願ったが、彼が来るはずの方角からは車の音は聞こえてこなかった。みな黙りこくって歩いた。一週間ほど雨が降っていなかったので、白い埃で彼らの靴の輝きが失せ始めた。長い道の外れにはレナルズの家があった。彼らが前を通って行かねばならない一軒目の家だった。漆喰《しっくい》で洗った石造りの家の脇のイボタノキの生垣が近づいてくると娘たちは小さく固まってモランの後ろに隠れて歩いた。結婚式に行く支度をほとんど済ませたレナルズ夫人——彼女は結婚式や葬式に出るのを欠かすことがなかった——が戸口にいて、この一群の行進が近づいて来るのを見ると、家の中の暗がりに身体を引っ込めて、年老いた雄鶏が意気消沈した若鶏たちを従えて歩いているのをしげしげと観察した。

「あら、あの男ったら子どもたちをみんな引き連れて自分の結婚式に歩いて行こうとしているわ」彼女は笑うよりも子どもたちに同情して言った。

鍛冶場の前を通り過ぎるときの一歩一歩がまるで数時間にも感じられた。息子だけが外の鉄床《かなとこ》で鉄の棒を叩いている二人の男の姿を眺めていた。教会の塀に沿って立っている人たちの前を歩くときには気を張り詰めていたが、顔を上げて彼らの姿を見るものはいなかった。モランも彼らに話しかけようとはしなかった。教会の座席に坐り好奇心丸出しで式が早く始まらないかと待っていた村人たちの誰一人としてキョロキョロと左右を見渡しはしなかった。子どもたちはみな聖水で身体を清め、真っ直ぐに祭壇へ向かった。自分たちの席に着き、モランの隣で跪くと、もう人目にさらされることはないので、気持ちが落ち着き始めた。花嫁の方はまだ誰も来ていなかった。黒い祭服の上に白い法衣を纏《まと》った神父が、聖具室の扉を開けてやって来ると、モランは手摺りに近づいた。

「付添人がまた来ていないのだが。ここにいる息子ではどうかな」モランが聞いた。モランと神父の二人が同時にマイケルを見た。

「ちょっと若過ぎますね」神父が言った。「新婦の兄弟の誰かを代わりに立てることもできますよ」

そのとき門口に車が停まる音が聞こえた。新婦の車か叔父の車のどちらかが到着したのだ。敷石を進む足音が近づくとみな教会の入り口の方を振向いた。叔父の小さな丸っこい姿が入り口を塞いでいるのを見た瞬間、みなほっとした顔になった。彼は大急ぎで通路を進み、自分の席に着くと、詫びるように両手を挙げた。両掌は埃と油、そして油にまみれた草などで汚れていた。

「来んものと思っていたぞ」モランが言った。

「エンコしちまってね」モランの隣に滑り込み、一人の娘の頭に油で汚れた手を乗せながら、申し訳なさそうに小声で囁いた。祭壇にいた神父は付添人の姿を認めてうなずいて微笑んだ。それからやっとローズの家族が通路を隔てた席に坐り、後ろから兄の腕を取ってローズが入ってきた。音楽はなかった。神父はモランに前に進むように合図した。それから二人を跪かせ、立たせ、坐らせ、金と銀の指輪の交換をさせ、「私の言葉を繰り返すように」と指示をした。ローズの姉が少しすすり泣いた。娘たちの目に涙が溢れた。聖歌隊席の後ろにある付属礼拝堂にいた人間が写真を撮った。新郎新婦は婚礼ミサを受けるために前列の席に一緒に戻った。付添人以外の全員が聖体拝領のために手摺りの前に進んだ。晴れた空の下、夫婦が鐘の紐の下に立つと紙吹雪が撒かれた。みなが一緒に、あるいは単独で、そして少人数ごとに集まってローズの妹に写真を撮られた。月桂樹の常緑の茂みを背景に墓石が立っていた。叔父の車は巨大なテールフィンの付いた古いフォードV8で、後部座席に全員が坐ってもまだ余裕があった。新郎と新婦が前の席に坐った。「あなたのおかげで門出を祝うことができたわ」ローズが嬉しそうに言った。「一時は心配でどうなることかと思っていたの。向かっていないんじゃないかって。でも今はここにおられるんだから」

「パンクしちまってね。タイヤがペッチャンコになっちまったんだ」彼は運転しながら脂で汚れた掌をまた上に向けた。

「家に着いたらすぐにお湯で洗うといいわ」

「あんなに遅れたのだ、そのままでいい」モランが言った。

「何かあったと思いもしなかったのか」

「もちろん誰だって思った。当たり前だ」

「結局叔父さんは来たんだし、めでたしめでたしだったんだからそれで良いじゃないの」ローズは宥めるように言い、後ろの娘たちと話をするために振り向いた。

車は大きすぎて小道に入れなかったので、みな徒歩になった。四月の穏やかな土曜日で雨は全く降りそうもなかった。イバラや低い生垣の中で小鳥たちが音を立てて動き回り囀《さえず》っていた。家の下に見える小さな湖の周囲にはまだ雨に打たれた麦のような色をした冬の葦が残っていた。神父が到着するまでみなは食事を待った。神父だけが無理矢理この細い小道に車を乗り入れた。病人訪問が控えているので早くお暇しなくてはならないと神父は言った。

手紙や電報の披露はなかった。神父が手を組み目を閉じて祈りを捧げてから食事が始まった。写真を撮っていたローズの妹がスープを出し、そのあとサラダを添えたチキンとハムが出た。ウェディングケーキにナイフが入れられた。神父は結婚式が簡素で素晴らしかったことと両家を褒め称える短いスピーチをした。最近は車はロールスロイス、そして披露宴は大きなホテルでという無駄で高価な派手で目立つ結婚式が多い中で、このように昔ながらの結婚式を挙げる人々を見るのは実に気持ちの良いことだ。乾杯のためのワインやウィスキー、そしてビールが用意されていた。付添人はこのようなスピーチには慣れていないと言って、少しあがって、ここにいる神父さんがやってくれたこと、そして花嫁の家族がさまざまな困難を乗り越えて披露宴を開いてくれたことなどに感謝し、乾杯の音頭を取った。ローズを新郎に渡した兄は更に短くそのお返しの言葉を述べ、その少しあとで神父は帰って行った。

やがて出席者の中には席を立って歩き回る者も出てきた。背が高く寡黙なローズの兄たちの一人がワインやウィスキーの瓶を持ってテーブルを注いで廻ったが、みなつつましい飲み方だった。付添人が咳払いをしてパンクを修理してから帰るというのでモランの娘たちはみな彼のあとについて外に出て、彼がジャッキや補修材、接着剤などを出して作業するのを立って眺めた。部屋に戻ると、彼は椅子に坐るのも酒を飲むのも断った。

「そろそろ出かけなくては。今夜やらねばならないことがある」

「それではわたしたちも一緒にお暇することにしよう」モランが言うとローズは浮かれたようにすぐ立ち上がった。彼女は家から持って行く荷物をすでに整えていた。他のものはまたいつでも取りに戻ることができる。彼女の母や兄弟姉妹たちは彼女を抱き寄せたが、彼女は感情を表さなかった。道の端に停めてあった大きなフォードまで家の全員が二人を送った。彼らはまたローズを抱きかかえ、握手をした。橋のところでモランとローズは自分たちの小さな青い車に乗り換え、叔父が子どもたちを家まで送った。彼は花嫁と花婿が到着するまで家の外で待っていたが、説得されても家の中には入らなかった。

ローズの家族は全員黙ったまま小道から家まで歩いて戻った。「あの子にだって昔はたくさん言い寄ってきた男がいたのに」家に近づくと年老いた母は胸を痛めた悲しげな調子で呟いた。

「たくさんの男が……たくさんの……」

「あの子を止めることなんてできなかったわ。何もかもすっかり自分で決めてしまっていたんですもの。だってあの子の人生なんだから」結婚している姉が静かにそう言った。

「幸せになるといいわね」一人の兄の妻が特に感情も込めずに言った。

四人の背の高い兄弟たちは身を屈め黙ったまま歩いていたが、彼らの妻たちは愛想良く話を交わしていた。娘の一人が思いやって母親の腕を取った。

家に入ると、兄の一人がウィスキーの瓶に手を伸ばし、その日初めて四つの大きなグラスに酒がたっぷりと注がれた。彼らはとても仲の良い家族だった。しかし今後、結婚式はもちろん、小さな集まりでさえ彼らの家で開かれることは決してないだろう。何かあれば大きなホテルに行くだろう。このような、家でやる結婚披露など生きている間にはもう二度と経験することはないだろう。そして今後こういう集まりにローズやモランが出席することもないだろう。また二人に招待されることもないだろう。仮に招待されても出かけて行くこともないだろう。

「みんなはどうか分からないけど、私はまず温かくて美味しいお茶が飲みたいわ」ローズはみなが家に揃うとすぐそう言った。こうしてすぐに彼女は今後容易に変えることができない自分の立ち位置を決めてしまった。モランは黙って様子を見ていた。

　娘たちはみなで彼女を手伝って火を熾《おこ》したり、テーブルクロスを広げたり、カップや皿を並べたりした。そしてローズに台所にあるものの置き場所や、これから彼女のものになる部屋などを小声で喋りながらにこにこと張り切って案内した。そのように忙しく動き回る彼女たちは浮かれ発作に襲われているようだった。小さなことを大げさにやっているということ自体、彼女たちが自分たちがしていることよりもモランを気にしていることを図らずも示していた。皿やカップをうっかり手から離して割りそうになったこともあった。彼女たちが家を案内している間、両手の親指を合わせて動かしながら自動車の椅子に考え深げに坐っているモランの姿をローズはひどく意識しているように見えた。結婚式のこの日モランは奇妙なことに平和な様子に見えた。

彼が完全に静かにしていられるためには、こんな風に自分が注目されていることが必要であるかのようだった。

一日中、彼は自分の全人生が自分の目の前で、自分とは全く無関係な感じで進んで行ったことに対して激しい不満を抱いていた。確かに自分で歩いて行ったし、話もしたし、指輪の交換もしたし、一団となって教会から家まで戻っても来た。しかし全ては茶番だったのではないか。本当は何事もなかったのではないか。時々花嫁の背中を実に不思議な気持ちで眺めながら、そんなことを考えるのにもうんざりだった。しかし今、みながそっと自分を気づかってくれる状態で、事が過ぎていくことに満足していた。彼は家族の長として彼の家族と共に茶を飲むのだ。

父さんのお茶のミルクは十分かしら、それとも少し多すぎたかしら。彼女たちは彼が何口か飲むとすぐに注ぎ足した。彼はそれ以上砂糖は入れなかった。パンはそのままで良いのかしら、それともブラックカラントのジャムをつけましょうか、それともアップルタルト一切れの方が良いかしら？「うまい茶だった」と彼がはっきりと言ったので、彼が全く不満足だったわけではないということが分かった。「茶というのは実に良いものだ。今日一日で一週間分たっぷり食った。あと一口でも突っ込まれたら腹が破けちまう」

ローズと娘たちは彼の周りに置かれた皿やカップを見て微笑んだ。彼女たちはすでに共謀者になっていた。彼女たちは彼に支配されてはいたが、一方で支配している者を一緒に操縦していた。

「うまかった」彼はカップを脇に置いた。「しばらく外で腹ごなしをしてくる」

彼は普段着に着替えて外に出た。彼女たちは食器を洗い、乾かし、しまった。慌ただしい準備の後での気の緩みに似た静けさの中で、彼女たちは寂しさが消えそれぞれがみな仲間であるという自然な心地良さをしみじみ感じていた。

モランは外で果樹園に沿った生垣の小さなトネリコの枝を梳《す》いていた。彼は機械仕事が好きで、過去に何度か分解修理したチェーンソーが完璧な働きをするのに満足した。「ずっと具合が悪かったのはエンジンのスパークプラグだったに違いない」伐採し、形を整え、枝を切るという行為に彼は完全に没頭した。チェーンソーの刃が激しく回転するので、一心に集中していなくてはならなかった。マイケルが彼のあとについて外に出、切った小枝を集めて薪にする手伝いをした。それから散らばった薪を二人で積み上げた。

家の中では娘たちがローズに家中を見せて廻った。そのあとでローズは娘たちにスコットランドでの生活、特にローゼンブルーム家での暮らしについて少しずつ話を始めた。

「週末になると時々ローゼンブルームの旦那さんが私にシャツのアイロンがけを頼んだの。何百枚もシャツを持っているのに、何でアイロンがけを私に頼むのか全く分からなかった。奥さんはそれを知ると、夫が子どもたちと過ごす私の仕事の時間を奪っていると言ってかんかんに怒ってね。それで午前中大喧嘩。お昼を済ますと旦那さんは街に出てシャツが何枚も買えるくらいの値段のする、抱えきれないほど大きなバラの花束を買って帰ってくるの」

「奥さんはそれで満足されたの」娘たちは熱心に先を聞きたがった。

「しばらく機嫌が悪くても旦那さんがバラを持って帰ってくると仲直りしていたわ。当然旦那さんは子どもたちの家庭教師という私の本来の仕事を奪ったりしないと約束したわ。奥さんはバラの枝を切ってきれいに花瓶に挿したわ。それから着飾って、まるで何事もなかったみたいに笑ってお話をしながら一緒にどこかレストランに出かけて行くの」

「お二人は何の話をしていたの、ローズ」

「レストランで何を食べようかとか、どんなワインを飲もうかとかいうようなこと。あんなにさんざん食べ物の話をしたあとで、よくまあ本当に食事ができたものだわ」

マイケルと一緒に畑から戻ってきたモランは上機嫌だった。

「こいつとわしの二人で外の木を少し切ってきた」

彼が軽やかに帽子をかけたので明るい空気が部屋全体に入ってきた。この気分が部屋中に十分広がっていかないとすぐに悪い方に変化してしまうことを娘たちは良く分かっていた。

「この元気な若者と取っ組み合いだってまだまだできる」彼女たちが食事の支度をしている間彼はそんな冗談を言った。

「マイケル、そんなことする必要なんかないでしょ」ローズが優しくたしなめた。

「それはそうかもしれないが、全く本当にそうなのだ」彼が陽気に言い切ったので、テーブルに坐ったみなは笑った。

お茶のあとモランは、窓枠に置いてあったトランプを切りながら、みなに少し遊ばないかと言い出した。トゥェンティーワンをした。グリーンラベルのライオンズ紅茶の包み紙の裏に得点が記された。モランは一番強くていつもほとんどのゲームに勝っていたのだが、その晩の勝利は自分が配ったカードの運によるものだと言った。そのあと彼らはロザリオの祈りのために跪いた。モランがいつもの晩と同じく「主よ、わが唇を開かせたまえ」と口を切った。第一玄義〔玄義とは神によって啓示される信仰の奥義のことだが、ここでは一連のロザリオの祈りの一区切りのこと〕が終わると少し間が開いた。みながローズの方を振り向いた。彼女はモランをちらっと覗《うかが》ったあとですぐに第二玄義を唱え始めた。その様子はまるで今までもずっとこの家でみなと一緒に唱えていたかのようだった。

　祈りのあと、みなは順にモランにキスをしに行き、そのあとローズがみなに優しくキスを返した。娘たちは自分たちの部屋へさっと入っていった。少年は初めて自分だけの部屋ができたのが嬉しくてわくわくしながら自分の小部屋に向かった。彼もローズにキスをした。ローズとモランだけが部屋に残って坐っていた。声がしなかったのではなく、長い沈黙の合間に少し話をしただけだったので、彼らの話し声は上の部屋には聞こえてこなかった。二人がやっと寝室に向かったとき、娘たちはそれまでよりもはっきりと目を覚ましていた。大きな息をたてないようにしながら聞き耳を立てた。娘たちはとてもピリピリして畏れも感じていたので、父親がローズと一緒にいる部屋から聞こえてくる音に、反応することもそれを口にすることもできなかった。

　次の日の朝ローズは普段家族が動き出す一時間も前の七時に目を覚ました。娘たちが下の部屋に下りて行くと、部屋はすでに暖炉の火で暖められていて、ヤカンも沸いていた。ローズはカップに入れた茶をモランに持っていく支度をしていた。

「お父さんは朝食をベッドで摂るなんて思ってもいないでしょうね」彼女は愛嬌のある微笑を浮かべながら言った。「でも起きる前のお茶くらいなら喜んでくれるわね」

ローズはこの家に大きな変化をもたらした。母親が亡くなってから家のほとんどのことはモナとシーラに少し手伝ってもらいながらマギーが一人でやっていた。初めのうちは母の妹がときどき家に来てくれていたが、モランが彼女と喧嘩をしてからは来なくなっていた。モランはあまりに高価だったり、出来たてでないとき以外には、食事に関して口を出さなかった。娘たちは料理や家事のやり方を教えて貰ったことはなかった。彼女たちは野菜や肉、卵やベーコンの簡単な料理をしたり、お粥を作ることはできた。実際にやっているうちにパンを焼いたり家事をこなすこともできるようになっていった。それ以上のことを学ぶ必要もなかった。

ローズは全てを変えたのだ。彼女は自分の一日をきちんと管理することができたので、マギーより疲れているように見えるときでさえ、美味しい食事を時間通りに出すことができた。彼女は家の部屋という部屋を掃除し、きれいにペンキを塗った。モランはそんなに大騒ぎして仕事をする必要はないと不平を漏らしたが、秘かに心配していたのはそれにかかる費用のことだった。彼女は塗り直さないと漆喰がすぐに剝がれてしまうと指摘した。彼が費用のことであまり文句を言うときには必要なものを自分の金で買いに出た。それはますます彼の気に入らなかった。結局彼は彼女が要求するものを何でも渡すようにしたが、与えるということが癪の種だった。彼女は気にする様子は見せなかったが、実は極度に注意を払っていた。「みんなお父さんのことは分かっているわよね」彼女は弁解するように娘たちに笑って言った。子どもたちはみなで家をきれいにし直す作業の手伝いをした。全てが終わると家は気持ち良く心地良い新しい場所に生まれ変わった。モランもそれは認めたが、自分のような者には以前のままだって十分だったのにとだけ言ってこの件を片付けた。

もう一つ明らかになったのは、この家でのマギーの必要性が消えてしまったということだった。ローズはこの件をモランに静かに持ち出した。

「わしがいる限り、あいつが住むところには困らん」モランは激しい調子で答えた。

「そりゃ私がいたってあの子の居場所はあるでしょう。でも、あの子はもっといろいろなことをすべきだわ」

「これ以上何を望んでおるのだ」

「あの子もすぐ十九よ。お嫁さんが欲しいという男の人が現れるのをただ待っている時代は終わったわ。何か手に職を持つべきだと思うの」

「ここらであれにできる良い仕事があると思うのか。十四で学校を終えているし、それほど優秀な成績でもなかった」

「イギリスでは看護婦が足りないの。私はその勉強をしていなかったことをいつも残念に思っていたわ。私、あの子に話してみたの。とても興味があるようだったわ」

「随分手回しが良いじゃないか。しかしイギリスに行って駄目になったのも沢山いる」

「私だってしばらくいたんですよ」彼女ははっきりとした口調で言ったが、あまり強く出ないように注意した。彼女はルークがモランの強い反対に逆らってマギーを看護婦の勉強のために連れ出そうとしたことがあったということ、そのときモランと長男がいかに激しく言い争ったか、そしてマギーがモランに従ってここに残ることにしたあとルークが父に黙って家を出て行ってしまったことなどについて娘たちからすでに話を聞いていた。

ローズはモランが自分からマギーの話を持ち出してくるまで待った。モナとシーラは女子修道院付属の中学に通っていた。マイケルは公立の小学校を卒業するところだった。マギーは昼間ほとんどすることがないので、ローズと噂話などをしながら過ごしていた。モランが家に入ってくるのが分かると、いつも彼女は忙しい振りをした。「父さんは誰かが何もしないでただ坐っているのを見るのが嫌いなの」「かわいそうなお父さん」ローズはモランがまた出て行ってしまうと愛情に満ちた微笑を浮かべたものだった。

モランはマギーが家の中でやることがほとんどないということ、ダンスに行ったり服を買ったりするお金が必要になっていることなどが分かりかけてきた。彼はローズがこっそりマギーに彼女の金を渡しているのではないかと疑っていた。

「マギーがイギリスに行って看護婦になるべきだとまだ思っているのか」ついに彼はそう聞いた。

「ええ。あの子は何かよりどころを持つべきよ。だってこれから何が起こるか分からないでしょ。それには手に職を持たなくては」

「わしには良く分からんのだ。昔あれの兄があれを外に出したがったときわしは猛烈に反対した。もちろん奴は娘たちの将来などに関心はなかったのだ。とにかくわしの言うことに反対したかっただけなのだ」

「私はあなたの言うことに反対しようなんて思っていませんよ、それはお分かりでしょう。私はあの子のためだけを思ってるんです。私がいる限りこの家はいつだってあの子が帰ってこられる場所ですよ」

看護婦になる娘の数が足りないので、沢山の求人広告が新聞に毎日出ていた。ローズはマギーが応募用紙を請求する手伝いをし、それが送られてくると記入するのを手伝った。モランが驚いたことに五つの病院から訓練を受け入れるという返事が来た。ある晩ロザリオの祈りのあと、家族全員で彼女が行くべき病院を選んだ。ここら辺の人間が何人か働いているという理由でロンドン病院が選ばれた。結論に達すると、マイケルが泣き出し、どうしても宥められなかった。

どうしたのとみなが明るい調子で聞くと「じきにみんな行ってしまうんでしょう」と彼は答えた。「ひどいよ、そんなのってないよ」

ルークにマギーをロンドンに迎えに行って欲しいという手紙を出そうかしらとローズが匂わせるとモランは激しく怒り出した。

「病院が迎えに出ると言ってるだろう」

「だってお兄さんじゃない。マギーを迎えに行くのが当たり前ですよ」

「あいつに当たり前など通用せんのだ。わしは奴に何度か手紙を出したが、返ってくるのはいつだって、ぼくはここで元気にしています、みんなもそちらで元気でいますように、だけなのだ。それが長年育てて貰った者の当たり前のやり方なのか」

「そんなことはどの家にだってあることだし、みんなやり過ごしているのよ」ローズは静かに言った。「結婚とか思いがけないことだってあるでしょう。そんなときにはまたみんな一緒になるわ。お父さんの気持ちは良く分かるわ。でもあまり向きにならない方が良いと思うわ。物事はいつだって変わって行くんですもの。この先どうなるかなんて分からないんだし。大きな気持ちを持てばいつまでも自分を責めることもなくなるわ」

「わしが悪いのだ。その点は間違いがない。この件については何もかもわしに責任がある」

「難しいとは思うけどひどいことを言われたことは忘れた方がずっと良いわ。そうすればお父さんだって自分を責めることはなくなるわ。でも何事も焦《あせ》らないことね」

「お前はわしに何をして欲しいのだ」

「あなたがあの子に手紙を書いてやるのがいいと思うの」ローズはそれとなく言った。

「今更どの面下げてだが、まあしかしやってみよう」

モランは長い時間をかけて手紙を書いた。彼はどうしても謗《そし》る言葉を付け加えずにはいられなかった。ルークはその手紙に電報で返事を寄こした。電報などめったに来るものではないし、誰だってそんなものが届くのは嫌なものだ。竪琴の絵が印刷された小さな緑色の封筒は誰かの突然の死を知らせるものと決まっていた。普段はゆっくりとした慎重な動きに隠されているモランの張り詰めた不安感が、自分の縄張りでない場所にいる動物のように周りを眺め渡してから封筒を開けたとき、はっきりと目に見えるように外に現れ出た。「ヨロコンデマギーヲムカエル。アイシテイル。ルーク」読み終えるのに何とか怒りを爆発させない努力が必要だった。彼は外の鉄の門まで歩いて行き配達人に料金を払い終わったあとも、怒りを隠すことができなかった。

「まず電報を出したのよ。何日かすれば手紙が来るわ」マギーはそう言って宥めようとした。

「手紙なぞ来ん。わしは露骨にばかにされたのだ」

「どうしてそんなことを言うのか分からない。お父さんはやるべきことをちゃんとやったじゃないの」ローズは言った。

「何も知りもしないくせにお前はなんだってそう偉そうに喋るのだ」彼は怒りを彼女に向けた。

「いいか、お前はこの問題の始まりを知らんのだ」

電報の文面がきちんとして丁重なものであり、自分が書いた誇りの言葉を全く無視したものであったことがモランをいらつかせた。声を出して読み終えると、彼は電報をくしゃくしゃに丸め、見るのもおぞましいと言わんばかりに暖炉の火に投げ込んだ。

「とにかくユーストンの駅であなたは迎えてもらえるわ」ローズが静かにマギーに言った。マギーは先ほどの二人の話から迎えに来てもらえることは分かっていた。

「もちろん奴は迎えに来るだろう。そしてこいつをわしに反抗させようとするんだ」モランが大声で言った。

「彼はとても礼儀正しいわ」ローズは訴えた。何を知っているというのだ。

「どうしてそんなことが分かるんだ」

彼は棚の上から帽子をさっと取り、頭の上に押しつぶすように乗せ、まるで扉を壊すような勢いで外に出て行った。しばらくすると彼が枝を薪にしている鋭く素早い斧の音が聞こえてきた。

彼女は驚いて立ちすくんだ。彼が彼女にあんな風に口をきいたことなど今までなかった。彼女は静けさが広がっていく部屋の中で、子どもたちはどうしているのかと目をやった。モランが電報を読み上げたとき、みなはここにいたのだ。ローズは娘たちが父親の分別を失い荒れ狂った姿を笑い飛ばし、普段の幸せな状態に彼女を戻してくれるのではないかと心のどこかで期待していたのだが、辺りを見渡すと部屋にはマギーの姿しかなかった。他のものたちはまるで幽霊のようにいつの間にか姿を消していた。マギーは食器棚にあったガラスのボウルでパン生地にカラントの実を練り混ぜていた。一心不乱に自分の全人生を白っぽい生地の中に練りこんでいるようだった。

「ねえマギー、あの子たち突然どこへ消えてしまったの」

「外に行ってしまったんだと思う」マギーは集中したまま顔を上げて言った。

「みんなでかわいそうなお父さんのことを笑っているんだと思っていたわ」ローズは自分の動揺と恐怖を和らげようと不安げに笑いながら言ったが、マギーは相変わらず青白く真面目な顔をしたままでいた。

「私にはお父さんに何が起こったのかが分からないの」ローズは言った。

「ときどきああなるの」

「あんなに怒ったところを見たことはないわ」

「いつまでもあのままではないわ」

「しょっちゅうああなるの」

「以前にはね。でも最近はそんなにいつまでも怒ってはいない」マギーは渋々と認め、ローズもそれ以上のことは知りたくなかった。すでに扱い兼ねるほどのものを抱えてしまったのだ。沈黙の中、近くの畑から大きなハンマーが石を撃つドスンという音が聞こえてきた。木を切るのは止めたようだった。

　ローズは娘たちと話をしているときにモランが部屋に入ってくるといつでも彼女たちが死んだように黙り込んでしまったり、また彼が部屋で一人食事をしたり、鋸《のこぎり》の目を整えたり、雨の日に壊れたスコップの柄を付け替えたり、長い間まともに働いていなかった照明装置を分解したりといった仕事をしているときに、彼女たちがいつもするりと部屋から逃げ出していたことに気がついていた。部屋から出られないときには影のように場所を変えて動いていた。何かを落としたり物音を立てたりしたときだけ彼女たちは怯えたようにモランを覗うのだが、そんなときには不安と緊張感がゆっくりと広がっていくのがはっきり分かった。ローズは気がついてはいたが、愛する人に対する畏敬と尊敬の念からそうしたことは考えないようにしてきた。しかし彼女も今や違った方向から嫌でも彼のことを見直さざるを得なくなった。モランを選んだのも、因習を破り家族の反対を押し切って彼と結婚したのも彼女だったのだ。今彼女の評価が問われているのだ。彼女はモランが自分に向けてくる暴力に対しては、姿を隠してしまうことで決して彼に立ち向かうことをしない娘たちと手を繋ぐことで、それを無視することを選んだ。

彼は随分経ってから疲れ切ってはいたが油断のない様子で帰ってきた。ローズが明るい調子で出迎えたときも深く沈黙したままだった。彼女はそんな彼の様子を予想していなかったので、急いで茶の用意をしながら不安な気持ちを十倍にも膨らませていた。シーラとモナは脇テーブルで勉強していた。マイケルは大きな肘掛け椅子に向かってロザリオの祈りのときのように跪いて両肘の間に本を置いていた。彼が勉強するときに時々している格好だった。三人は深刻な顔を見合わせて父親が戻ってきたことを認め、すぐに彼の気分を察するとまたそれぞれの学校の勉強に没頭した。

「マギーはどこにいる」彼は強い調子で尋ねた。

「村のお友だちに会いに行きました」

「最近はいつもあちこち歩き回っているようだな」

「みなにさよならを言いに行っているんですよ」

「さぞかしみんな寂しがることだろうよ」彼は嫌味たらしく言った。

ローズは彼に茶を注いだ。テーブルには染み一つない布が掛けられていた。彼が食事をしている間、ローズは気がつくと不安な気持ちになり、頭に浮かんだその日のどうでも良いような細かいことなどをとりとめもなく喋り続けていた。怖れ、寄辺なさ、そして愛情といったものが混ざり合った混乱した気持ちで話を続けた。頭ではベラベラ喋るべきではないと思っていても、止めることができなかった。彼はテーブルに向かって坐りながら何度かとっつき難い様子でイライラとした顔を見せたが、それでも彼女は話を止めることができなかった。すると彼は突然憎しみを露《あら》わにして椅子の向きを変えた。子どもたちの目は相変わらず学校の勉強に向いていたが、みな聞き耳を立てていた。

「ローズ、自分で喋っていることが聞こえているのか」彼は言った。「自分の言っていることをもう少し気をつけて聞けば、そんなに喋れないはずだ」

彼女はいきなり攻撃された人のような顔をしたが、逃げたり泣いたりしようとは思わなかった。彼女は他の者には何時間にも思えるほど長い間黙って立ったままでいた。それから退屈だがやらねばならぬやりかけの仕事を惨めな気持ちで終え、何か話しかけてくれるのではと期待していた子どもたちにも何も言わず部屋を出て行った。

「ローズ、どこへ行くんだ」自分でも少し言い過ぎたということを彼女に伝えるような口調で彼は尋ねたが、彼女は黙ったまま立ち止まりもしなかった。

　黙って坐っていることしかできないことに彼はひどく苛立った。しかも悪いことに子どもたちみんなに見られてしまった。子どもたちは頭を垂れて本を見ていたが勉強の手はずっと前に止めていて、彼と目を合わせたり音を立てて息をしたりしないようにしていた。嵐を目前に、身を屈めることしかできなかった。

　モランは長い間坐っていた。沈黙に耐えられなくなると慌ただしく隣の部屋に入って行った。「悪かった、ローズ」と彼が言っている声が聞こえてきた。扉を閉めていたのに、子どもたちには彼の言葉がはっきり聞こえた。「悪かった、ローズ」彼はもう一度そう言わねばならなかった。「癇癪を起こしちまったんだ」子どもたちが決して終わらないと思っていた長い間《ま》のあとで、「私、独りでいたいの」という声が聞こえてきた。それは自己主張など全くない鈴の音のようによく澄んだ一声だった。彼はしばらく部屋にいたが、結局どうすることもできず出てくるしかなかった。

　戻ってくると、どうして良いのか分からない様子で三人の子どもたちのいる脇テーブルに向かい、自分の食べ残しが置いてある近くに坐った。それから彼は紙と鉛筆を取り、今自分がせねばならぬ出費の計算を始めた。その計算に随分長い時間を費やし、そうすることでやっと気分が落ち着いたようだった。

「ロザリオの祈りをしよう」彼は紙と鉛筆を置くとそう言い、自分の数珠を出し、それが大きな音を立ててぶらぶら揺れるに任せた。子どもたちも勉強道具を片付け、自分たちの数珠を取り出した。

「ローズが聞きたいかもしれないから扉を開けておくんだ」彼は息子に言った。マイケルが二つの扉を開いた。彼は寝室の扉の前で少し立ったままでいたが、掛け布団に包まれたはっきりしない形はじっと動かず声も聞こえてこなかった。

モランは第二玄義が始まるとき黙って待った。家に病人がいたりすると、その人間が寝ている部屋から途中で祈りに加わることがあったからだが、いくら待っていても沈黙が続くばかりだったので、モランはモナに目配せをし、彼女がローズの唱える部分を引き継いだ。祈りのあとモナとシーラは茶を淹れると、さっと部屋を出て行った。

モランは部屋に一人でいた。いろいろな考えで頭が一杯になっていたので、真夜中を少し過ぎた頃、裏の扉が開いた音にぎょっとした。マギーが部屋に入ってきて、モランが一人でいるのを見て一瞬どきっとしたが、すぐに送ってきてくれた若者を家まで来させずに通りに近い門の脇で帰してきたことを思い出し、ほっと安心した。

「遅かったじゃないか」彼は言った。

「コンサートが十一時過ぎまで終わらなかったの」

「お祈りは家に帰る途中で済ませたのか」

「いいえ、父さん。上の部屋に行ったらすぐやるわ」

「明日学校があるのだから、他の連中を起こさないようにするんだぞ」

「大丈夫、気をつけるわ。おやすみ、父さん」いつもの晩のように彼女は彼に近づき唇にキスをした。

じっと一人で坐っているうちに、不安な気持ちは消えて行き、ゆったりと満足した気分になれた。暖炉の火は消えていた。椅子から立ち上がるとき身体が強張っているのを感じた。明かりを消し、手探りで開いたままの寝室の扉を通ってベッドに向かい、床に服を脱ぎ散らかした。ベッドに入るとすぐにくるっとローズに背中を向けた。

次の朝ローズはいつもより早く目を覚ました。普段から朝の仕事は楽しんでやっていたが、暖炉の灰をかき集めて外の植物に撒き、そのあとで暖炉に薪をくべ部屋を暖めるといった、やらねばならぬこまごまとした仕事が今朝も変わらずにあるということを他のどの朝にも増して感謝した。テーブルが整えられ朝食が始まった。三人の子どもは学校に行くときローズのことが気にかかっていたが、ローズはいつもの元気を見せるほど力があったので、それを見て一安心し学校へ向かった。モランは遅くなってやっと起きてきたが、何も喋らず必要以上にせかせかと靴下を履き、靴を履いた。彼女は手伝わなかった。

「謝るべきなのだろうな」ようやく彼は口を開いた。

「あなたが言ったことは本当に酷かったわ」

「わしは最愛の息子からのあの電報を見てかっとなってしまったのだ。あれではまるでわしの存在など初めからないようなものじゃないか」

「そうね。でもあなたの言ったことは酷かった」

「ああ、済まなかった」

彼女が欲しかったのはこの言葉だけだったので、それを聞くとすぐに彼女は明るさを取り戻した。「それでいいわ、マイケル。謝るのは簡単じゃなかったでしょう」彼女は愛情を込めて彼を眺めた。彼らはたとえ二人だけのときであっても抱き合ったりキスをしたりしなかった。それらは夜の暗闇の中でのことだった。

「わしが何を考えていると思う、ローズ。わしらは家に閉じこもり過ぎだ。今日は外出してみようじゃないか」

「どこへ行くの」

「車ならどこへでも好きなところに行ける。それが車を持っていることの一番の強みだ。やらねばならぬのは、車を小屋から出して出かけることだけだ」

「一日何もしないで大丈夫なの」彼女はまだ心配していた。

「一日休まない方が良くない」彼は笑いながら言った。彼は今幸せで満足しており寛大な気分になっていた。

彼はフォードを小屋から後ろ向きに出し、道に向けた。彼が部屋にはいるとマギーはすでに起きていて朝食を摂っていた。

「父さん、何かいるものでも」

「いや、何もない。何だって揃ってる」彼女はその口調を聞いて安心した。「お前は一日好きなことをしていて良いぞ。ローズとわしは終日出かけてくる」

「何時ごろ帰れるの、父さん」

モランはローズが用意していた茶色のスーツ、シャツ、ネクタイを身につけ始めていた。

「戻ってきたときには帰っているさ。とにかく夜になる前には戻る」シャツの裾をズボンに入れ、ズボンを腰の上に引き上げながら言った。

「なんだかみんなに悪いわね」ローズはどことなくうきうきしていた。彼女はツイードのスーツに白いブラウスという控えめだがきちんとした身なりをして、きれいだった。

「お父さん、とっても素敵。私がいて大恥をかかせなければいいんだけど」彼女は彼の意にかなうことだけを願って手を動かし、そう言って心配そうに笑った。

「とっても素敵よ、ローズ。本当のレディみたい」マギーが言った。

「わしはおかかえ運転手だと思われるだろうな」彼は大声で笑った。彼は「お抱え運転手」と言うべきところを誰かが気付いて直してくれるのを願ってわざと言い間違えたが誰も注意してくれなかった。

「そんな心配は絶対にないわよ」彼女は本心からそう言った。

二人は小さな車で一緒に出かけて行った。ローズの少女のような微笑と手を振る仕草が仲の良い幸せな夫婦の丸一日の行楽の始まりをはっきりと示していた。マギーは車がゆっくりと大通りに出て行くまで見送ってから大きなイチイの木の下の門まで歩きそれを閉めた。

モランは行き場所を決めていたように車を走らせた。車はボイルで細くて流れの早い川を渡り、屋根が落ちた古い修道院の灰色の壁の前を通り過ぎ、カールーズに向かう大通りをずっと走った。ローズはどこへ行くのか聞いていなかったが、どこだって構わなかった。一日中彼と一緒にいられるだけで十分だった。

「ある晩仲間のオニールとオドンネルが大砲をキンセールに向かってここを馬で運びながら越えて行ったことがある」車が低い山を上り始めると彼は彼女に話した。「その晩、ここらは石のように硬い霜に覆われていたので越すことができたのだ」

今まで目の前の誰もいない道路しか見ていなかったが、話を終えるとくつろいだように見えた。

「あなたたちにだって、そんな夜があったんじゃないの」彼女は今までしたことのない話題を敢えて取り上げてみた。

「いや。わしらのときは違った」彼はそれほど無愛想ではない調子で答えたが、彼がそういった晩の話をしたくないのは明らかだった。

「ストランドヒルに行きたくないか。子どもたちが小さかった頃毎年出かけていたのだ」

「海を見るのは大好きよ」彼女は答えた。彼女は彼が喜ぶことなら何でも、そして彼女が彼といられればどこへ行こうと少しも構わなかった。彼女の悦びの大部分と苦しみの全てが彼の気分に左右されていた。彼がいるところで起きることの全てが彼女の心を動かすのだった。いつまでも動かずにいるものなど何もない。だから彼が普通でいると彼女は極度に嬉しくなるのだった。

「穏やかな海だ」ストランドヒルに向かう細くて曲がりくねった道を走りながら、バリサデアに続く入り江を指さして彼が言った。「みなあそこで泳いだものだ。あまり人も来ないし安全なところだ。手前の荒れた海は危ない。毎年夏には三四人が溺れている」

「あの子たちを海へ連れて行ったのは良いことだったわ。子どもたちを海へ連れて行こうと思うような人は学校の先生を除けば他にはいないんじゃないかしら」

「わしはいつだって一番良いこと、わしが一番と思うことをやろうとした。ときにはそれが分からなくなることもある。自分で正しいと思っていることをしたときにこそ、逆に恨まれてしまうのだ。ルークの奴はしまいには絶対に海について来なかった」

「男の子ってそんな風に大人になって行くんじゃない」

「おかげでわしらはターフ〔燃料用に乾燥させた泥炭〕売りを諦めねばならなくなった」

「ターフって」彼女が尋ねた。

「わしらは自分たちが使う分のターフを荷車一杯運んできていた。その残りを袋に入れて一軒一軒売りに歩いたのだ」彼は昔自分たちがバンガローを借りて泊まったことのある教会とゴルフ場の間にあるパークス・ゲストハウスの前の石畳の道を指さした。「わしらはここからターフを売り始めた。休日をここで過ごす費用はそれで全部賄《まかな》えた。大したあがりだった。じめじめした日が続く夏があった。雨のせいでみんな火が恋しかったのだ。あの休みには本当に大金を稼ぐことができた」

海沿いには他に二台しか車がなかった。彼は厚い胸をした雑種犬のような形の古い大砲が海に向かって乗っている台座の脇に車を回した。二人はしばらくの間大西洋の波が人気のない浜辺に寄せて砕けているのを坐ったまま黙って眺めた。

「三年も海に来ていなかった。そのせいで老けこんだのかもしれん。昔できたことが今では考えてからやらねばならんようになった」

「まだまだ年寄りではないわ」ローズが言った。

「もう燃料切れだ」彼は言った。「後戻りして若返ることはできん」

「今日どこに何をしに出かけるのか分からなかったけれど」彼女は細心の注意を払って言った。

「一応サンドイッチとお茶を魔法瓶に入れてきたの」

「それはいい」彼は昼をどこで食べようかずっと考えていたのだ。ここら辺には安く食事ができる場所がないことを知っていたから、はっきりしたあてもなくどこか探さねばならないところだった。「食べたらどこへでも気が向いたところに行ってみよう」彼は自分がけち臭く見えないようにそう付け加えた。

ローズはダッシュボードの上にサンドイッチを広げ魔法瓶の蓋を開けた。「主の御恵によりて、われらの食せんとするこの賜物を祝したまえ。われらの……」彼はゆっくり味わいながら食べて飲んだ。スライゴーの港から出た漁船を指さしたり、湾の向こうのロッシズポイントがいかに安全な遊泳場であるか、一方ここら辺の海はちょっと立っただけで足の底から砂ごと持って行かれそうになるほど波が荒いのだと言ったりした。「だがロッシズポイントはつまらないのだ、ローズ。嵐が来たってあそこでは小さな波しか立たんのだ。ここなら本当の海の気分を味わえる。そんなことをいつもわしは連中に話したものだ」

「素敵なところね」彼女は言った。

「生まれ変わったような気がする」彼はローズが魔法瓶をしまい、ダッシュボードの上のパンくずを手のひらで受けてきれいにしているときに言った。二人は祈りを始めた。「主よ、感謝の祈りを捧げます。とこしえにこの世にありこの世を治められますわが主キリストによる賜物《たまもの》すべてに感謝いたします。アーメン」二人は明るい気分で車から出て、岩を降り海岸の波打ち際に出た。二人はそこを一マイルも歩いた。ローズは貝殻や丸くなった石を拾い、モランは食用の赤い海藻を少しポケットに入れた。二人は外れにある古い墓地の真ん中に立つ、屋根の落ちた教会に近づいてから引き返した。

「今でも地元の人間はここに埋葬されるのだ」彼は彼女に話した。

二人は砂山の間を縫うような小道を通って戻った。早咲きのクローバーの上をもう蜂が這っていた。

「時期になるとここには沢山の人間がやって来てテントやトレーラーで一杯になる」

「砂の上よりもここを歩く方が気持ちがいいわ。草の上はふわふわ弾むようね」

「ウサギの穴に気をつけねばいかん。足を捻《ひね》ってしまうぞ」

「私たち二人でこうして丸々一日海や空を自分たちのものにできたなんて、本当に良かったわね」ローズは夢中になって言った。

「そうだろうさ」彼はとげとげしい口調で言った。彼女は用心しいしい彼の顔を見た。彼の気分は海の波の変化よりゆっくりとではあるが、変わりつつあった。すでに彼女は、彼がだんだん怒りを膨らませてきていることを感じていた。じきに爆発させぶちまけることだろう。しかも彼女は彼の一番近い場所にいる人間なのだ。彼女の生活は彼女がとても愛し、そしてその闇の部分を怖れてもいるこの人物に完全に縛られていた。この一日が台無しにならないうちに家に帰った方が良い。

「茶かアイスクリームを食べにどこかのホテルにでも行こう」彼は彼女が閉じこもり始めているのを察知したかのように、落ち着かない感じで切り出した。

ここにいるのは彼らだけではないのだということを知らせるかのように白いテリアを連れた一人の男が砂丘の後ろから彼らに向かってやって来た。彼はテリアが咥《くわ》えて戻って来るように砂丘に向かって投げるための白っぽい骨を持っていた。すれ違いざま彼は黙って帽子を持ち上げた。

「いいえ」彼女はきっぱりと言った。「家に帰った方がいいわ。あまりいろいろなことをやろうとするとせっかくの一日が台無しになってしまうわ」

「本当にいいのか、ローズ」

「ええ」

「これからもっとこんな風に過ごすべきだな、ローズ」彼はフォードを置物の大砲から後退させながら言った。広くて長い浜辺には四人の人がいた。打ちつける波と白い砂を背景にして彼らの姿が小さく黒く見えた。

「そうね。でもマギーが出て行ってしまったら私たちが外出するのはそんなに簡単ではなくなるわね」彼女は、時にモランを楽しませ、時に彼をいらいらさせる、楽しげな口調で言った。今彼はそれを楽しんでいるように見えた。彼女がいつでも好きなときに二人で外出することができると言ったなら、きっと気に食わなかったに違いない。人が気楽で楽しげにしているときにはいつも不信感で一杯になるし、自分の楽しみに没頭しているときには人のことは気にしないものだ。

モランの再婚前は、家の仕事はずっとマギーが甲斐甲斐しくやっていた。ローズが彼女を解放したのだ。ローズは彼女が他の同年代の娘たちと同じように、きれいな服も外で自由に使える自分のお金も少しだが持っていることが分かった。彼女がダンスパーティーから帰ってきたあと、男性からちょっと注目を浴びた、というような話も聞いた。マギーは今まで男性から注目を浴びたことなどなかったのだ。少し自信が出てきた彼女は喜んでモランと畑へ出かけて行った。枝を集めたり、牛を駆り集めたりという、ちょっとした仕事の手伝いをしたり、彼が仕事をしている間ただ一緒にいたりした。

　彼女はじきに家を出て行くのだし、彼が優しい態度をとるのは難しいことではなかった。突然イラつくこともあったが、声を荒げて叱ることはなかった。彼の性格そのものが彼女を彼に近づけていた。「それぞれの人生というのは賭けのようなものだ」彼は好んでそう言った。「成功するか落ちぶれるか誰にも分からんのだ。いくら富み栄えても絶対に他人を見下してはいかん。そうすれば決して悪いことにはならん」

「父さんは大した人だわ」マギーは部屋に入ってくるなり鼻高々でそう言った。

　ローズは黙ったままでいたが、彼女の表情は喜びで輝いた。

「良いときには、素敵になれるのよ」モナは宿題から顔を上げ真面目な調子で言った。

「いつもそうだったら、本当はもっといいのに」シーラが辛辣な調子で付け加えた。

「でも私たちだって近くで良く見ればいつも良い人間というわけでもないでしょう」ローズが素早く諌めた。

　古い肘掛け椅子に本を広げ、その前で跪いていたマイケルが顔を上げた。彼は彼女たちが自分に注意を向けてはいないことが分かると、また視線を本に戻した。

　マギーが家で過ごす最後の晩ローズはささやかなパーティーを開いた。前の晩にマギーは友人たちとの最後のお別れで遅くまで家をあけていた。最後の晩は家族とのものだった。

　モランはロザリオの祈りを早く済ませた。祈りの最後には、マギーがこれから旅立って行く世の中で無事に暮らせますようにと付け加えた。彼はその部分を大きな声で強調したので、みな泣きそうになったが、それもローズが準備していたパーティーの楽しい雰囲気に紛れて消えて行った。

みなの大好きな澄んだチキンスープの入ったボウルがテーブルに置かれた。暖かいグレイビーがかかり、フラワリーポテト〔焼いたポテトに小麦粉をまぶし再度焼いたもの〕がたっぷり添えられた、白っぽい詰め物をしたローストチキンが続いた。レモネードがグラスに注がれ、乾杯のあと食事が始まった。「まるでアメリカ式だ」〔この食事はアメリカンスタイルを模したもの〕モランは誇らしげに言った。トライフル〔スポンジケーキを使ったデザート〕の皿が続いた。「腹がはちきれそうだ」モランも他のみなも楽しげだった。ローズが汚れ物を洗いに行くと、娘たちが一緒に手伝い、明日の朝の支度もすぐに整った。それからトランプをしたが、みな疲れていてあくびをこらえたり、手順を間違えたりし始めたので、これ以上疲労に逆らうことはできなかった。朝学校に行かねばならない三人はベッドに向かった。そのあと少ししてマギーも続いた。

「明日は長い一日になるわ」ローズが元気付けるように言った。

「お前が無事で過ごせるように」モランが言った。

マギーは彼におやすみのキスをするとき愛情を込めて彼を見た。ロンドンで新しい人生が開けようとしている今、モランは一番大事な人物であり、何より彼女の父親であった。

翌日、小さな駅のプラットホームでの彼は上機嫌だった。結婚式のときの茶色いスーツをきちんと着て、静かな威厳を持って彼女の切符を買った。彼は周りの人間と打ち解けて付き合うことができないので、ホームに敷かれた白い砂利の上で列車を待っている他の乗客の誰とも話をすることはなかった。ローズは人生の半分ほどをスコットランドで過ごしてはいたが、そこにいる人の多くを見知っていて、挨拶をされれば機嫌良くそれに応えていたが、モランに自分の愛想の良さを苦々しく思われないよう注意していた。マギーは最近演奏会やダンスに良く出かけていたのでローズよりも顔見知りが多かったが、黙ったままでいた。マギーはモランが他人との間に垣根を作っている孤立感というものが、他の人間とは違う彼の強さの現れなのだと思っていた。ローズは沢山の人を知っているという点で俗な人間であるとマギーは心の奥で感じていた。モランはホームの上に他と離れてすっくと立ち、駅長が飼っている茶色の馬や何頭かの牛や羊が草を食《は》む線路の向こうの小高い丘をじっと眺めていた。

ローズは待っている間、ときどき肩や腕を撫でさすったりしてずっとマギーに触れていた。

「あなたは私たちの素敵な娘。何も怖れる必要などないわ」ローズはこれからのマギーの幸せな生活や、生まれてくるだろう彼女の子どもたちの姿がはっきり見えるようだった。

やがてディーゼル列車が入ってきて人々がホームに置いた荷物を手にすると、モランは振り向いて彼女にキスをした。それは彼女がモランのところにやってきて毎晩していたお休みのキスの最後であるかのようだった。

「お前が出て行く家はいつだってお前の家だということを忘れるな。ローズとわしがここにいる

限り お前はいつでも帰って来られる家が一つはあるということだ」

「これからもあなたのことは気にかけているわよ」ローズがキスをしながら言った。

マギーは涙を流した。列車がホームを離れると、彼女はホームの群集の中からモランを探し、見つけると手を振った。

「奴はちゃんと迎えに行くだろうか」

「もちろん行くわよ。マギーを一人ロンドンで途方に暮れさせることなどないわ。だって兄さんなんですもの」

「絶対確かだと思いたいが、万一のことを考えて病院に迎えを頼んでおいた。奴はマギーをわしのところに返すつもりで迎えに行くのかもしれんからな」


ひどい雨の日でも、モランが家の中でブラブラしていることはほとんどなかった。彼は外の小屋を一つ、一種の作業場に改造していて、そこで昔からずっと村のオークションでただ同然で買い集めていた小さなエンジンや古い電気装置、ポンプといった機械の修繕をしていた。彼はそれらの装置が動く仕組みの正確な知識も根気もないのに、人に頭を下げて聞くことを絶対にせず、説明書や教本のようなものにざっと目を通すくらいのことしかしていなかった。しかしそれでも試行錯誤の末エンジンを復活させることも度々あった。そんなときには幸せな気持ちになり、それが周り中に広がって行くのだった。ローズもそんな日々を彼と一緒に自分の喜び以上に心から楽しんだ。しかしどれも上手く行かず黒ずんだ長い作業台の上にさまざまな部品が乱雑に置かれたまま、という日も沢山あった。そんなときローズはやきもきと心配し怖れていたが、二人の娘と一人の息子のことを考えると落ち着くことができた。彼女は子どもたちの信頼を完全に勝ち得ていた。彼らはローズにまず一日の出来事をお喋りしてから学校の勉強を始めるのだった。二人の娘は勉強が好きで、成績もとても良かった。幼い頃は学校の勉強が彼女たちの避難場所だった。勉強をしているとき、自分たちは安全で守られていると感じていた。

マイケルも成績は良かったが、最小限の勉強しかしなかった。三十分も経たないうちに一人で坐っているのに飽きて、落ち着きをなくし、テーブルの周りに本を投げ散らかしたまま外に出て行ってしまうのだった。「もう終わったの」ローズがとがめるようにそう聞くときには、もう音を立てて扉を開け、外に出て行ってしまっていた。「終わっていたってあんなぐちゃぐちゃなままで出て行くなんて、本当に行儀が悪いんだから」娘たちはぶつぶつ文句を言った。しかしそんなことを言いながらも彼女たちかローズの誰かがいつも彼の本を片付けたものだった。年齢の割に背が高く力も強く見えたが、彼はきつい肉体労働が好きではなく、外でモランの手伝いをなかなかしたがらなかった。彼にはペットがいた。灰色猫のマリア、彼が外に出るといつでもついて歩く羊の番犬シェップ、それに脚の不自由な鳩をはじめとした何羽かの鳥。彼はその鳥たちと一緒にマリアをかまって遊ぶのが好きだった。ある年の春、放っておかれた巣から持ってきた卵から生まれた野生のカモを育て、それが十月のある日飛んで行ってしまったあとなど何週間もずっとぼんやりして過ごしたものだった。ローズはこの家に来てすぐ家の前に小さな花壇を作った。マイケルの姿がしばしばそこで見られるようになった。初めはローズを手伝っていたのだが、そのうちにその管理を引き継ぎ、その花壇を小道の方まで広げた。イバラの垣の緑は生き生きと輝き、ワスレナグサやビジョナデシコ、夕方になると良い香りを放つニオイアラセイトウ、そしてユリやバラといったお決まりの花が咲いていた。小鳥や動物たちに対するマイケルの心持ちが花や植物にもそのまま出ているようだった。二人は楽しんでいたがモランは苛立った。

「そのうちにお前はスカートを履くようになるんだろうな」

「ズボンの方が便利だよ」彼はそう言って笑い、気にもしなかった。

「ニンジンのようなものを作るのなら、まあ意味もあるだろうがな。あんな花などいつになったって食うこともできん」

「見ているだけで楽しいじゃない」

「見ているだけじゃ出世などできん」モランは言った。

少年はそれに頷きはしたが、その裏にはモランの仕事に対する態度への蔑みの気持ちが隠されていた。彼はモランの仕事を自由で自発的な労働とは程遠いものであると思っていた。幼い頃から女の子たちの陰で大きくなり、今はローズに守られて真っ直ぐ育っているマイケルはモランに対する恐怖心から逃れていた。

マギーが家を出て行ってから、モランは郵便局へ通うという昔の習慣を復活させていた。親戚や古い戦争仲間とのやり取りはすでに止めていたので、出かける理由ははっきりしていた。「わしはロンドンの娘からの手紙を待っているのだ。外に出て行った近頃の若い者は全くいい加減なものだからな」郵便自動車が運んで来た灰色の袋をアニーがいくら探しても彼宛ての手紙は何日も何日も見つけることができなかった。そんな日が続き、ある日とうとう封印に敬虔なSAG〔St. Anthony's Guide. 遺失物を見つけたり、正しく届け物をしてくれるための守護聖人である聖アンソニーがこの手紙を無事に届けてくれますようにという意味〕と印刷された青い封筒が届いたとき、モランは鉄砲か金槌でも掴むように手が震えるほど力を入れて受け取った。彼がすぐに向きを変え慌てて郵便局から出て行ったので、アニーは気を悪くしたほどだった。歩道に出ると彼は石像のようにじっと立ったまま手紙を読んだ。郵便局から出てくる人たちが話しかけても耳に入らなかった。やっと動き出したが、歩きながらもまだ手紙の一字一句をこと細かに読んでいた。家に着くまでには全ての文章を暗記してしまっていた。

「やっとその気になって手紙を寄こした」彼はローズに手紙を渡しながら言った。

「初めのうちは慣れなくちゃいけないことが一杯あるのね」彼女は手紙をざっと読んでぼんやりと言った。ルークはイーストン駅にマギーを迎えに来ていた。二人は地下鉄で病院へ向かった。看護学生寮には机とベッドのある小さな部屋がそれぞれに用意されていた。クラスにはアイルランドからやってきた娘も何人かいたし、そのうちの二人はバリモート近くの出身だった。彼女は授業や病棟にやっと慣れ始めていた。病院からそう遠くない場所に湖のある大きな公園があった。先週の日曜日にルークがやって来た。二人で公園に出かけた。時間貸しのボートがあったので、二人は湖で漕いだ。そのあと湖のほとりの木造のカフェで茶を飲んだ。彼女はみなによろしくと書いたあと、丸々一行キスを示す×印で埋めた。

「しかしロンドンで奴が実際偉そうに何をしているのかは結局分からんじゃないか」

「でもお兄さんはあの子に会ったのだし、日曜にも会いに行ってるじゃないの」

「ああ、そうさ。奴は良くやったさ」

「もしかしてあの子まだお兄さんのことをあまり聞いていないんじゃないかしら」ローズはやってきそうな沈黙を避けるためだけにそう言った。

「マギーは確かに察しの悪い方かもしれん。しかしそれほど鈍いわけではない」彼はいらいらして言った。「奴はマギーに自分のことは手紙に書くなと釘を刺したのだ。だから何も書いていないのだ」

セメントの床のテーブルの脇に新聞紙をぞんざいに落とし、小さな袋から数珠を掌にするりと出した。彼は祈りの間心ここにあらずで、「わが父よ」と「聖母マリアに栄えあらんことを」という単調で眠りを誘うような祈りの部分に辿りつくことができなかった。そして他の晩に他の者がやったのなら厳しく叱責するに違いない言葉の言い忘れや、同じ言葉の繰り返しなどの誤りをたくさん犯した。彼はペンと紙を探し、夜遅くまでマギーに手紙を書いてからやっと数珠をしまった。彼は率直で簡潔な文体で手紙を書いた。相手が目の前にいるときにはとてもできないが、一人で手紙を書いているときには自分の難儀な性格を消し去ることができるような気がした。三人の子どもたちはすでに眠りについており、彼が書き終えたものに満足し封筒を糊付けするまでローズは暖炉のそばで待っていた。

マギーがロンドンに出て行ったので、シーラとモナに一層光が当たるようになり、より自分らしさを出せるようになってきた。シーラは学校では、てきぱきしてはっきりしたとても良い生徒だったが、一方ちょっとでも意見の相違があると自分の殻に引きこもってしまうところがあった。シーラが学校から帰ると、ローズは彼女の腹に据えかねている気持ちを上手く聞き出したり、彼女が我慢できないことに対して、回転の良い頭をふりしぼって自分の考えを述べるのを黙って見ていたりした。モナはおとなしく、頑張屋で人と同調したいのだが一面とても頑固だった。一度そう思い込むと、あるいはある考えに捕らわれてしまうと、彼女は容易に人に動かされることはなく、この点でしばしばモランと衝突した。ローズが家にやって来たことで彼女たちの生活は楽になり、学校と勉強に集中することができ、とりわけ外の世界と自身の生活に目を向けるようになった。

モランが上の息子に関してジリジリして聞きたがっていた手紙の返事がやっとロンドンから届いた。それによれば彼の生活はとてもまともなものとは思えなかった。マギーは最初のうちほぼ毎日のように彼に会っていた。しかし最近はそれ程でもない。最初に会った頃は建築現場を渡り歩いていた。今はガス会社の事務所で働いていて、会計業務の勉強をしている。会社はその学校に通うために週一日休みをくれているのに、なぜか夜に通っていることが多い。更に彼は年上のロンドンっ子と友達になっていて、その男は家具磨き職人をしていたが、今は再生品の家具を車に乗せて骨董屋に売っていた。二人で古い家を買いアパートに改造し、売り出そうという計画を立てていた。

「ほら見ろ、じきにろくでなしのクズになっちまう」

「随分頑張って仕事や勉強をしているようじゃありませんか」ローズは例によって注意深く距離を置いて彼を安心させようとした。

「そうかもしれんが、連中とやっていることを考えてみろ」

「口だけかもしれないわ」ローズは思い切ってはっきりと口にした。

「どんなことだって初めは話からだ」

家の中は一見、かつてないほど平和で静かな時が流れていたが居心地の悪さは残っていた。やり終えなくてはならない畑仕事の途中でぼんやりしているモランの姿を見ることがだんだん増えてきた。

牧草刈りの凄まじい忙しさは終わっていた。庭のリンゴが色づいていた。そろそろ冬に向かっていた。ローズはまた定期的に母親の家に出かけ始めた。家を出るとき、彼女の自転車の前籠は物で溢れており、母親の家から帰ってくるときにもまた物で一杯になっていた。

「最近ローズがあれの家に行かない日はほとんどないな」モランはある土曜日、シーラとモナが魔法瓶に入れた茶を畑に持って来たとき、彼女たちに言った。「手ぶらで行くこともめったにない」ローズは娘たちに四時になったら畑に魔法瓶を持って行くように頼んでいた。二人はローズが母親にパンや庭のブラックカラントで作ったジャムなどを持って行っていることを知っていた。しかし彼女の自転車籠は帰ってくるときには新鮮な卵やら湿地で採れたニンジンの束、彼女たちの大好きなプラム、甘くて硬い黄色いリンゴやらで重くなっているのだった。

「そうかしら」シーラがそっと答えた。

「何で分からないのだ。お前の眉の下に付いているのは銀紙なのか」

「でも帰りには沢山物を持ってくるわ」

「奴らが捨てるような物だけをな」

二人はその言葉が言いがかりであることが分かっていた。彼女たちは惨めな様子で黙ったままでいた。そういう振りをすれば安全でいられるということを学んできたからだ。

「父さん、私たちで草を束ねましょうか」モナが聞いた。

「そうしてくれればとても捗《はかど》るな」

娘たちはみな小さな子どもの頃からやってきていたので畑仕事には熟練していた。牧草は素早く束ねられ、しっかり括られた。束を立てかける時に立てる音や、硬い穀物の若枝がぶつかって立てる音を聞いたり、トウモロコシの豊かな穂が茎の中ほどで繊細に垂れているのを見るのが大好きだった。

「よし、素晴らしい」モランが言った。「あとはきちんと並べるだけだ。一人でできる。お前たちには勉強があるだろう」彼はいつになくもの分かり良くそう付け加えた。

「父さん、ありがとう」

「お前たちもな」と言ってから、「あれがいなくたってわしらだけで何でもやっていけるな」と付け加えた。

この国の人間ならではの、飢饉や貧窮院行きになるのではないかという大きな恐れを彼も持っていたが、彼女が家から持ち出す物はそんな心配をするほど多くはなかった。しかしとにかく彼女は家を空けるのだった。よその家に規則的に出かけて行くこと自体が脅威だった。他にも些細なところにそんな兆候が見えた。髭剃り用のお湯が沸き立っていた。彼女は顔に火傷をさせたいのだろうか。ああ、なんてこと、なんてこと。彼女は何も気が付いていないのだろうか、靴下には穴が開いているのに。「全くあれは今一体どこにいるのだ。必要なときは家中の者を探しに出さねばならんのか」

彼女は言い訳をしようとはしなかった。「ただいま、お父さん、ただいま」彼女はよくそう言いながら息を切らせて帰ってきた。ローズは彼の文句が的外れだと反論することなど一度もなかった。彼女は彼の苛ついた気分を宥めるには、彼の怒りを全て自分の中に取り込むことが必要だと思ったが、それがまた彼の怒りを増幅させせた。彼は自分の気持ちがどこまで行くのか見届けようと決めているようであり、一方彼女は穏やかに事を収めるためにどんなことにも喜んで道を譲った。

子どもたちはそんな父親のことがとても恥ずかしかった。「ルークが家にいたときも父さんはあんなだったのよ、ローズ。もっとひどかったわ」

「こういう気まずいことって、どこの家にだってあるものよ。もっと激しいことだってあるわ。でもお父さんは決して危害を加えるようなことはない。こういうことは胸におさめておいた方がいいの」彼女は娘たちの訴えを聞こうとしなかった。

「モナが言ったことは本当よ」

「大袈裟にすればするほどひどくなって行くわ。お父さんはあんな風に振る舞うけれど、私たちだってみんな良い人間だという訳ではないのだし、いつだって本気で怒っているんじゃないわ。私はお父さんがこの家のみんなを本当に愛していることが分かっているわ」

「でも不公平よ」

「お父さんを変えようとしちゃ駄目。この家にとって一番良いと思っていることをやっているのだから」彼女は強引にこう言ったが、心配そうに引きつり張り詰めた表情だった。

それから少し経ったある晩ローズが部屋を片付けていると、モランは銃の照準を定めるように静かに言った。「家の中の物をひっくり返すだけならお前の用はない。わしたちはお前がこの家に来る前だって何でもきちんとやってきていたのだ」

彼女は返事をしようともしなかったし無視もしなかった。彼女はまるで殴られたように頭を低く垂れ、それまで埃を落としていた食器棚の表面を両手で所在無く動かしていた。それが終わると湿った雑巾を流しの横に注意深く置き、ぐつぐつ煮えている鍋を焜炉から下ろした。彼女が自分の殻に閉じこもり、あまりにものろのろとした動きをしていたので、娘たちは直感的に教科書からさっと目を上げ彼女の動きをしっかり追った。モランは読んでいる新聞の横から彼女の動きの逐一を観察していた。するとローズは誰の顔も見ず何も喋らずに先ほどと同じ驚くほどののろのろした動きで部屋の扉に向かい、開け、中に入って静かに閉じた。同じように寝室の扉を開け閉めする音が聞こえた。完全な沈黙が支配した。

モランは二三度音を立てて新聞をめくった。彼が辺りを見回し始めたときには三人の子どもたちは再び教科書に集中していた。しばらくして新聞にも飽きるとモランは暗くなっているのに外に出て行った。

「どうしたの」マイケルが今のは大したことではないと思いたくて、笑いながら聞いた。

「ローズが寝に行ったの」モナが本から目を離さずに答えた。少年はしばらく考えていたが、それ以上質問はしなかった。

戻ってきたときモランは更に落ち着かない様子だった。彼はまた新聞を読んだ。そのあとペンと便箋を出してテーブルの前に坐った。便箋を前にして長いことじっと考えていたが、何も書かずに急に立ち上がり片付けた。

「お祈りをしよう」彼は皮の袋から自分の数珠を出して言った。子どもたちが跪く準備をしているときこう言い足した。「ローズが聞きたいかもしれないから扉を開けるのだ」モナが行って両方の扉を開いた。寝室の扉の前で彼女は小さな声で呼びかけた。「ローズ、ロザリオのお祈りを始めるわ」しかし部屋からは小さな声一つ返ってこなかった。モナは戻って「扉は開けたわ」と言うと、誰の顔も見ずに自分の場所で跪いた。

「主よ、わが唇を開かせたまえ」

「そしてわが舌に汝を称える言葉を語らせたまえ」彼らは唱和したが、口を動かすだけで声にはならなかった。

扉は開いたままだったが、部屋からは呟き声一つ聞こえてこなかった。モランは第一玄義を終えると少し間を置いた。普段はローズが第二玄義を始めるのだが、部屋から何の声も聞こえてこないことが分かると厳しい表情で頷きモナに続けるように命じた。数珠が一周し再びモランが最後の玄義を唱えた。「父さん、扉を閉めましょうか」祈りが終わり立ち上がるとモナが心配そうに聞いた。

「開いていようが閉じていようがどうでも良いだろうが」彼はそう言い、扉は開けたままにされた。

教科書を終えると二人の娘は彼に茶を淹れた。いつもはこの時間に茶を出すのはローズだった。片付けと食器洗いが終わるとすぐに彼女たちはモランにおやすみのキスをし、寝室に消えて行った。彼は一人で一時間以上もじっと坐ったままでいたあと身体を引きずるようにして部屋に入り、大きな音を立てて扉を閉めた。部屋に入っても何も喋らなかった。闇の中で脱いだ服を床に落としながら、ローズがちょっとでも動いたり何か身振りで訴えてくるのを待っていたが、聞こえてくるのは彼の服が闇の中でさっと床に落ちる音だけだった。

「ずっと起きているんだろう、ローズ」彼はそう囁いてから掛け布団を引こうとベッドに近づいた。

彼女は最初黙ったままだったが、身体を動かして向き直った。

「起きてるわよ」彼女はやっと口を開いたが、傷つき疲れ切っている声だった。「ここを出て行かなくてはならないわね」

「そんな馬鹿な話があるか」彼は怒鳴りつけた。「お前はこの家の他の連中と同じように何でも真に受けるのだな。何をしても最後の審判にかけられねばいかんのか」

「私はこの家で必要ないと言われたんですよ。自分が用のない場所で暮らしていくことはできません」彼女は生きる場所がなくなったということを知った人間の持つ絶望的で重々しい静かな口調で言った。

「ああ、なんてこと、なんてこと。何でもそんな風に取られてしまうのか。わしは本気で言ったのではない。お前が来るまでこの家では何事もきちんと上手く行っていなかったことくらい誰だって知っている。子どもたちがお前のことを本当に良く思っていることは目が見えない連中にだって分かる。こんな馬鹿げた話がちょっとでも耳に入ったら子どもたちは大泣きするだろうよ」

「私は馬鹿なことを言っているつもりはないわ。全部本気に聞こえたわ。グラスゴーに戻ってすっかりやり直さなければ」

「ああ、この家では何を言っても誤解されるのか」そしてそれぞれの立場から言い合いが繰り返されたが、結局最後には彼が手を伸ばしローズを腕の中に抱き寄せた。彼女は彼に従おうともしなかったし、逃れようともしなかった。

「あなたやこの家は大好きだけど、必要ないと言われたらここでは暮らせないわ」

「もうこの話はお終いにしたはずだが」彼は彼女の隣で落ち着かない様子で両手の拳を握ったり緩めたりしていた。彼はずっと気持ちを抑えていた。この言い争いで学んだのはお互いに認め合うのではなく何も見ないでいるということだけだった。彼は夕方郵便局の磨かれて窪んだ床の上に並んで立って、郵便物を乗せた車がやってくるのを待ちながら初めて彼女に会ったときよりも、今の方が彼女のことが分からなくなっていた。

　モナとシーラは次の朝いつもより早く起きた。二人は誰かがとんでもない早い時間に起き出した音を聞いていて、不穏な気持ちだった。ローズが家にいるかどうか分からなかったし、もしいてもどんな風に接して良いのか自信がなかった。しかしローズが全くいつものように穏やかでニコニコしているのを見て驚いてしまった。部屋はすでに暖められており、家具も濡れ雑巾できちんと拭かれたようにどの部分もピカピカになっていた。

「いつもより早いじゃないの。もう少し寝ていても良かったのに」前の晩何もなかったかのような口調だった。彼女は娘たちに茶を淹れ、自分もカップを手にして暖炉の近くに坐り、いつもの朝と同じように気楽な調子でお喋りをした。「マイケルが早起きしたって別に構わないわよね」と言って彼女は彼を起こしに行った。マイケルは眠そうに目をこすりながら部屋に入ってきたが、彼もまた今朝がいつもの朝と全く同じだということが信じられないように目を見開いた。何も変わってはいないようだった。

モランはその日遅くまでベッドの中にいて、食事を終えると黙ったまま畑へ消えて行った。学校から帰ってきたとき、子どもたちはやはり何も変わっていないと分かった。モランは雨の中に放ったままで置かれた道具類や手押し車のことで腹を立てており、この家ではいつだって考えなしに大金がどぶに捨てられているのだと文句を言っていた。

「どうして父さんはいつもああいう風にしかできないのかしら」モランが再び外に出て行ったあと、夕べ見たことについてシーラは勇気を出してローズに聞いてみた。

「お父さんは心配しているの。家のことが本当に心配なの」ローズがはっきりとそう言ったので反論はそこで止まった。みなはローズの顔を眺めるしかなかったが、彼女の気持ちを読み取ることができないので、勉強に戻るしかなかった。統一学力試験が数週間後に迫っていた。しっかり勉強をしなくてはならなかったし、十分な勉強が繰り返されなければいけない。試験の結果によってこれからの人生の良否がほとんど決まってしまうのだ。特にシーラには大学に行きたいという夢があった。上手く行く人間も多いだろうが失敗する方がもっと多いし、その場合はいつだってイングランド行きだった。

その頃モランは通りを塞いでしまうほど大量の石灰を注文した。経費を浮かせるために散布業者の手を借りず、トラクターとスコップを使って自分の手で撒き始めた。何日も何日も石灰の入った小さな箱を運んで積み上げてから、トラクターで牧草地の中を往復し数メートルごとに止まっては、白い粉が草の上にかかるよう風が吹いて行く方にシャベルで石灰を放った。いくら注意してシャベルの角度を調整しても、予期せぬ一陣の風が石灰の粒をトラクターの方に吹き返してしまうことがあり、夕方になると彼の服は石灰まみれで顔や手も真っ白になり目の周りの赤さだけが際立って見えるのだった。顔や手が役者のように白くなったことをモランは楽しんでいた。「わしゃオバケだぞ」と、嬉しそうにローズや子どもたちを追いかける真似をした。目に見えない闘いのあと、家の中にこのおどけた振る舞いで楽しい安心感が戻ってきたことをローズは喜んだ。この調子がいつまでも続けば、この家でのローズの立場が再び攻撃され脅かされることもないだろう。「わしゃオバケだぞ、わしゃオバケだぞ」彼がふざけて脅かしながらあちこち動くとみなは叫んだり笑ったりしながら逃げる真似をした。

何日かが過ぎ、小さな輸送箱を大きな石灰の山へ運ぶのも楽になってきた。彼はもう風に対してシャベルの刃を慎重に調整することもせず、今まで死角になっていた場所や、し忘れた場所に向かって放り投げるように撒いた。以前よりせっかちにやるので石灰が顔に吹き戻され身体中汚れてしまった。毎晩、前よりも真っ赤な目をして身体も動かせないほど疲れ切って戻ってきた。顔は石灰で白くなり目や耳や鼻にも石灰が入り込み服や髪の毛にもびっしりとこびり付いていた。喉はからからでテーブルに坐って食事をしても石灰を口にしているような気がしたほどだった。

目隠し鬼ごっこのようだった「わしゃオバケだぞ」ももうなくなり、みなは疲れている彼を刺激しないように、注意して静かにしていた。彼の顔をローズが心から優しさのこもった態度で屈んで眺めた。

「明日は雨になると思うか」彼はローズに聞いた。

「予報ではここ何日もずっと同じ乾燥した日が続くそうよ」

「もし降ったら、もし雨になったら、あの石灰の山はコンクリのように固まってしまって、もうどうにもならなくなる」彼はふさぎ込んだ調子で言った。天気が変わる気配などなかったが、彼は暗くなってから石灰の山に透明なビニールをかけ石で固定した。

娘たちは試験が間近に迫りそれが気になっていたので、ちょっと顔を上げて彼の顔を見るのがせいぜいだったが、モランの方は娘たちが物悲しいと言っても良いような考え深げな様子でランプに照らされた本のページに向かっているのを、石灰で汚れ疲れ切った顔でときどき眺めていた。

「わしはモインの学校の八年生だった」と彼は言い、四人の同級生の名前を挙げた。「八年まで続けるのが精一杯だった。わしはそこに二年間いた。他の者たちはみな神父になるために勉強を続けた。ジョー・ブレイディはコロラドの教会の司教になった。彼は二年前に死んだよ。それまでは良く手紙のやり取りをしていたもんだ。神父になるつもりがなければ八年生より先の勉強を続けることはできなかったのだ」

「もしお金があったら」ローズが聞いた。

「モインのあたりに貸してくれる金を持っている人間などいなかった」疲労で身体が痛み、石灰で白く汚れた彼は微笑んでそう言った。「モインの八年生はみな成績が良かったが、数学ではわしが一番だった」彼は他の教科が良くできた生徒の名前を挙げた。「みな神父になるために勉強を続けていたが、争いが始まり、そこでわしは止めたのだ。不思議なことに今までに死を恐れない神父には一人も会ったことがない。それがさっぱり分からんのだ。誰にだって死はやってくるのに」

「時代が違っていたら医者か技術者になっていたかもしれないわね」ローズが言った。

「医者にはなっていなかっただろう」彼は今の自分と違う姿を想像してそれに居心地の悪さを覚え、うんざりして身震いした。「娘ども、勉強をし過ぎると擦り切れてしまうぞ」モランは話題を変えた。

「大丈夫、父さん。見直しをしているだけよ」

「ここ何週間いつだって天気が良かったのにお前たちはその間ずっと学校の中にいた。外で勉強をした方がいい」彼は何度も何度も良い天気を称え、結局彼女たちは外に出て行かざるを得なくなった。二人はオークポートの森へ向かい、大きな鉄の門の近くに自転車を置いたまま、本を手に草の上をオークポート湖の周囲の並木まで歩いて行った。頭上には五月の終わりの太陽が輝いていた。森の中は暗く涼しく、冷たい泉もあった。

「父さんったらどうして私たちを追い出したのかしら。こんなところにいたって時間の無駄よ。家の方が勉強は良くできるわ」シーラは野を歩きながら不平をもらした。

「それが父さんよ」モナが答えた。「何だってそのままというのに我慢できないの」

二人は繊細な白い花をつけた山桜の脇を通り過ぎた。シーラはプンプン怒りながら大股に歩き、モナは彼女の影について歩いた。湖のほとりの狭い森に近づくと、木の幹の間から湖面の光が見えてきた。木々の周りの地面にびっしりと咲いていたブルーベルの花を見たとたん、二人の怒りは消えてしまった。その青い花を踏みつけずに先に進むことなどできなかった。

「何万って数ね」

「もっと、何百万よ」

新雪の上を歩いたように二人の足跡がブルーベルの床に道を残していた。彼女たちの足に踏まれて柔らかい茎が折れていた。泉の脇に本を置き、二人は湖岸に向かった。水は静かだった。小麦色の冬の葦はまだ茎が緑色の夏の葦に入れ替わってはいなかった。湖の上空で親カモメが輪を描きながら、カモメ島と呼ばれる岩で囲まれた葦の繁みにいる子カモメたちに大きな声で注意を促していた。ナットリーのボート小屋には一艘の船もなかった。板囲いには穴が開いていたり、塗られたタールが剝げて白くなっているところもあった。

「ここは好きじゃないわ」シーラが言った。

「土曜日になると父さんと一緒に船に乗ったこと覚えてる」

「忘れるわけないわ」シーラが当たり前じゃないの、という感じで答えた。

勉強に戻る前に二人は麦藁を探し、腹ばいになって冷たいことで有名な泉の水を飲んだ。ここの冷たい水を飲めばこの泉の霊を慰めることになり、二人の勉強に悪い影響を与えることもないだろうと思ったが、この場所では落ち着いて本を読んだりノートを取ったりすることはできなかった。ハエが鼻の頭に止まった。湖の淵に当たる光の中で真っ白な蝶が飛んでいた。ブルーベルの上を蜂が飛んでいた。イバラの茂みの中を這い回っているミソサザイかコマドリは喧嘩をしているように見えた。

「こんなの馬鹿みたい」シーラは本を閉じた。「ここじゃ何も頭に入ってこない。家に帰るわ。父さんだって何も言えないわ。試験も近いし時間を無駄にするわけにはいかないわ」

「そうね、父さんの言うことを聞かなかったわけではないしね」モナも帰ることを喜びそう言った。

「最初から聞くべきじゃなかったのよ」苛立ったシーラはこう答えた。

そんなシーラでさえ、家が近くなると少し怖くなってきた。こんなに早く家に帰って来たらモランは怒り出すかもしれない。

「出たと思ったら帰ってきたのか」モランが門で微笑んで彼女たちを迎えた。「外の空気や湖ほど勉強を捗らせるのに良いものはなかったろう」

「父さん、私たち何もできなかったわ」シーラは落胆して頭を下げた。

「驚いたな。わしはお前ら二人が帰ってくるのを見て、さぞかし捗ったことだろうと思ったのだがな」モランは笑った。怖れることはなかった。それどころか彼は喜んでいた。

「見るものがたくさんあったの、父さん」モナが弁解がましく言った。

「今度は言い訳か」彼はからかうように言った。「仕方がないな、お前らは。勉強に手がつかなかったのか」

二人が中に入り、いつもの場所でいつもの勉強に戻ったとき、ローズがモランに近づき、静かに言った。「お父さんたら、あの子たちを湖にまで行かせたりして随分酷かったわね」

「何が酷いんだ」彼はまだ機嫌良く笑って答えた。「外は新鮮な空気で一杯だろう。ときどき根っ子を抜いて外に出る必要がある。よく遊び、よく学べだ。今頃は家の中で勉強できることを有難く思っているさ」

こんなことがあったが娘たちはそれほど勉強の時間を無駄にしたわけではなかった。彼女たちは本を読み、また読み返した。黙って文章を暗記しているときなど、遠くを見るような目でぼんやりしているように見えることもしばしばだった。まとまらなかったり、つまずいたりすると、二人は互いに助けを求めあった。二人はお互いにそばにいることにより力と安心を引き出しているように見えた。

モランは自分が彼女たちの集中の輪から仲間外れにされていると感じ、気付かれずに部屋に入ろうとする人のようにわざと大袈裟に爪先立ちでそろそろと歩きながら入ったりしてみたが、その様子を見ていたのはマイケルだけだったし、それだってたまにだった。そんなとき笑い声が上がっても娘たちはほんの少しだけしか頭を上げなかった。

庭にリンゴや梨の白い花が落ちていく晴れた日々も、彼女たちには試験の初日に向かって進んでいる日々でしかなかった。当日彼女たちは本を持たずに家を出て、夕方になって会場で受けてきたピンクや青い問題用紙を持って帰ってきた。

「どうだった」一日中気を揉みながら待っていたモランは毎晩そう聞いた。

「分からないわ、父さん。先生はそんなには悪くなかったと思っているみたいだけど」

「心配することはない。とにかく家には食うものは十分ある」モランは自分の手の及ばない外の力に少し傷ついてそう言った。

そして、ある日突然試験期間が終わった。彼女たちは本を片付けた。長い間この自由で気楽な気分になれるのを待ち望んでいたが、今まで緊張と勉強で一杯だった彼女たちの心は空っぽになっただけだった。彼女たちはこれからやって来る永遠とも思える程長い何もない八月の日々を、ただただ待つことだけで過ごさねばならないのだった。

「お前たちは何も心配することはない」モランはいつもそう言っていた。「何一つ心配することなどないのだ」

七月の初め、ロンドンに出てから初めてマギーが帰って来るという知らせがあり、その期待と興奮でただ待つだけの日々から解放された。三週間も家にいるのだから、彼女が帰るまでには恐らく試験の結果も分かっていることだろう。

ローズは娘たちの試験が始まった頃から家の居間の壁を塗り直し始めていた。暇になった娘たちが彼女の手伝いをし、テーブルや椅子を洗って磨いた。古い家具が風を通すために外に出された。彼女たちは床の板を白くなるまで磨き、玄関の古くて茶色い敷石もつやつやとした輝きを帯びるようになった。マイケルの花壇も、パンジーやバラやユリなどと共に太陽の光を奪うようにして浴びたストックやビジョナデシコとマリーゴールドなどが咲き美しかった。モランは車を洗ってワックスをかけ、さらに家の周りの錆《さ》びた機械類までピカピカに磨いた。彼は他の誰よりも喜び、しょっちゅう軽口を叩いていた。

マギーがやって来るという日、モランは初めキャリックの駅に迎えに行くつもりだったが見つけられないといけないので、ボイルに出かけようと決めた。彼は列車がキャリックに到着する前に一人で出て行った。普段の古い作業着を着たままだったモランをローズはたしなめたが、彼は何も今日が特別な日というわけではないと言わんばかりにそのまま出て行った。「あいつもこれならすぐにわしが分かるだろう。田舎に帰ってくるのだからな」彼が出て行ったあと、みなの目は時計に釘付けになった。

「列車がキャリックにやって来るよ」

「もうキャリックを出ているよ」とマイケルが言ったので、ずっと黙ったままだったみなは全員で列車が通り過ぎていく光景を一目見ようと家の裏の畑に出て行った。ディーゼルエンジンの音やレールの上を速いスピードで進んでいく車輪のがたがたいう音が聞こえてきて、そのあと連なった客車が石の壁の向こうに見え始め、小さな窓ガラスが太陽の光に照らされながら速いスピードで通り過ぎて行くのがちらっと見えて、消えて行った。彼らは家の玄関先に戻り、道路を眺めながら待った。

彼らは走っている車の一台一台に目を凝《こ》らして眺めていたのに、モランの車が道路を曲がってゆっくりとイチイの木の下の門に入ってくるまで気がつかなかった。入り口までの短い距離を運転してくるモランは傍から見られているのを意識しているような厳しい表情をしていた。マギーは家と庭の木の門の前で待っている懐かしい人たちの姿を見るとわっと泣き出した。みなは誰も彼もなく絶え間なく抱き合っては一人一人キスをした。

「すっかり立派になったわね」ローズはマギーの姿を嬉しそうに上から下まで見ながら言った。

「どうだね、わしのような老いぼれがこんな素晴らしい娘と登場するのは」

ローズは笑った。それからみなで争ってマギーの荷物を部屋へ運び込んだ。

中に入るとマギーは持参した贈り物を出した。ローズには輝くように赤いウールのスカーフ、モランには茶色いVネックのセーター、シーラとモナは絹のヘッドスカーフを手渡され、マイケルには髪の毛の色に合わせた濃い黄色のネクタイ。彼女は彼には花の絵が描かれた袋入りの種も持ってきていた。

「ここでも育つかな」彼はそれらがはるばるロンドンからやって来たということに感激してそう尋ねた。

中にクリームの入ったチョコレートの大箱が回された。茶が淹れられた。マギーがテーブルの真ん中に坐った。みなはしきりにロンドンの話を聞きたがった。

「今ルークはどうしているの」シーラが突然聞いた。

部屋中がさっと静かになった。みなは黙ったまま苦しそうな表情をしたモランを伺った。

「変わりはないわよ」と言ってからマギーは看護学校の話を続けた。シーラは一人唇を噛んでいた。

マギーが話題の中心になりみなその話に興奮していたので、ローズがいくらモランを会話に引き入れようと気を遣っても、彼は仲間外れにされた気がして退屈し始めた。

「そろそろロザリオの時間だ」彼はいつもより早い時間に、自分の数珠を出しながら言った。みな新聞紙を敷いて跪いた。その晩モランは、まるでこの家が苦しみにあえぎ、こうして祈ることで世の中の薄っぺらな虚飾を打ち砕くことができるのではないかと思っているように、繰り返しの部分をゆっくりはっきりと口にしたが、返ってきたのは、人間は苦役を受け容れるものだという声なきお告げだったので、モランの気分は直らなかった。咳や新聞紙が立てるがさついた音、服のボタンがテーブルや椅子にこすれる音などが彼の塞いだ気分を更に苛立たせた。お茶を飲みながらの楽しい雰囲気は消えてしまった。それからローズと娘たちはテーブルの食器を片付け始め、食べ物のくずを掃き集め、食器を洗い、乾かし、元の場所に戻したがそれはまるでモランという網にかかった魚群のような動きだった。囁きも冗談も、「違うわ、それはそこじゃないわ。別のところにしまうの」といったような注意の言葉もなしで、全てが完全な沈黙のうちに行われた。そして自分たちが前にも同じような過《あやま》ちをして、卑屈な笑いで激しい怒りを和らげようとしてきたことなどを思い出していた。こうして休みなく仕事をしている間中、へつらうような笑いを浮かべようとしたり、何か喋ろうとしては引っ込めたりした。彼女たちのしていることをじっと見つめ睨みをきかせているモランの存在をずっと感じ、何かを落としたり壊したりしたら怒られてそれをいつまでも気に病むのではないかとずっと怖れていた。彼女たちの動きは実際に脅かされていたことからくるのではなく、恐怖心からくる習慣的・本能的なものだったが、その辛さは実際身体にこたえるものだった。もっともたとえ見張られていなくとも全く同じように振る舞っていただろうけれど。

高いところから下を見ると、落ちるのではないかという恐怖心よりも、自分から落ちようという衝動が起きることがあるが、彼が見張っていることによって、彼女たちは皿やカップを乾かして重ねるとき滑り落とさなくてはいけないのではないかという強迫観念に襲われた。何度かそういう危機があったが何事もなく終わり、最後にはほっとしたクスクス笑いが出た。彼女たちは静かに自分たちの手を洗い乾かしてからいつものように部屋に戻って行った。モランは自動車の座席椅子に陰気な様子で坐り、両手の親指を合わせ物憂げに動かしていた。

「お茶にしましょう」ローズはモランを元気付けるように陽気に言ったが、彼は顔を向けただけだったので、ヤカンを沸かしたりポットの準備をしながらただ喋り続けた。「マギーは今晩は早く寝たいでしょ。旅のあとではとっても疲れるものよね。夜の連絡船は最悪だし、それに待ち時間も長いでしょ」振りをしたのか本当に疲れていたのか、マギーはローズの言葉を裏付けるように欠伸《あくび》をした。

次の日の朝娘たちが起き出したのは遅かった。モランはすでに畑に出ていた。たっぷりした朝食をゆっくり摂りながらマギーはローズとシーラとモナに、パーティーや毎晩違った楽団や歌手が出てくるダンス、彼女が出会った男の子たちや女友だちの話など、ロンドンの生活のことを前の晩に話した以上に細かく話した。

ローズもグラスゴーで暮らしていた娘時代の話をした。モナとシーラはまだ宙ぶらりんの状態だったから、自分たちのこれからの人生行路で起きるかもしれない一つの話として聞いていた。長い朝食のあと三人の娘は畑のモランのところへ行った。

彼女たちは子どもの頃から一生懸命畑仕事をしてきたので、どこの畑にもどの木にも、特に生垣にはとても親しんでいた。マギーはマッケイブさんの家の近くのスモモや野生のリンゴの木や野イチゴを注意して探した。空には雲一つなかった。風もそよとも吹いていなかった。木の枝の陰の中では小鳥たちが、赤や白のクローバーの上では蜂が飛んでいた。槌音《つちおと》でモランの姿が知れた。彼は牧場の鉄条網のフェンスの壊れた杭を打ち直していた。袖なしのワンピースを着た娘たちの姿は、孤独で退屈な仕事の慰めになった。

「暗くなる前にここをやっつけてしまうつもりだ」彼女たちが家に戻るとき彼はそう言い、続けて「ロンドンに戻る頃にはお前の手は硬くなっていることだろうな」と軽口を叩いた。

「そんなにやわじゃないわ、父さん」

薄青い空の下、父の元を離れ緑の野を歩きながらマギーが感慨深げな声で「あんな父さんは本当に素敵よね」と言った。

「父さんに並ぶような人なんて誰もいないわ」モナが付け加えた。娘たちはそれぞれ違った風にではあったが、この本当に充実した素晴らしい日と父親を自分の腕の中で一つにして抱きかかえたいと願っていた。

しかし夕方にはモランの気分は完全に元に戻ってしまっていた。むっつり黙ったまま服と靴を替え、何も喋らずに食事をした。食べものと一緒に苛立ちを嚙み切ろうとしているようだった。彼のことが良く分かっているので、みなは黙り込み、彼の近くでは爪先立ちをしているように静かに歩いた。

「ところで兄貴には会わんのか」彼は食事を終えると椅子をテーブルから乱暴に引き、目を上げずに聞いた。

「会ってはいるけれど、それほどじゃないわ」

「それほどじゃないとはどういうことだ」

「駅に迎えに来てくれて……」

「何を言っているのだ。そんなことはとっくに知っておる」

「私が着いてからはしばらく週末になるといつも病院に来てくれたわ。でもそれからはときどき出てきてくれるだけ。ウェストエンドで会ったときには一緒に映画に行ったわ」マギーはこうして自分が休みで戻ってきているときには、どんなことをしてでも父を喜ばせ安心させなければと思っていた。

「奴はどんな様子だ」

「元気よ。ここにいたときとそう変わってはいないわ」

「お前は奴が誰かロンドンのろくでなしと付き合っていると手紙に書いていたな」

「何か古い家を買って改造するらしいんだけど、はっきりしたことは知らない」

「奴は絶対に詳しい話はせんだろうよ」

「でも夜学にも通っているわ」彼女はおろおろしながら彼を弁護した。

「何を勉強しているのだ」

「会計業務だって。じきに資格が取れるんじゃないかしら」

「奴はわしらのことは何も聞かんのか」

「何か変わったことはなかったかと聞いたわ」

「家に帰るとは言ってなかったか」

「ええ」

「お前が家に帰るということを知りながら家族の誰にも伝言の一つもないのか」

「あるわ。こう言ってたわ。みんな元気でって」

「なんだと。この家で元気のない者がいるなんてわしは少しも思っておらん」モランは外に出る支度をしようと立ち上がった。「誰かさんから情報を得ようとするのは、まるで歯を抜くように大変なことだな」

「それ以上のことは分からないのよ」彼が出て行ったあとマギーはローズに不満を漏らした。

「ルークについて知っていることはみんな父さんに話したわ」

「心配しないで」ローズが宥めた。「お父さんはああいう人なの。なんでも深刻に取り過ぎてしまうの」

何時間か経ち暗くなって帰ってきたときにも彼はまだ機嫌が悪く苛々していた。「わしには分からん」テーブルに向かって坐ると彼は言った。「なぜこんな目にあわねばいかんのだ。どうしてわしの家ではこの国の他の家と同じように物事が進んで行かんのか分からんのだ。そんな目にあうのがなんでいつもわしだけなのだ」

ローズは気を揉みながら彼の近くでうろうろしていたが、彼の怒りはそれほど長くは続かなかった。マギーがモナとシーラを連れてダンスに出かけようとしていた。三人の娘たちは着替えるところで、若い彼女たちの高揚した気持ちが家中に脈打っていた。ローズも彼女たちの支度に手を貸した。

「気をつけるのだぞ」モランは三人が出かける前に順にキスをしながら注意した。「自分やこの家を汚すようなことをしないように気をつけるのだぞ」

「絶対にそんなことはしないわよ、父さん」

「楽しんでらっしゃいね」ローズは簡単に言った。

彼女たちが出て行くと、今まで隠れていただけの完全な沈黙が訪れ、鉛のように重苦しく部屋中を覆い、モランがいつもより早く寝るために靴を脱ぐ音だけがその沈黙を破った。

次の日娘たちは広い牧場で回転している草刈機の絶え間ない音で目が覚めた。モランが草刈りを始めたのだ。全員の人手が必要だった。どんな楽しい休みの計画があってもそれらは全て帳消しだ。最後の一本が終わるまで天気が崩れないよう願いながら、家族全員が草刈りのために全ての時間を使うことになる。

「広い牧場の草は刈り終えた。これからお前らの手が忙しくなるぞ」モランは娘たちが遅い朝食の席に着いたとき言った。彼は干草作りの第一歩が何の問題もなく完了したので安心し機嫌が良かった。

「雨が降らずにいてくれるといいわね」ローズが言った。

「さすがに今夜はダンスに行こうなんて気にはなれんだろうよ」モランが茶化すように言った。

「とにかく疲れ切ってとてもダンスどころではなくなるだろう」

「それほどひどいことにはならないわ」彼女たちは笑い返した。

草の上の露が乾くとすぐに、家族全員牧場に出て、テダー〔刈った草に空気を入れ干草作りの効率を上げるための熊手のような器具〕の先に残った重い草の塊を振るい落としたり、歯についた草を掻き落としたりした。夕方が近づき草が音を立てながら乾き始めると、牧場中で小さな拍手が沸き起こっているようだった。天気は崩れそうになかった。モランはトラクターの後ろに刈取機を取り付け、二つ目と三つ目の牧場の草を刈った。暗くなるまでに大きな牧場の草のほとんどを刈り取った。その頃にはあちこちの筋肉が痛み出していて、重い足を引きずってでも家に帰れるのが本当にありがたかった。「絶対に今晩ダンスには行けないだろう」「父さん、もう何度も聞いているわ」

翌朝には身体中の筋肉が板のように硬くなっていた。動くたびに全ての筋肉が痛んだが、昼までにはまた外へ出ていた。ローズとマイケルが畑に茶とサンドイッチを運んだ。モランは新たな場所で草を刈ったりテダーで草を掻いたりしていたが、ローズがバスケットと魔法瓶を持ってやって来ると、娘たちと一緒に大きなブナの木陰に坐った。

「仕方がない、やるしかない」食事をして少し休んだあとでモランは言った。ローズは缶詰の鮭とイワシを挟んだサンドイッチの残りをまとめた。娘たちは緑の木陰で硬くなった身体を起こし、日の照りつける畑へ出て行った。マギーとモナは良い働き手だった。彼女たちは黙ってほとんど顔も上げずに作業をした。シーラは働くのが嫌いだった。手に豆ができると言っては不平を漏らし、骨の折れる単調な仕事から逃れてしょっちゅう家に食べ物を漁《あさ》りに行った。マイケルは特にローズから褒められるとそのお返しをするように仕事に奮闘した。やる気をなくしてぼんやり立っていると、モランに一生懸命働いている姉さんたちの邪魔をしてそこに突っ立っていないで何か仕事をするんだ、と怒鳴られるのだった。すると彼は熊手を持って猛然と働いている振りをした。ローズだけがマギーとお喋りをして笑う余裕があったが、それでも畑にいる他の誰よりも一生懸命に仕事をこなした。

丸々五日間、照りつける太陽の下で彼らはこんな風に働いた。夜になると疲れ切って身体がかちかちになり、どこへも出て行く気がせずすぐに寝てしまうのだった。天気が崩れたのでできなかった最後の畑一枚を除いて全ての草を刈り終えた。彼女たちは雨降りをこんなに喜んで眺めることがあるなんて思ってもいなかった。彼女たちは雨がせっかくの畑を駄目にしていくのを一日中眺めていた。

「この雨にはうんざりだが、ともかく一安心だ。最後の畑が駄目でも、敷藁にするなら大丈夫だ。お前たちがいなかったらとてもここまではできなかった」モランはそう言って彼女たちを褒めた。

「父さん、こんなこと何でもないわよ」

「いいや、大したもんだ。わしらは一人では何もできんが、集まれば何だってできる」

ローズは降り続く雨で塞ぎこむ気持ちに対抗するように大きな火を熾した。みなは十分に暖かい家の中にいられることを喜び、雨粒が外の木々の肌を絶えず流れて行くのを明るい部屋の中から眺めた。暖かい部屋から出て外の小屋に行くときに見える、庇《ひさし》から規則的に音もなく雨粒が落ちて行く様子は、まるで安らぎそのものが落ちているようだった。

さて、娘たちは仕事からも解放され晴れ晴れとした気持ちでダンスに行くこともできた。キャリックの波止場近くに立てられた大きな灰色のテントでのダンスパーティーが始まったばかりだったが、マギーは休みがあと僅かになり、家の暖炉のそばでローズや妹たちとお喋りしたりマイケルと外の彼の花壇の前で話をして過ごす方を好んだ。雨の合間には彼女たちはモランが牧場をきれいにしているところへ出て行ったりもした。

マギーがロンドンへ戻らねばならなくなる頃までには、彼女たちは今までにないくらい自分たちが親密であり、幸福であるとさえ感じていた。相手に対するそんな親密さは自分のことを思うのと同じくらい強いものだった。そうやってお互いに守られていることで彼女たちは自分の痛みを忘れていた。ロンドンに行ってもダブリンに行っても彼女たちはこの家を癒しの場所として振り返ることができるだろう。草を刈り取って何もなくなった牧場に当たる光が不思議な魅力で輝いていたことを思い出すだろうし、イワシを挟んだパンを食べるとあの涼しいブナの木の素晴らしい緑の木陰のことが蘇ってくるだろう。彼女たちがここを離れたあとも、この家は一生彼女たちの夏の光となり木陰となることだろう。

「もし試験の結果が良くなかったら、もしここで仕事が見つからなかったら」外の庭に出てみなでさよならを言い合っているときに、シーラがひょいとそんなことを口にした。モランはマギーを駅まで送るために車のエンジンをかけて待っていた。「じきにロンドンで顔を合わせることになるかもしれないわ」

試験の結果が出る二日前から二人は心配で食べることも眠ることもできないほどだった。

「待っているときが一番嫌なものね」ローズは彼女たちが食事も喉を通らない様子を見ながら労《いた》わるように言った。「大丈夫、通知の中身を見れば安心よ」

「駄目よ、分からないもの」シーラはじれったそうに言った。

「ひどい結果かもしれない」

「平気、そんなことはないわ。想像しているより悪いことなんか起きない」

結果が届くことになっていた日、郵便配達が人気のない道に現れるのをずっと見張っていなくとも良いように娘たちはそれぞれ畑に出ていたが、長い時間一人で時間を潰すこともできず、やはり道の様子を見に戻って来たが、誰の姿も見えなかった。とうとう配達人が現れたとき、彼女たちは彼が通りから家までの小道をゆっくり進む後を目で追い、彼がイチイの木の下の壁に自転車を注意深く立てかけ、ツゲ並木の間の小道をのんびり進んで来るのをじっと眺めた。二人の娘と同じように心配しながら外の様子をずっと覗っていたモランが木の門の前で郵便配達に出会った。二人は門のそばに立って数時間とも思われる間お喋りをしたあと、やっとモランが二通の手紙を見せびらかすように上に揚げ、家の方に顔を向けた。我慢できずにシーラが彼に向かって行き、彼がまごまごしているうちに封筒をもぎ取り、まず自分宛ての封筒を火の出るような勢いで破り開け、もう一通をモナに手渡したが、彼女はほとんどそれを受け取ることもできないといった様子だった。モナはシーラが結果を見るというより、飲み込むような勢いでむさぼり読むさまを眺めた。モランはシーラが彼の手から手紙をもぎ取っていったやり方に不意を突かれて面食らい、呆然と立ちつくしていた。

「良かったわ、思っていたよりもずっと……読んでみて」シーラは夢中でモランに手紙をぐいと押し付けるように乱暴に渡した。

「ねえ、どうして開けないの」シーラはモナの方を向いた。彼女はモナの手から封筒を取りあげて封を開けた。「姉さんも凄いわよ」彼女は姉を抱きしめた。二人は手を取り合ってグルグル回り、危うく花壇の花を踏み潰してしまうところだった。二人とも良い結果だったが、特にシーラは素晴らしかった。

「素晴らしいわ」ローズは言った。「とても誇らしいわ」

モランはみなが上機嫌でいるのを見て、きっぱりとした口調で言った。「これからいろいろ考えねばならんぞ」

「考える、ってどういうこと」シーラの声は震えていた。

「この結果を見てこれからどうするかを考える、ということだ」彼は答えた。「金銭的なことだ。何にしても興奮し過ぎは良い結果をもたらさん」

そうは言ったが、彼にも彼女たちの好結果による興奮した気分が溢れていた。彼女たちの成績が特に優秀だったので修道会が地方の新聞に二人の写真を載せた。郵便局から帰って来たモランが、アニーとリジーが口を極めて彼女たちを褒め称えていたと報告した。

「わしはどうってことはないのだと言ってやった。娘たちは勉強以外にやるべきことがないからだ、そういう機会があれば誰だってできることなのだ、ってな。そうしたらあの二人、わしに殴りかからんばかりだったよ」モランは自分の言葉に酔っているように家中に響く大きな声でそう言った。

娘たちは驚き傷ついて彼を見た。人前でけなされたような気がしたのだ。

「あの人たちはあなたが自分の娘たちのことをひどくけなしていると思ったわよ」ローズは娘たちが感じていることをはっきりと口にした。

「もしわしがあそこで自分の娘たちのことを得意になって話したら、アイルランド人なら身の程を知れと言われただろう」モランは反論した。「わしが自慢をしなかったから、アニーとリジーが代わりに褒めてくれたのだ。もし自慢したなら連中は娘たちのことなど鼻にもかけなかっただろう」彼は自分の抜け目のないやり口に満更でもない様子だった。

「何と言われようと私たちのことを自慢してくれた方がずっと良かったわ」彼の思惑がどんなものであったにせよ、人前で自分たちの肩を持ってくれなかったことに力を落として、シーラは三人だけになったときローズに言った。

「でもあれがお父さんのやり方なの」ローズが弁護した。「多分ああすればあなたたちが一番喜ぶだろうと思ったのよ。お父さんはあなたたちのことをとても誇りに思っているわ。もし人前でそんなところを見せたら、きっとあなたたちのためにならないと思ったのよ」

モナにはダブリン市役所の農務部から、シーラには財務部から確かな仕事口が提示された。他にも彼女たちが応募していたもっと小さなところからの申し出もたくさんあった。

「持っている者には多く与えられる。持たざる者はけつを蹴られて終わりだ〔新約聖書「マルコ伝」第四章第二十五節「持てる人は、なお与えられ、持たぬ人は、持てる物をも取らるべし」から〕」モランは彼女たちがどこだって好きなところへ進んで行けるのを見てそう言った。彼は二人とも公務員への道を進むのだろうと決めてかかっていた。そんなとき、大学への奨学金の申し出がシーラに届いた。彼女の目の前に突然新しい世界が開けたのだ。

「わしは何も言わん。誰の邪魔もせん。自分で決めれば良い。今晩はみなでシーラを良く導いて下さるよう祈ろう」モランは言った。

彼女は内心では結局は安定した公務員の道を取らされることになるのだろうと思いながらも、残された日々で自分の進路をあれこれ楽しく思い描いた。彼女は助言を貰いに修道院へ行った。オリヴァー先生はせっかくのチャンスを生かして大学に行くべきだと強く勧めてくれた。シーラはすでに周囲から感じている反対、特にモランが自分を支えようとしてくれないことなどで、ためらっているという気持ちを話したが、修道女は良く考えなさいと強く言った。

「オリヴァー先生と話をしてきたわ。先生は公務員のことは忘れて大学に行きなさいって」家に帰ると彼女はすぐにそう言った。

「大学に行けと」モランは繰り返した。

「奨学金が貰えるのよ」彼女は後へは引かないという調子できっぱりと言った。

「その奨学金で全てまかなえるのか」

「ほとんどの費用は出るわ」

「残りの金はどこから出てくるのだ」

「休みの間自分で働くわ」シーラはどっと重圧をかけられた気がした。

「大学で何を勉強するつもりなのだ」

「医学をやりたいの」

「何年くらいかかるのだ」

「たいていは七年」

「医者よ、汝自身を癒せ〔新約聖書「ルカ伝」第四章第二十三節「自分の言動には責任を持て」の意〕」彼は周りの者にも聞こえるようにそう呟いて外へ出て行った。

　シーラはこれ以上はないくらい悪い希望を口にしてしまった。ゲリラの戦闘員としてモランが主に戦ってきた相手は聖職者や医者であった。自分の娘がそんな職業に就きたいと言っているのは彼には耐え難い恥辱だった。聖職者は少なくとも禁欲と祈りで地位を償ってはいる。しかし医者はモランの恨みを一身に買っていたのだ。

シーラは怒って黙りこくってしまった。外の助けを求めようとも思ったが、彼女が頼れる人間など誰もいないのだった。マギーは自分の暮らしを支えるのが精一杯だった。ロンドンにいるルークに相談することを考えて便箋まで出したが、そんなことをすれば明らかなモランに対する反抗になるということに気がついた。手紙を書くことはどうしてもできなかった。

その間モランは直接シーラを説得しようという力を行使しなかったが、完全に援助の手を引っ込めていた。

二日後シーラは激しい調子できっぱりと告げた。「私は大学には行きません。公務員になります」

「わしはお前の邪魔をする気などなかった。だから何も言わずにいたのだ。しかしその方がお前の程度には合っていると思わざるを得ない」

「どれくらい合っているっていうの」彼女の怒りは彼の攻撃に火をつけてしまった。

「どれくらいだと、え、どれくらいだと」彼は詰問した。

「どういうこと、父さん。何を言っているのか分からない。それだけよ」彼女はすぐに怒りを抑えたが、引っ込まなかった。

「自分で分かろうと思えばすぐに理解できるだろう。聞く耳を持たぬ奴には何を言っても無駄、という言葉を聞いたことがないのか」

「ごめんなさい。ただ分からなかっただけなの、父さん」

「医学の道に進むなどとてもできん相談だ、そうだろ。奨学金が出ても金がかかる。わしは家族の誰のことも平等に考えている。誰か一人でも他の者とかけ離れたことをするのを見たくはないのだ」

「そんなこと一言も言ってないじゃないの。私はただやりたいと思ったことを言っただけ」彼女は苦しく傷ついた思いで言った。

「そうか。世界が完全でないことをわしのせいにして恨めばよい」モランも同じように苦々しく不平を言った。「恨め、恨め。何であろうとお前ができるのは家で恨むことだけだ」

モナはこの争いの外にいた。彼女は初めから自分は公務員になるつもりでいた。激しい気質を持ってはいたが、実際に逆らったらその結果が暴力ということになるのを怖れて、不自然なくらいに黙って従っていた。

シーラがはっきりと公務員に向かって進んでいくのを見ると、モランはまるで罪悪感から弱気になったようにおずおずと曖昧に、彼女がそれほど大学に行きたいと熱望しているのなら、どんなに大変でもやりくり算段をして何とか努力をすることもできるという申し出をして彼女の機嫌を取ろうとした。彼女は拒否した。もしそれを受けようとしたら、そのとたんにそんな申し出はまたたちまち消えてしまうということが分かっていたからだ。

二人がダブリンに向けて出発する前の週、モランはローズと娘たちを連れて町のボールズ百貨店に行った。

「欲しい物があったら手に入れるのだぞ。お前たちはダブリンで誰よりも堂々としていなくてはならん。良い物を買うのだぞ。モラン家は安物の靴しか買えないほどの貧乏ではない。わしらが行くところには金がついてまわっている」ローズは彼の言葉をそのまま受け取らなかった。彼女はよく考えて金を使った。「お前たちは使える金の半分も使わなかったじゃないか」彼はレシートを見て言った。

モランはシーラの大学進学の機会を奪ってしまったことに心を悩ませていたが、アイルランド国民特有の貧窮院行きに対する恐怖心からか、あるいは単に気質的なものなのか、そのようにしか振る舞うことができなかったのだ。

「気にしないで、父さん」モナが言った。「父さんは私たちのために何でもしてくれたわ。本当に十分過ぎるくらい」シーラも同意して力強く頷いた。

シーラとモナがダブリンに向けて発って行った晩、マイケルが恨めしそうに「みんな行ってしまったんだね」と言った。ルークが、そしてその後マギーがロンドンに行ってしまっても、がらんとした家の寂しさを和らげてくれる者がまだ残っていたけれど、今やその姉たちもみんな出て行ってしまい、家中が空っぽになってしまったようだった。「こんなのないよ」

「仕方がないわ、世の中ってこんなものよ」ローズが言った。

「ぼくたちがいなくて、姉さんたちちゃんとやっていけるんだろうか」彼は涙を浮かべ感傷的になった。

「私たちもあの子たちなしでどうなるのかしらね」ローズが言った。「本当にあの子たちが何とかやっていけますように。私たちもみんなどうにかやって行かなくてはね」

「みんな行ってしまわなくても良かったのに」

モランは視線を息子の顔から妻の顔に移したが、彼自身は無表情のままだった。椅子から立ち上がると、彼は素早く黒い袋から自分の数珠を掌に滑らせた。「お祈りを始めた方がいいだろう」

新聞紙が敷かれ、椅子が脇に寄せられ、モランがテーブルの脇に、ローズとマイケルは椅子の前に跪いたが、床には沢山の空きができた。三人だけなのでそれぞれが遠くばらばらに離れているように見えた。第三玄義が始まるときに、まるでモナが口を開くのを待っているかのような、ぎこちない間が空いた。モランが急いで第四を唱え始めた。ローズも第五を始めたとき少し口ごもったようだった。家の外では風が渦を巻いて吹き、ときどき煙突の中で轟音を立てた。祈りが終わると風で外の木々が揺れ動く音が聞こえ、みな恐ろしくなった。この家が外からの力に対して心細い防御しかできないように感じられた初めての晩だった。

祈りではその夜の強風に揺れる外の木々やガラス窓を叩きつけている雨の恐ろしさを追い払うことはできなかった。

モランが重々しい様子で数珠をしまうとマイケルがまた不平を言った。「みんなが行ってしまったから、この家だって怖くなってしまったんだ」ローズはモランから息子へ視線を移し、またモランに戻したが、彼は落ち着いた顔つきのままだった。

「とにかくあれらは出て行ったのだ」モランが言った。「良い仕事口があったのだ。そのうち家にも金が送られてくる。これからはみな贅沢三昧だ」モランは冗談めかしてそう言ったが、マイケルがすすり泣きを始めたので、彼の豊かなくせ毛の上に手を置いた。「お前は甘やかされて腰抜けになっちまったんだ。大人になって自分の場所で戦わなくてはいかん」

「お茶にしましょうね。ジャムを塗ったパンもフルーツケーキもあるわ。ここのところばたばたしていたから疲れてしまったわ」ローズが言った。

ローズと息子が寝に行ってから、モランは一人暖炉の残り火の近くでじっと動かずに坐り、床を眺めていた。立ち上がって部屋に向かうときの彼は考えの筋道を失い頭の中が空っぽになり、とにかく自分はまだここにいるのだということしか感じていないようだった。

九月も終わりの光の中、マイケルは花壇にすっかり興味を失っていた。落ちた花びらは掃除されずにそのままにされていたし、萎れ落ちた花も汚らしく散乱したままだった。ローズは何度か彼の気持ちを花壇に向けさせようとしたが、マイケルは荒れた花壇の様子を気落ちしたようにただぼんやり眺めてすぐにその場から離れてしまった。娘たちは彼の園芸の才能をとても褒めていた。彼のこの小さな花壇に向ける熱意は姉たちの賞賛がなければしぼんでしまうほどのものだったのだ。

彼は外での活動にはずっと興味がなかった。フットボールを始めとした団体競技もやらず、釣りや狩りや水泳もしなかった。知識や情報なら楽々と頭に入れることができ、勉強しているように見えなくとも、学校ではいつでも一番に近い成績だった。しかし数学を除いてはどの教科にも興味がないようだった。数学が好きなのは他人が苦労していることを自分は楽々できるということに理由があるようだった。一番の仲間だった姉たちが出て行ってしまって、モランのいないところで彼女たちをからかったり、彼女たちにからかわれたりする楽しみや気晴らしがなくなってしまったのだ。彼は十五歳にしては十分背が高かったし、モランのような印象的な男ぶりではなかったが目鼻立ちが整っていた。姉たちがいなくなったあとで、マイケルは自分には女性を惹きつける魅力があるということに気づいたが、彼が惹かれるのは年上の女性だった。彼はモランから女性に頼る気持ちと同時にある種の女性蔑視の見方を受け継いでいたが、だからと言ってそれで女性から嫌われることもなかった。唯一の不都合は金がないということだった。若い女性と外出するときには金が必要だったがモランは一銭も出さなかった。

彼はローズの元へ行った。彼女は彼に僅かな金を渡したが、彼が帰るのが夜遅くになり始めると心配するようになった。彼女がある晩ベッドから出て彼の様子を見ると酒の臭いがした。学校では出来の悪い生徒から金を貰って難しい数学の問題を解いてやることを始めた。モランは娘たちがいなくなってから家のことにあまり関心を示さなくなっていたが、マイケルが夜遅くなって家に帰ってくるのを知ると、決然と行動を起こした。何の前触れもせずに彼は家中の扉と窓を締め切り、家の中でマイケルの帰りを待った。

モランが暗闇でうとうとしていると裏口のかんぬきが持ち上がる音が聞こえた。それからあちこちの窓を開けようとしている音がした。彼はそっと裏口に向かい、かんぬきを引き、戻ってくる足音が聞こえるとすぐに扉を開けた。

「結構な時間じゃないか」彼は言った。

「町に行っていたんだ。乗せてくれる車がなかったので歩かなくちゃいけなかった」

「町で何をしていた」

「ダンスがあったんだ」

「ダンスに行くって言って出たのか」

「いいえ」

「いいえだけか。このたわけが」

「いいえ、父さん」

モランは入るように合図をし、マイケルが彼の目の前を歩いて通り過ぎようとしたとき、彼を捕まえて頭を強く殴った。「こんな時間に帰ってきよって。黙って外へ出かけて行きよって。馬鹿なダンスじゃ酒もあったに違いなかろう」

今までは姉たちに守られていて、殴られたことがなかったので、マイケルはやられたとたんに不満げな叫び声をあげた。ローズが出てこなかったらもっと激しい争いが起きたに違いなかった。

「マイケル、何時だと思ってるの。お父さんはあなたのことを心配してずっと起きて待っていたのよ」

「車が拾えなかったんだ。それだけなのに殴られたんだ」息子は叫んだ。

「まだ半分も終わっていないぞ。一つ良いことを教えてやる。わしがこの家を守っている限り、誰も夜の勝手な時間に帰ってくることなど許さん」

「もうみんな疲れているわ。寝た方がいいわ。朝になってからだって続きはできるわ」

モランはローズを睨みつけた。彼は彼女を追い出して息子の身体を引きよせようとしたがやめた。「ここにこの女がいた幸運を感謝するんだな」

「ぼくを殴ったんだ」彼はすすり泣いた。

「次にまたこんな時間に家に帰ってきたら殴られるというのが本当はどんなものなのか良く教えてやる。わしがこの家にいる限りお前に勝手なまねはさせん」

「出てってやる」少年は哀れっぽい声で叫んだ。

「みんな疲れているわ。何時だと思っているの。こんな時間に帰ってきては駄目。お父さんや私は本当に死ぬほど心配したのよ」ローズはそう言って彼を叱り、これ以上争いが深まらないように二人の男を何とかそれぞれの部屋へ向かわせた。

「明日またこいつに話をする」彼は忠告した。「どこかへ出て行こうなどと思うなよ」

ローズは次の朝早くマイケルを学校へ行かせたが、それは事を後回しにしただけだった。週末にはモナとシーラがダブリンから帰ってきて、その陰に隠れてきちんと生活をしたが、それも対立を更に引き伸ばしただけだった。モランは娘たちのことやダブリンでの生活について聞くのに時間を費やし、そのせいでマイケルのことはほとんどお留守になっていた。

ロンドンやダブリンからこのようにして娘たちが帰ってくると家中にほっとした気分が溢れた。彼女たちが来ると気晴らしになったが、帰ったあとではいろいろ考えさせられて憧れる気持ちになった。何と言っても、モランが自分の家族以外からだったら話を聞こうともしなかっただろう外の世界の刺激的な空気を彼女たちは運んで来てくれるのだった。それがなかったら心の中も枯れ切ってしまっただろう。娘たちにとってこうして定期的に行き来することは、彼女たちが普段仕事や生活をせねばならぬ場所ではほとんど認められていない、自分が優れているという意識、モランからそっくり受け取った優越性を取り戻すことでもあった。自分たちは優れているという何ら裏付けのない考えがしばしばひどくしぼんでしまうことがあるので、家に帰るたびにそれをまた取り戻す必要があるのだった。彼女たちを駅に出迎え、また見送るときにさよならのキスをする彼の存在そのものが、彼女たちにまた自信を取り戻させるのだった。家の中と外の世界は完全に遮断されていた。そこには彼女たちの愛する父親であるモランだけがいて彼の庇護の元、家の外壁に守られていれば自分たちは決して死ぬことはないと感じることができた。そうしてグレートメドーに帰るたびに彼女たちは他には例のない、独立したモラン家の一員として再生するのだった。

「あいつは昼間だろうと夜だろうと勝手な時間にふらふらできると思っているのだ。奴にはきっぱりと注意してあるからもう二度とはせんだろう。しかしそれでも無視するようなら、奴を正気に戻らせる手伝いをお前らにもして貰わねばならんかもしれん」彼は娘たちがダブリンから戻ってきた週末にシーラに打ち明けた。彼女は頷いて話を聞いた。彼女はこれがどういう結果になるのか知りたくはなかった。明日はダブリンへ戻らなければいけないのだ。「奴を正気に戻らせる」という言葉はこの先どんな天気をもたらすことになってもおかしくない遠くから聞こえてくる雷鳴のようなものだった。

マイケルを夜家に閉じ込めて外に出さないという試みはほとんど効果がなく、ただマイケルに更なる計略を考えさせただけだった。長い年月ずっと他人の陰に守られてきたので、この家でマイケルだけがモランに対する恐怖心を持っていなかった。夜遅くになりそうなときには、何やかやと言い訳をするようになった。モランは疲れていることも多く、そんなこともあって息子が帰ってくるような遅い時間まで起きて見張っていることもできなかった。それよりも一番腹が立つのは彼が絶えず金を欲しがる、ということだった。

「お前はわしが金でできているとでも思っているのか。木に金が生《な》るとでも思っているのだろう。外に行って牛にやる干草を運んでくるように、外に拾いに出れば金が集まってくるとでも思っているのだろう。わしがお前くらいの時には金など全くなかった。この家では誰だってお前が欲しがるような金を持った者などいない」

「学校じゃみんなお金を持ってるよ。ぼくが見たことがないくらいのお金をね」少年は恨みがましい口調で言った。

「そんなばか者たちの親はさぞかし桁外れの金を持っているのに違いない。言っておくがわが家に金はない。いいか、これだけはきっぱりはっきり言っておく」

そのあとマイケルはローズのところへ行った。彼女は彼にまた小銭を与えた。最近は手に負えないくらい危なっかしいところがあるけれど、彼女はマイケルをとても気に入っていた。彼は背丈や力の点では少年というより大人と言って良かった。家中クリスマスが来るのを楽しみに待っていた。一日が過ぎれば、それだけその日が近づいてくる。娘たちも家に帰って来ればまた全員が同じ屋根の下に集うのだ。毎晩退屈だったが、その期待だけが膨らんでいった。

ローズはすでにプラムプディングを作っていた。濡らしたガーゼで巻かれ、ビスケットの空き缶に入れられて食器棚の大辺に置かれていた。クリスマスの一週間前、モランは赤い実のついた大きな木を玄関から引き摺り入れ、部屋の中央にどんと置いた。それは床のほとんどを占領してしまった。

「ここで何をしようというの」ローズが驚いて言った。

「ヒイラギを探してきてくれと言っていただろう。これほど赤い実は見たことがないだろう。よく鳥に食われなかったものだ」

「丸々一本じゃなくって、少し枝があれば、というつもりだったのに」

「棘に刺されながら枝をむしり取るよりも切ってしまった方が楽だ。いらないところは捨ててしまえばいい」

「まあ、お父さん、本当に窓や絵の周りに飾ったりする分が少しあればいいの。でもこの赤い実は本当にきれいだわ。二三本の小枝のために丸々一本の木を無駄にしてしまうのはかわいそうだわ」

「どのみち鳥に食われてしまうのだ。足りないよりは余る方がいい」モランは床の真ん中に横になっている赤い実のついた大きな木のことで軽く文句を言われたが、気分良く外に出て行った。

家を飾るには大きすぎる枝はすぐに切ってしまわねばならず、ローズはそれに取り掛かり、マイケルが手伝った。一時間のうちに赤い実のついた小枝が、絵を下げている紐の周りに括《くく》られ、窓枠や棚に一列に飾られた。「お父さんだったら絶対にこんな風にはできないわ」ローズは残った枝を外に運びながら笑って言った。まだまだ何軒もの家を飾ることのできる程の実が残っていた。二人はにんまりと楽しそうに笑った。

姉たちが帰ってくるのを待ちながら過ごした数週間、マイケルは再び家の中で子どもに戻っていた。恥知らずな態度で女性の尻を追いかけたいと思ったり、それと同じくらいちやほやと甘やかされたいと強く思ったり、どっちつかずの気持ちでいた。マギーはイヴの前日にダブリンに渡って来た。そこで一日過ごしたあと、三人の娘は次の日の遅い列車に乗った。

モランは一人で駅へ迎えに行った。良く晴れた寒い晩で、マイケルはずっと家の外に立っていた。すると突然ディーゼル機関車の光が闇の中を音を立てて進んで来るのが畑の向こうに見えてきたので彼は家の中に入り大声で「列車が通り過ぎたよ」とローズに伝えた。寒いのに入り口の扉は開け放したままだった。マイケルの興奮が伝染し、自分も興奮していたので彼に扉を閉めるようにと言う気にはならなかった。「帰ってきたよ」車のヘッドライトが小道に向かって曲がって来るのが見えるとすぐにマイケルはローズに叫んだ。扉を大きく開け放したまま二人は車に向かって行った。小さな木の門のそばで叫び声が上がり、抱擁があり、熱いキスがあり、シーラ、マギー、マイケル、モナ、ローズ、ローズ、ローズ、ローズとそれぞれの名前を呼び合い、その声は喜びと楽しさに満ち溢れていた。みなが帰ってきた、みながクリスマスに家に帰ってきた。モランの家族の全員が、いやほぼ全員がクリスマスに同じ屋根の下に集まったのだ。世界で最高だと思っている場所にみなやって来たのだ。

「わしがクリスマスに何を運んできたか見てみろ」モランはみなが家の中に入ると誇らしげにそう言って笑った。「三人の素晴らしい女性だ」話好きのマギーとシーラの二人はお互いに争ってお喋りをしていたが、同時に話し始めてお互いに譲り合って急に会話が止んでしまうと、そのたびにじれったい思いで笑い合い、また続きを始めるのだった。モナは黙っているか、小声で話すくらいだった。

お茶が終わる頃にはみないくらか落ち着き、普段の調子で話をするようになっていた。あとは楽しい儀式を執り行うだけだった。すなわち七面鳥の用意をするのを手伝い、正面の窓のカーテンを取り外し、それぞれの窓に一本の蠟燭の明かりを灯し、一緒にロザリオの祈りをし、服を着替えて真夜中のミサに参列するのだ。みなが床に跪くと、モランが「父と子と精霊の名において、今夜の聖なるロザリオをこの今この家にいない家族の一人に捧げます」と言って始めた。こうした普段とは違う仰々しい言葉は、みなが一つになっているという気持ちに不穏な居心地の悪さをもたらした。

三人の娘とローズ、そしてマイケルはモランが運転する小さな車にぎゅう詰めになって真夜中のミサに出かけた。みなお互いの膝の上に乗って、冗談を言い合った。「ダブリンに行ってから太ったんじゃないの」「あなたの膝だって随分硬くなったんじゃない」などと言っては笑ったり早口でまくし立てたりして、窮屈で辛い状態を忘れようとした。通り過ぎるどの家の窓にも一本の蠟燭が灯されており、一面の闇の中、山の稜線の向こうにごく小さな明かりが瞬いていた。

橋を渡ると見えてきた教会は闇の中で停泊中の満艦飾の巨大な船のように見えた。道路脇に車を停め、大きな明かりの点いた教会へ向かって、みなで一緒に寒い暗闇の中を歩くのは素晴らしく、また心動かされることだった。娘たちは黙って腕を組み、身を寄せ合って歩いた。教会の入り口を過ぎると、何人かの人々が彼女たちに向かって来てお帰りなさいと言い、そのあと良いクリスマスをと祝福した。彼女たちが微笑みながら小さく頷くと、あの子たちなんて素敵になったのでしょうと囁いた。教会は興奮してざわめいている人で一杯だった。モランの娘たちのようにクリスマスに帰郷している人たちが沢山いた。彼らは聖体拝領が終わり祭壇の手摺を離れて行くとき、誰もが周りの人々の好奇の目にさらされ、翌日の食事時には、誰が帰郷しているのか、誰それはどこに住んでいるのか、今どんな仕事をしているのか、どんな様子だったか、誰から見つめられていたか、手摺から離れて行ったときどんな服を着ていたのか、などと話題にされることになるのだった。このクリスマスの晩、娘盛りを迎えたモランの娘たちは祭壇の手摺の花形だった。

「今夜はいつまでお喋りしていてもいいだろう」家に戻って茶を飲み終えるとモランは寛大な口調で言った。「しかしまあ寝た方が良いとは思うがな」

「そうね、私たちももう寝た方がいいわ」シーラはモランが出ていくとすぐに元気良く言ったが、そう言い終わらないうちに「ねえ、メアリ・フェイのこと見た」と始め、それから他の人たちの服装、容貌、そして階級などに話題が移り、とうとうローズが済まなそうに少し笑いながら「この調子で一晩中話していたら、お父さんが一体こんな時間まで何を話しているのかと不思議に思うわ」と言った。

ローズが出て行くと話を続けようという熱意も消え、シーラが「もう寝た方が良いわね」と言い、みな寝室へ向かった。

真夜中のミサに行ったので家中遅くまで寝ていたが、目を覚ませば新しい一日が始まるのだ。しかし楽しいこともそうでないことも含め、特別なことは起こらない。クリスマスに自分の家から出ることは望ましくないと思われていたので、よその家を訪れたり、また人が来ることもない。

その日は詰め物をした七面鳥という素晴らしいご馳走に向かって時が進んで行き、それが済めばいつものようなトランプ遊びをする夜になって行くのだ。

「お前らの兄貴のことを尋ねても無駄なのだろうな」モランが気まずい感じで聞いた。「まともな人間ならクリスマスには自分の家にいるものだが」まるでクリスマスとその日のご馳走を台無しにしないよう、嫌なことは早く済ませたがっているようだった。

「最近はそんなに会っていないわ。兄さんはロンドンの反対側に住んでるの。地下鉄で一時間以上かかるところ」

「奴はクリスマスに一人で何をしているのだ」

「ケントに行くと言っていたわ。友人がいるんだって」

「どんな友だちだ」

「一緒に働いている人たち」

「ということはきちんと仕事には就いているのだな」

「知り合いになった人たちと事業を始めたの。みんなで古い家を買ったって。今は長時間事務仕事をしなくてはいけないって言っていたわ。そのうち現場に出て行くそうよ」

「そんなものはすぐに駄目になっちまうさ。沢山の人間に頼らざるを得ない。悪党だって山ほどいる。当然だがお前は奴のことを何も分かってはいないのだ」

「仕事についてはあまり喋らないの」

「わしに知られるのが怖いのだ。奴はどんな様子だ」

「前とそんなに変わっていないわ」

「もうこの家族の一員でないような振る舞いをしているのに、お前がわざわざ奴に会ってくれているのはありがたい。この家の者のことは考えていることは違っていてもみな平等に思っている。誰のことも見下したり、除者《のけもの》にしたりはせん。たとえはみ出したいと思っていてもな」

部屋は食べ物の良い匂いで一杯になっていた。窓際に二つのテーブルが一つにして並べられ白い布が掛けられていた。支度はできていた。茶色に焼けた大きな七面鳥がテーブルの真ん中に置かれた。タマネギ、パセリ、コショウで味付けされた黄金色のパン粉の詰め物が胸の部分からスプーンで取り分けられた。焼いた小さなジャガイモと豆の皿があり、ブランデーを染みこませてしっとりしたプラムケーキもあった。銀の口がついた瓶から褐色のレモネードがグラスに注がれた。

「腹ペコでテーブルだって食えるぞ」モランがそう言い、みなが笑った。モランは繋げられて長くなったテーブルの上座に坐った。ローズがこの家に来る前、モランはいつも一人で大きなテーブルに坐り食事をしていたのだ。食事の前後にモランが祈りを捧げた。

そして、後片付けが終わると、これから何をして夜を過ごすかでちょっとした言い合いがあった。モナとシーラは本を読んだ。残りの者は小額の金を賭けてトランプでトウェンティーワンをした。モランが一番だった。トランプのあと茶が淹れられる間、みなは欠伸をかみ殺していたが、モランはわざと大きな音を立てて欠伸をし、みなの笑いを誘った。その晩はロザリオの祈りが済むと、全員喜んで早く寝についた。

クリスマスに家をずっと閉め切っていた埋め合わせをするように、セント・スティーヴンズ・デイの朝には家中の扉が大きく開かれた。人々がひっきりなしにあちこちの家々の間を行き来して、贈り物を届けたり、ご機嫌伺いの言葉を掛け合ったり、あるいはほんのちょっと挨拶を交わしたりしていた。モランの家には沢山の客は来なかったが、娘たちは出かけて行った家のどこででも、丁重にもてなされた。「あなたたち帰ってきたのね、クリスマスにお家に帰ってきたのね」という言葉のあとは、握手と言うよりもお互いに強く手を握り締めて嬉しい気持ちを表した。マイケルも彼女たちと一緒に何軒かの家に行ったが、彼の存在は彼女たちの陰に隠れてしまった。無視されるのが嫌になり、しぶしぶローズの元へ戻った。二人はごてごてした祭の衣装を身に纏って仮面を被ったり顔に色を塗ったりした地元の子どものミソサザイ団が扉を叩くたびに戸口に出て行った。きちんと踊ったり歌ったり動いたりできる者はほとんどいなかった。大体はただ無様に適当に歌ったり踊ったりして、集めた小銭の入ったブリキの缶で大きな音を立てているだけだった。出来の悪い連中の様子を見ながら、派手な衣装に隠された一人一人が誰なのか考えているうちにマイケルは楽しくなって自分の不満を忘れてしまった。そんな雑多な子どもの一団に混じって本物のミソサザイの一団がアリーニャから石炭トラックでやって来た。娘たちは彼らがきっと家に来るだろうと思っていた。ミソサザイの連中のほとんどは仮装していなかった。トラックからわっと降りると一台のアコーディオンが奏でられ、すぐにもっと多くのアコーディオン、ヴァイオリン、笛や太鼓が続いた。踊り手たちが軽快に小道を進んで来てローズや娘たちを捕まえて部屋に入り、彼女たちの手を取って完璧なリズムで踊りまわった。音楽に合わせてけたたましい笑い声や刺激的な歓声が上がった。朗々としたテノールが無伴奏で古い歌を歌うときにはみなが黙って聴いた。そしてまた音楽とダンスと楽しい動きが始まった。モランは昔懐かしい音楽が好きで、彼らにいつもより多くの金を手渡した。陽気な一団は帰るとき、今晩小屋で開かれるダンスパーティーに是非来るようにと強く誘った。彼らはいつものように集めた金をその晩のウィスキーや黒ビール、レモネードやサンドイッチ、そしてケーキや茶を買うのに全部使ってしまうのだ。今と同じ楽員が演奏し、みなで酒を飲み食事をしダンスするのだ。そしてこのささやかなパーティーは始まったときと同じように突然大声で感謝の言葉を述べたり「今晩俺たちに寂しい思いをさせないで」などという殺し文句を小声で囁いたりしながら終わり、そのあと小屋の中は哀愁を帯びた楽器の音で一杯になるのだった。

ローズと娘たちはモランも一緒にその晩のダンスパーティーに行こうと説得しようとしたけれど、彼はかつてローズと一度行ったそれだけで十分だと言った。「ダンスを楽しむ時代は日々にうとし、だ。お前は娘たちと行けばいい」彼はローズに言った。

「お父さんが行かなければ私も行かないわよ」ローズは言った。「でも私たちよりずっと年上の人たちだって沢山行くのよ」

「それは連中の勝手だ」モランはそう言って足を引きずりながら部屋を出て行った。

着飾ってこれから向かうダンスに気分を弾ませている娘たちはみなとても美しく見えたが、一番服装に気を配り一番興奮していたのは実はマイケルだった。娘たちはそんな彼にほとんど気がついていなかった。葦のようにひょろひょろと背が高かったが、それでも彼のことをまだ子どもだと思っていたのだ。モランが彼らを車で送って行った。帰りは歩きか誰かの車に乗せて貰うことになるだろう。誰も口に出さなかったが、家まで送ってくれる誰かに対する淡い性的期待で胸が騒いでいた。

車が細い道に入って行っても、門や門番小屋の辺りは暗闇で何の明かりも見えなかった。大きな建物も暗闇の中だったが、仮小屋の裏に、柱に吊るされた裸電球で煌々と照らされた大きな建物が見えてきた。中はすでに人で一杯だった。今日アリーニャからトラックで家にやって来た三人の楽師が床の上に厚板を置いて作った演台の上で軽快な踊りの曲を演奏していたが、まだ誰も踊ってはいなかった。女の子たちは壁際の仮設のテーブルの上に置かれた茶を飲みながら、何人かずつ固まってお喋りをしていた。同年代の男性とウィスキーを飲んでいる年上の女性たちもいた。黒ビールの樽の周りには若い男性が集まっていた。かつてローズとモランが足を踏み入れたときから何年も経っていたがその様子はほとんど変わっていなかった。

マイケルはすぐにそういった固まりの一つに加わり、黒ビールのグラスを手に取った。モラン家の娘たちは誰も酒は飲まなかった。彼女たちはマイケルが自信ありげに男たちの間を動き回り、実際に酒を飲んでいるところを見て度肝を抜かれた。彼女たちの可愛い弟は知らないうちに大人になっていたのだ。アルコールが回ってくるとマイケルは物怖じせずに男たちの間を行き来した。周りの者たちはそんな彼の大人びた様子などには全く無関心だった。呆れた様子で見ている姉たちの視線を感じると、彼はグラスを持った手を彼女たちに向かって持ち上げて見せ、それからあたりの女の子たちを見渡し始めた。

ダンスは上手くなかったが、父親がこんなダンスパーティーでそうだったように、マイケルも自分が良く見えるように振る舞うことが上手かった。彼はネル・モラハンという娘にずっと目をつけていた。ダンスが終わると彼は大胆にも彼女をウィスキーや黒ビールのあるテーブルへ連れて行き、同じ大胆さで彼女にウィスキーを勧めた。モラン家の娘たちにとってそれは恥知らずでふしだらな行為に見えた。ネルは気にしていなかった。ネルは、モラン家の娘たちは、平原に住むモラハン家の人間より自分たちのことを上等だと思っているのだと感じていた。しかし彼女はモラン家の娘の大事な弟を自分の経験豊かな腕の中に抱えているのだ。彼は姉たちの非難の眼差しに怯むことなくウィスキーのグラスを持ってフロアの向こうにいる彼女たちに乾杯の仕草をした。姉たちは離れて固まらざるを得なかった。

ネル・モラハンは平原地方の小高い場所にある小さな農場の娘だった。父親のフランク・モラハンは自分の狭い農地は家族に任せて、一年中大農場の日雇い仕事をしており、日曜日や夕方にはできるだけ家族の手助けをしていた。彼らは見下されていた。子どもたちはみな出来が悪く、何とか学校を終えることすらできなかった。ネルは町の弁護士の家で女中として働き、そこで大学の休暇で家に帰ってきたその家の息子と初めての火遊びを経験した。いちゃいちゃすることは嫌いではなかった。次いでダブリン近くの小さな町で店員になり、フットボールの立見席で応援していた男たちを次々に連れてきた。そんなとき彼女の叔母が彼女をニューヨークに連れて行った。そこで仕事熱心というモラハン家の特質を発揮し、初めはアイスクリーム工場、次にはドライクリーニング会社、最後にはウェイトレスとなり、彼女は持ち前の陽気さと元気さで、アイルランドでだったら貯めるのに一年もかかるよりも多い金を一週間で稼ぎ出すことができた。彼女は年上の男と暮らしていたが、彼がちっとも約束を守らなくなるとうんざりし、感情的にならずにさっさと彼と別れたが、大した後悔もせず傷つきもしなかった。彼女は今二十二で自分の金を持って数ヶ月の予定で家に戻っていた。彼女は兄や妹たちに服や靴を買ってやり、平原の家にいろいろ役立つものを買っていた。自分のためには小さな車を買い、それは家に置いていくつもりだった。ニューヨークに戻るときには妹を連れて行こうと思っていた。何よりも彼女は父親に良いところを見せ、自分もやりたいように振る舞おうと決めていた。彼女は美人とは言えなかったが不細工というわけではもちろんなく、若くて力に溢れ潑剌としていた。マイケル・モランはまだ十五歳だったが、ハンサムだし性的な魅力もあった。父親はモランの家の畑など大したことはないと疲れたような口調で断定したが、ネルは子どものときからモランの家の畑は緑溢れ、実りも多いだろうとずっと思っていた。だからマイケルがフロアを歩いてネル・モラハンにダンスを申し込んできたとき、二人で一緒に踊るのは当然のことに思えた。

「あの娘、あの子をさらっていくだけじゃ終わらないって気がするわ」マギーが猛烈な調子で言った。

「父さんの耳に入らないといいけれど」シーラが言った。怒りながら固まっていた彼女たちの輪は時折ダンスを申し込みに来る男たちによって崩れただけだった。次のダンスの間中マイケルはフロアの周りでおどけていた。姉たちは二人にはそっぽを向いていたが、あるときふと二人を探そうとすると姿が消えていた。姉たちはそれぞれ家に送って行こうという沢山の申し出を男たちから受けていたが、自分たちだけで固まって帰ることにした。最後の曲が演奏され、疲れ切った楽師たちが国歌の演奏の準備を始めたとき、シーラがフロアに二人の姿を見つけ、どんどん近づいて行き喧嘩腰でマイケルに聞いた。「私たちと一緒に帰るんじゃないの」

「いいや。ぼくは送って貰うんだ。ネル・モラハンのことは知っているだろう」ネルが伸ばしてきた手に触れもせずシーラはぶっきら棒に頭を下げてそのまま歩み去って行った。

「お姉さんどうかしたのかしら」

「君が姉さんの弟を誘拐したからさ」彼はそう答え、姉たちの後ろから「裏口の扉は開けておいてよ」と叫び、彼女たちは彼の笑い声に送られ一塊になって怒りながら出て行った。

ネルの車は通りに駐めてあった。つやつやときれいに磨かれた黒い車の中は新しい皮の匂いがした。ネルの二人の妹と弟が後部座席に、ネルとマイケルが前に坐った。彼は十五歳で、どんなことも自分の思い通りになると感じていた。

ネルが黙って平原の家に向かって運転している間、彼は後部座席の人間とお喋りをしていた。家に着いて家族を降ろすとネルは言った。「遅くはならないわ。マイケルを家まで送って行くだけだから」門近くのイチイの木のあたりに到着する前に、彼女は使われていない道に車を入れ、明かりを消した。彼女が運転している間マイケルは彼女の腿の間に指を走らせていた。彼女が顔を向けると、彼はさらに彼女に近づこうとした。血気にはやった若い身体は彼女が望む動きに導かれるままだった。そして初めて平和で素晴らしい境地に達したとき、彼女はマイケルの主導でそうなったように思わせ、彼の髪をかき乱し、「いい匂いだわ。あなたの肌はとても柔らかいのね」と言い、何度も何度もキスをした。

裏口のかんぬきは開いたままだった。家の中は暗く静かだった。靴をぶら下げて持ったまま、音を立てずに自分の部屋に入った。しかし翌朝には姉たちの激しい憤りに直面せねばならなかった。彼は平然と、いささか得意げに彼女たちの怒りに対応した。彼女たちはもはや彼を子どもとは思わなかった。マイケルは彼女たちの小言を聞き流しながら食事を摂った。彼女たちにはどうしようもなかった。しかしあえてモランに告げ口をしようとも思わなかった。そんなことを聞いたモランがこの閉ざされた家の中で起こすことといったら、暴力の他にはあり得ない。彼女たちはローズに話したが、彼女は腹を抱えて笑った。

「でもマイケルは何とか上手く逃げてきたんでしょ。変なことを考えなくとも良いわ」

「でも年を考えてよ。私たちいい笑いものになるわ」彼女たちは怒りを込めて言った。「何ヶ月かすれば、そんなことこれっぽっちも話題にならなくなるわよ。ネルがアメリカへ戻ったらそれまでの話。でもお父さんに話して困らせないでね」彼女はそう助言した。

「父さんならすぐにあの悪《わる》に行儀を教え込むんだけどね」

彼女たちの膨らんだ怒りはネル・モラハンに向かい、ネルも彼女たちと顔を合わせないようにした。姉たちは近くのダンスパーティーにしか行かないようにした。ネルはマイケルを連れて二人のことなど誰も知らないロングフォードに車で出かけた。

クリスマス休暇は一週間で終わった。娘たちはまた仕事に戻って行った。家は再びがらんとなった。学校も始まった。

ローズは彼女がこの家に来てからずっとそうしていたように、朝、学校に行くマイケルを起こしに行き、彼の朝食の用意をした。

「今朝は少し疲れているようね、マイケル」ローズはちくりとそう言ったが、彼はそれに返事ができず目をこするだけだった。

その朝彼はいつものように出て行ったが、そのあともずっと学校には行かなかった。ネルが町の外れに駐めた車の中で待っていて、二人はストランドヒルの海岸に向かった。木の台に置かれた古い大砲のそばに車を駐めた。他に車の姿はなかった。「夏には人で一杯になるんだけど」と彼が言った。遠くの岩の向こうまで潮は引いていたが、山のような大波がたっていた。ワイパーを止めるとフロントガラスは雨に白く曇って外が見えなくなった。ネルはまたレバーを動かした。横風が車を揺らした。そんなこと全てが彼の気持ちを浮き立たせ、モランが夏に自分たちを連れてここに二週間も滞在したときに比べて今は何て素敵なのだろうと言った。「本当に退屈だったんだ」

「海辺でどうして退屈なことがあるの。うちでは夏中畑で働かなくちゃいけなかったのよ」彼女は言った。

「あれがいたからさ」彼は自分ではかなり気のきいたことを言ったと思い、大声で笑った。しかし退屈してきたので、彼女に近づいた。彼女は彼にキスをしたあとふざけたようにしかし強い力で押し戻した。

「午前中は駄目」彼女は言った。

彼はむっつりして、ワイパーがフロントガラスに描く半円模様を通して、荒れた海や長く続く砂浜を眺めた。そこはそう遠くない昔の夏、彼がバケツとスコップを使って作った砂の城を波が壊して流して行ったのと同じ砂浜だった。マイケルがダッシュボードの上に足を乗せたままでいることがネルをイライラさせた。雨が降ってきたのと同じように突然空が晴れると全く別の日がやってきたようだった。太陽の弱い光が海の上で輝いていた。二人は車から出て、黒い大きな岩を乗り越えて砂浜に向かった。平坦な砂浜全体に吹き渡っていた風で二人の髪や服が強くなびいた。彼は彼女のそばでふざけ回り、風の中を後ろ向きに歩こうとしてひっくり返りそうになったり、彼女の手を握って風に逆らって二人で走ろうとしたりした。風除けになる岬に近づくと、楽に歩けるようになった。二人が岬からゴルフ場の外れにある高い砂丘が作る風除けの中に入り込むと、今まで自分たちがその中を進んできた風で荒れた海の景色が突然まるで静かな部屋からの眺めのように見えた。彼女に近づくと今度は彼女から彼の腕の中に入ってきた。彼女の髪や顔は波飛沫《なみしぶき》の味がした。二人は静かな浜辺を離れ、草を摑みながらぎこちなく砂丘の斜面を上って行った。歩くたびに二人の靴の中に湿った砂が入ってきた。砂丘の窪地にレインコートを敷き、蹴るようにして靴を脱いだ。彼女はそれから膝立ちになって下着を下げて脱ぎ、温まろうと彼に近づいた。彼は膝まで服を下ろし、最初の晩に彼女が教えてくれたようにして、はやる気持ちを抑えながらゆっくりと優しく、そして少し遠慮しながら彼女の中に入っていった。風は砂丘の天辺の草に吹き付けているだけだったし、海の音も遠くから聞こえてくるだけだった。彼が三度目に彼女に入って彼女が達しそうになったとき、自分だけ先に行くのをこらえながら、彼女の欲求の強さに恐れを感じた。彼女は大声を上げ、彼の尻を無我夢中で摑み、彼に動くよう命じた。終わると彼女は目を見開き両手で彼の顔を包み、彼が気づかないほどの素早く優しいキスをした。太陽の弱い光が彼らの頭上高くで照っていた。湿った冷たさを感じながら二人は服を着て、靴やレインコートから砂を払い落とし、また海岸まで下りて行った。砂浜は棒を追って走っている犬一匹の姿もない完全な無人だった。今ではかなり満ちてきた波打ち際を数羽の鳥がゆったりと歩いているだけだった。まるで始めた旅を完全に終わらせなくてはならないと思っているように、二人は砲台を通り過ぎ、反対側の教会の遺跡まで来た道を戻って行った。強がってはいたが、マイケルは内心不安で一杯だった。自分が男になったという栄冠は勝ち得たが、まだ教科書を持って学校に通う子どもとしてモランの元に戻って行かなくてはならないのだった。隣を歩くネルにもまた悩みがあった。何週間かしたら彼女はまたブロンクスへ戻って行くのだ。マイケルは幼すぎる。手に入れられるときにそこにあるものを手にすれば良いのだ、という単純な教えが彼女の耳元で囁いていたが、事はそう簡単ではない。いつも彼女はより多くを欲する人間だった。ストランドヒルの誰もいない砂浜が目の前にあり、二人には丸々一日残っている。しかしその一日を上手く使うことほど難しいことはない。

「大丈夫だったかな」彼が聞いた。

「男ってみんなそういう風に聞くのね。あなたは何も心配しなくて大丈夫」

二人は屋根の落ちた教会が立つ地面の岩に生えた海藻を摘んだり、岩の窪みの潮溜りの中を観察した。潮溜りには小さな生き物が沢山いたが、打ち上げられた魚はいなかった。

「ここに来たとき退屈だったって言ってたけど、私には理解できないわ。ここは昔とそんなに変わったの」

「まさか」彼は言った。「一緒に来ていたら分かるだろうけど。親父はここの宿代を稼ごうと車一杯ターフを運んできていたんだ。ぼくたちはそれを一軒一軒売り歩かなければいけなかった。親父には一軒一軒売り歩くことなんて何でもなかっただろうけどね」

「あなたはまだ小さかったし、大変でもなかったでしょ」

「家から家へ歩き回るのは本当に嫌だった」父親が家族の他の者に植え付けた独立心や自尊心といったものはターフ売りには全く用をなさないものだったのだ。「まるで穴の中を這いずり回っているようだったよ」

車に戻るにはまた風に身体をさらさなければならなかった。二人は空腹だった。海に面した店は冬の間はどこも閉まっていたので、二人は車でスライゴーに向かった。キャッスル・ストリートに手軽なカフェを見つけ、ハンバーガーとポテトフライにパン、それに熱い茶を頼んだ。それから二人は疲れた様子で町を歩いた。ゲイエティー座にかかっていたアラン・ラッドの出ている西部劇映画を見たかったけれど、時間が足りなかった。帰りの車の中でマイケルはとても静かだった。彼女は彼を家から数マイル離れた場所で降ろした。彼女の車が見えなくなるまで彼は盛大に手を振った。

「学校はどうだったの」帰るとローズがまずそう聞いた。

「いつもと同じ」彼は答えた。普段から彼は人の話を聞いている振りをしながら、実は自分の考えに没頭しているという癖があったが、その日の夕方はローズが楽しそうに語るその日の出来事の一語一句をしっかり聞いていた。

「マイケル、さあ晩御飯を食べなさい」

彼は今日学校に行かなかったことがばれてはいないと判断した。「はい、ローズ」

少ししてモランが戻って来たが、口をきこうとしなかった。何度か息子に視線を投げかけたが、彼は本を読んで顔を隠したままでいた。

「羊の世話をするから手伝って欲しい」彼は立ち上がって出て行くときそう言った。

「いつ、父さん」

「今だ」

モランは犬を使ってすでに羊を庭に集めていた。羊たちは怖がって大きな目を見開いて一塊になっていた。モランとマイケルが庭に行くと、羊たちは恐慌状態になり、反対側の隅に追い詰められそこで群れ固まってしまった。

「馬鹿だな、みんな」羊たちが怖れているのを見てマイケルが無邪気に笑った。

「人間にだってこんなのがいる」モランはぶっきらぼうな調子で言った。

マイケルは水薬を量って小さな瓶に入れた。マイケルが羊を押さえ、モランが羊の口にその薬を無理やり流し込んだ。それから仰向けにして小さな蹄《ひづめ》を削って洗った。作業を終えると、一匹ごとに一刷毛ずつ青い塗料で印を付けてから放した。六十頭以上いたので、時間のかかる単調な仕事だった。マイケルはぼんやりしてミスをするようになった。嫌がって暴れる羊をマイケルが離してしまい、それがモランにぶつかったときには、彼はマイケルに殴りかからんばかりだった。そのときマイケルは水薬を入れた缶を落とした。

「ああ、なんてこと、なんてこと。自分一人でやる方がよっぽどましだった。自分がやっていることにほんの一瞬も集中できんのか」モランは缶を乱暴に摑み、自分で水薬を量って入れた。

「やらせてって頼んだわけじゃない」マイケルも同じように激しい調子で叫び返した。

「ああそうだ、お前はやらせてくれとは言わなかった。どんな仕事だってな。お前がやらせてくれと頼むのは女のそばに坐り込んでいちゃいちゃすることくらいだろう」

「できるだけのことはやったよ。缶が滑り落ちたのはどうしようもなかったんだ」マイケルが反論した。

「二人で一日中言い合いを続けるか、それともお前だけが文句を言い続けるのか、どちらだ」モランがそう言い、二人は腹を立てながらもまた一緒に仕事を続けた。終わると、モランは羊たちが静かに流れるように出て行くのを眺めた。羊たちもこれであと二ヶ月は何もされないだろう。彼は息子に感謝しようと向き直った。彼は二人ならいかに順調に仕事ができるかということを忘れていたのだ。人間は一人で働いても何もできない。もし息子が自分と一緒にやりたいと言えば、二人で何だってできるのだ。二人できっちりとここを管理することができるのだ。そのうちには新たな畑を買い足すこともできるだろうという、長男とでは果たせなかった夢が蘇った。二人一緒ならばどんなことだってやっていけるだろう。

マイケルはモランに帰るとも言わずにすでに家の中に戻っていた。モランは苦々しい思いで羊が逃げないように畑の柵を閉めた。それから犬が今晩も羊たちの番をしているか様子を見た。家に戻ると、マイケルは着替えを済ませ平然と暖炉の前に立っていた。

「随分素早く逃げ出したな」モランが言った。「羊たちを戻してやってからお前に言うことがあったのだが、もう姿を消していた」

「終わったと思ったんだ」

「終わったのかどうか聞いても良かったじゃないか」

「もう手伝いは要らないと思ったんだ。もう終わったんだとね」

「そりゃそうかもしれんが、そんな目にあわされるとは思ってもいなかった」

窓の外は急速に暗くなっていった。ローズは咎めるように暖炉のそばのマイケルを追い立てた。彼はテーブルに向かい、これ見よがしに本やノートを上に広げた。

「お父さん、靴下はここに暖めて置いてありますよ。それと下着の替えは暖めて棚に置いてあるの。汚れた物を脱いだらさっぱりするわ」

モランはブーツを脱ぎ靴下を履いたまま大きな自動車の座席に坐った。ローズが話しかけるとちょっと動いたが、部屋の何もないところにぼんやりと視線を向けたまま黙っていた。「どうでもいい」彼はぶつぶつ独り言を言った。「どうでもいい。どうでもいいんだ」

マイケルとネルは昼間一緒に過ごしていたのに、その晩も会う算段をしていた。ネルはロッキンガムの城門に停めた車で待つことになっていた。マイケルはロザリオの祈りが終わるまで家を出られなかった。心急いて待ちきれなかったがどうしようもなかった。祈りが終わる前に家を出ようとすれば絶対に言い争いが起こる。しかも今夜に限ってモランはローズに言われるまで祈りのことを忘れていた。彼がセメントの床に新聞紙を広げテーブルの前に跪いたときネルはすでに大きな門のそばの車の中でずっと待っていた。マイケルは、昼間海辺で女のそばにいた男としての自分と、今床に跪いている子どもである自分との間の大きな隔たりを鋭く意識し戸惑っていた。順番が来て彼が第三玄義を唱えたが、その声は耳障りなものだった。その声にモランが鋭く彼を睨んだが、止めはしなかった。モランが床から立ち上がるまでマイケルは待った。するとモランは「随分妙な調子で唱えていたな」と言った。男と若者は一触即発の状態になった。「わしの弱った耳には敬う気持ちがなかったように聞こえたぞ」

「そんなつもりはなかったよ」マイケルが言い返した。

「それなら良い。かっとした人間は頭を冷やさねばならん」

マイケルは何も答えなかった。彼は敢えて外に出て行くとも言わなかった。コートを手にしてすり抜けるように外に出て、門まで走っていく途中の暗がりの中で羽織った。彼は一時間以上遅れていたが、彼が門に近づいて行ったときネルは車の中で待っていた。

次の日、二人はまたスライゴーまで車で出かけて行った。今回はゲイエティー座で昼間の回の西部劇を見た。続く週の間二人は行きたいと思ったらどこへでも、遠くゴールウェイまでも出かけて行った。マリンガーやロングフォードへも行った。バリモートの町ではどの店の前でも立ち止まって二人でショーウィンドウを眺めた。よく晴れた木曜日、二人は北アイルランドとの国境を越えてエニスキレンの屋台が並ぶ長い通りを手に手を取って歩いた。市場の入り口の脇にあるインド人の屋台でネルはマイケルに安物の時計を買ってあげた。彼は今まで自分の時計を持ったことがなかったのだ。冬だったけれど、二人はストランドヒルの荒れた浜辺やロッシズポイント、マラモアやバンドーランといった海へ何度も出かけて行った。彼はいつも教科書を手にして暗くなり始める頃にローズとモランの元に帰ってきた。

その週末シーラとモナがダブリンから帰ってきた。このときはマイケルは自分の行動を得々と見せびらかすことはせず、むしろ身を隠すようにしていた。彼女たちは彼を疑惑の目で見ていたが、月曜にはまた仕事に戻らなければならなかったし、探り出すには時間が足りなかった。モランが一人でいる時は誰も近づくなという印だったし、買物に出たローズに誰もそんなことを敢えて教えようとはしなかった。

ネルにとってこの数週間は生涯最高の時期だった。あのミソサザイ団のダンスパーティーに迷い込んでからの我を忘れるような幸せの数週間は、ずっとあとになっても良い思い出として残るのではないかという予感がしていた。しかし一方不思議なことにどういうわけかその幸せはもう彼女の手から滑り落ちてしまっているような感じもした。二人の関係では彼女の方がより責任ある立場だった。彼女は義務教育で定められた日数以上は学校に通わず、ずっと自分の手で働いてきていたが、学校に行ける人間にとって教育以上に大事なものはないという考えを持っていた。

「ねえ、こんな風に学校をさぼっていたら、何もかもだめになってしまうんじゃないの」

「学校は終えたんだ。もう戻らないよ。君とこうしていることと学校は関係ないよ」今の生活から飛び出したいという激しい衝動に駆られていた。あの家で暮らす生活にはもう耐えられなかった。今進んでいこうとしている道を行けば、外からの危機に直面するだろう。今やっていることを続ければ、確実に自分からその危機を招くだろう。どちらにしてもその時になって直面することになるのだ。

「もう学校へ戻る気はないのね」彼女が言った。

「もう何の気もない」彼はぶすっとして答えた。

「じゃあどうしようって言うのよ」

「君と一緒にアメリカへ行こうかな」

彼女は幼稚で自分本位なことを言う彼を見つめ、それはあまりに突拍子もない望みであると止めようとしたが、そんなことにはなりっこないし、周りのみなが反対するに違いないと常識的に考えて反論はしなかった。

「アメリカに行ったって大変よ」

「何とかなるさ」彼は自信たっぷりにそう言って笑った。「アメリカに行けないんだったら、スライゴーまで車で行こう」

次の日二人は一日中スライゴーで過ごしたが、一緒にいられる日はだんだん少なくなってきた。ネルの金もほとんど底をついていた。マイケルは金をせびるわけでもなく、彼も自分が手にしたごく僅かの金を全部ネルのために使ってはいたのだが、それでも彼女は自分の家族にではなくマイケルのためにあまりにも多くの金や時間を費やしており、そのことに少し罪悪感を持ち始めていた。

「私もうじき戻らなくちゃいけないのよ、マイケル」二人が車の座席に坐り、波立つキー湖の上にかかる白い月の光が車道を照らしているのを眺めながら彼女が言った。

ネルがこの静かな土地を出てアメリカという冷淡な国に戻って行かねばならないということが自分にとっての喪失感なのか、彼女にとってのそれなのか、はっきり分からなかったが、マイケルはいきなり泣き出した。彼女は彼をあやすように腕に抱き、髪の毛を撫でてやると、やっと彼は彼女に向き直った。

「学校に戻った方がいいわ」彼女が言った。「そうしないと将来良い仕事に就けないわ」

「いやだ。もう学校には行かないんだ」彼は言った。

「何をするつもりなの」

「そのうちアメリカの君のところへ行ってもいいだろう」彼はまたそう聞いた。それがとても優しい感じだったので、彼女はそれ以上問い質したり、この先二人で何をしようとか、あるいはそもそも何かをするのかどうかなどを考えたくなくなった。

マイケルが自分からではなく外からの他の理由で家を出ようという気持ちに火が点けられるのを待っていたとしたら、その機会は驚くべき速さで、つまり次の日の晩にやって来た。その日の朝二人は国境を越えてエニスキレンの木曜の市に出かけて行った。彼はいつものように教科書を持って六時頃家に帰った。モランは自動車の座席に静かに坐っていた。ローズは家の中を忙しそうに動き回っていた。彼の食事はテーブルに用意されていなかった。誰も何も喋らないうちからマイケルは危険を察知した。

「今日客があった」モランが口を開いた。

「誰」

「まあ落ち着け」モランは皮肉交じりの辛辣な調子で言った。「お前の良く知っているマイケル先生だ。お前のことを聞きに来たのだ。先生はお前が病気だと思っていたそうだ。クリスマスからずっと学校に行っていなかったようだな」

「もう行けないんだ」彼は泣き出した。

「どうしてだ。教えてくれ」

「もう顔向けできないんだ」

「マイケル、あなたには驚かされるわね」ローズが言った。

「何をしていたのだ」

「さぼっていただけ」

「どこへ出かけたのだ」

「あちこち」

「どこなんだ。あちこちなんて名前の場所など聞いたこともないぞ」

「町の、あっちやこっちだよ」彼は追い詰められた気がした。

「嘘でごまかそうと思っているな。わしは先生が帰ってから少しばかり調べてみたのだ。アメリカから家に帰っているモラハンの娘がお前を車で国中連れまわしていたということが分かった」

これ以上何を言おうとしても無駄だった。

「どうしてそんな酷いことをしてくれたの、マイケル」

「ローズとわしでお前を食わせてやっているし、ちゃんと雨露を凌がせてもやっているし、学校にだって行かせてやっている。そのお礼がこれか」

マイケルは黙っていた。すすり泣きの間隔が長くなってきた。

「何も言うことはないのか。悪いと思ってもいないのか」

「ごめんなさい」彼は泣きじゃくりながら言った。

「わしが良く教えてやらんといかんようだな。自分の部屋に行って服を脱いで待っていろ。すぐに行くからな。わしら二人だけの方が良い」モランの声が余りに静かで有無を言わせぬ威厳があったのでマイケルは実際部屋に向かって行きそうになったが、自分が言われたことが突然はっきりと理解でき、立ち止まった。

「嫌だ」少年は暴力を振るわれるという恐怖から大声を出した。

「これからもまだこの家で暮らしたいと思うなら言われた通りにするのだ」モランは素早く椅子から立ち上がったが、少年の力は強かった。父親の胸を簡単に払いのけて家を飛び出した。

「戻って来ないわけはない」モランは息を切らせながら言った。「戻ってきたら死ぬほどの目にあわせてやる」

彼は帰ろうとは思わなかった。平原の高台にあるモラハンの家までずっと歩いて行った。彼女の車がアスベストで葺《ふ》かれた家の脇に置かれていた。ネルの妹が戸口に来て中に入るようにと言った。

「いやいいんだ、ブリジッド」彼は弱々しい笑いを浮かべた。「ネルに会いたいんだ」ネルがやって来ると彼は言った。「親父に学校のことがばれた。怒り狂っている。殺されそうだったから逃げてきたんだ」

「帰らないの」

「ぼくはイギリスに行く」彼はきっぱりと言った。「ダブリンまで行くことができれば、姉さんたちが旅費を出してくれると思う。汽車賃を貸してくれないかな」

「列車はいつなの」

「朝」

「それまでどこにいるつもりなの」

「どこか見つけるよ。小屋とかなにか」彼は勢い良く言った。

「こんな風にして出て行って本当にいいの」

「貸してくれないなら、ヒッチハイクをするまでだ」

「私がダブリンまで車で行ってあげる」彼女が言った。「支度ができるまで家の中で待っていてくれる」

「こんなところを家の人に見られたくないよ」

「じゃあ車の中にいればいい」

彼は車の中に坐りラジオをつけてつまみをあちこち回した。モランのことを思い出すたびに怒りと恐怖で身体が震えたが、そのあと自分の境遇を哀れみ胸が痛んだ。ネルが来たときにはラジオのつまみをいじるのにも飽きていた。きちんとした服を着た彼女は持って来たスーツケースを後部座席に置いた。

家々や学校を通り過ぎ、ロングフォード、マリンガーなどの二人が楽しい日々を過ごした町を過ぎて行った。侘《わび》しい明かりが灯されたパブしか開いていないがらんとした通りには車が葬列のようにじっと並んで停まっていた。

「親父はぼくに部屋に行けと命令したんだ。服を全部脱いで自分が来るのを待っていろって。だから家から逃げ出してきた」

「よっぽど怒っていたのね」

「昔ルークにも部屋で服を全部脱げと言ったことがあったんだ。そのあとで鞭の音が聞こえてきた」

「あなたがロンドンに行ったらルークが助けてくれるかしら」

「くれるさ。ルークは自分がやるといったことは何だっていつも実行していた」

「こんな時間にお姉さんたちのところに行くわけにはいかないわ。今晩はホテルを取った方がいいわ。明日の朝早くお姉さんたちのところに連れて行ってあげる」

「ぼくたちホテルに泊めてもらえるかな」

「大きなホテルだったらうるさいことは言わないわ」彼女は笑って言った。「ちゃんとお金を払いさえすればね」

「大丈夫、高すぎない」

「私は来週アメリカに帰るのよ」彼女が言った。

エンフィールドの町を走っているとき「手紙を書くね」と彼が言うと彼女は彼の膝を強く握った。メイヌースを過ぎると彼にホテルを見つけるよう言った。町の外れのウェストカントリーホテルが大きくてまずまずのところに見えた。空室があった。受付の女の子にアメリカ風の発音で喋りかけ、宿帳に記入し現金を出すと、部屋の鍵が手渡された。飾り気のない部屋だったが落ち着くことができた。部屋に入ると急に二人は空腹であることに気がついた。下の食堂には誰もいなかったがまだ開いていた。「今晩はご馳走を食べなくちゃ」ネルはメニューを見て彼に何でも好きなものを頼むよう気前の良いところを見せた。彼女はステーキを、彼はポテトフライを添えた大きなミックスグリルを取った。二人は誰もいない食堂で待たされたよりも短い時間で料理を平らげた。こんな場所に不慣れなマイケルは小声で話をした。笑ったときにだけ声が外に響いた。

二人はその晩ずっと愛し合った。自分はまだ子どもなんだという心配もすぐに優しい感謝に溢れた気持ちに入れ替わった。マイケルはもう寝てしまったのだろうとネルが思うそのたびに、彼は目を覚ましてまた彼女の中に入ってくるのだった。彼女は彼のことを、強い振りをしているが実は線が細くて自信の無さを気負いで隠している大人と子どもの両面を持つ存在として受け入れた。そして受け入れるたびに、ずっと懸命に働かざるを得なかった自分の若い時代にゆっくりしみじみと別れを告げているかのように感じていた。疲労困憊した二人は明け方になってやっと眠りに落ちた。目が覚めると彼女はすぐに彼を起こし、姉たちの住む場所まで彼を乗せていった。

「手紙を書くよ」彼は誰もいない朝の通りに出ると言った。

「住所は分かるの」

「大丈夫」彼は上着の胸を叩いた。

「私も書くわね」

「ニューヨークでね」彼が愛情の印に拳で車の屋根をどんと叩くと車は走り去った。

通り全体が眠っているようだった。牛乳配達が小型の電気自動車で一軒一軒牛乳を配っていた。動くとモーターが低い音を立てた。彼がシーラとモナの住む家の扉をノックし続けると、しばらくしてやっと中から音が聞こえてきた。それから上の部屋の窓が開いた。寝巻を着たモナが身体を乗り出した。彼女は驚いて目を疑っている様子だった。

「あんた、そこで何しているの」彼女は強い調子で尋ねた。

「逃げて来たんだ」彼は答えた。

「何しに来たのよ」

「イギリスへ行こうと思って」

「今降りて行くわ」彼女はそう言って窓を閉めた。

彼女が部屋の誰かに、恐らくシーラにだろうが早口で何か話す声が聞こえてきた。戸口に誰かがやって来るまで随分長い時間が経ったように思えた。きちんと服を着た姉たちがドアを開けた。

「こんな遠くまでどうやって来たの」シーラが返答を求めた。

「ヒッチハイクで」

「真夜中に」

「ちょっとずつ乗せてもらって来て、今朝牛乳配達がここまで乗せてくれたんだ」彼は家出の顛末をネルに話したのと同じように話したが、彼女のことは一言も口にしなかった。「親父が部屋に行って服を脱いで待ってろって言ったんだ」

「あんたに旅費を渡したりしたら私たちが殺されるわ」

「でもどうしてもいるんだ。もう家には帰らないからね」

姉たちは彼にソーセージと卵とベーコンを焼き、茶を淹れトーストを出した。大家夫妻が降りてきて事情を聞いた。郵便局の制服を着た夫はおとなしい人だった。内心では心配し怖れていたが彼女たちはこの騒ぎにちょっとした興奮を感じ、仕事に出るときシーラはキルデア・ストリートにある事務所にマイケルを連れて行った。そこでもまだ興奮状態は続いた。しばらくすると役所中の人間がシーラの顔を見に来たのではないかというほどの騒ぎになった。行儀も見かけも良い若者が家から逃げて来たのだ。白髪の公務員は自分の輝かしい青春時代を彼の中に見ていた。忠実に守らねばならぬ採用手続の必要がなかったならば、マイケルにその場で公務員の職を与えていたかもしれなかった。「大変なことなの。どうしていいんだか分からないわ」シーラはそう繰り返したが、その実彼女はこの騒動で注目されていることを楽しんでもいた。

彼女はもう秘かにこの状況をどうすべきか決めていたのだが、まだ解決策を模索し続けている振りをしていた。そうすれば彼女に同情が集まってくるからだ。彼女には自分と同じ公務員の恋人がいた。彼とモナも呼んで四人で役所の広い軽食堂で昼食を摂った。マイケルは楽しんでいた。ここには沢山の人間と、わくわくするような騒音とにぎやかな活気がある。モランの家での圧迫感は消え去っていた。彼の性格ならここでも、どこででも人を惹きつけて上手くやっていけるかもしれないが、シーラには別の考えがあった。「あんたはイギリスへは行けないわよ」彼女が言った。

「どうしてさ。ぼくは家には帰らないよ」

「学校だってまだ終えていないじゃない。卒業したらどこへだって行ける。今止めたら一生ずっと肉体労働にしか就けないのよ」

彼は自分の問題だから放っておいてくれと反論したが、シーラは無視した。彼女はその晩モランとローズに会いに行くつもりだった。マイケルが戻ることをモランが許さなければ、自分たちとダブリンで暮らすことになるだろう。もう二年学校へ行けば、そのあとはどんな職にだって、それが本当に彼の望みならば肉体労働にだって、就くことができるだろう。しかし彼が今向かおうとしている道を進むのなら職業選択の余地はないのだ。

彼女はモランに状況を話すために列車でグレートメドーに向かった。モランとローズはマイケルの消息が分からずに気を揉みながら長い日々を送っていたので、彼女の顔を見て安堵した。モランはこの件に関してシーラが自分に反対するとは思ってもいなかった。

「そうか、奴はお前たちのところへ逃げて行ったのか」モランは言った。

「ヒッチハイクをしながらね」

「わしは奴に対して考えていることがある」モランは言った。

それは単純なことだった。マイケルを家に連れ戻し、家族の者が全員でモランが行う鞭打ちを監督するということだった。それならば鞭打ちも適正に行われるだろうし、法に反することもないだろう。くわえてモランにはすでに自分一人でマイケルを扱える力が無くなっていた。「そうすれば奴は生涯忘れることのできない教えを授かることになるのだ」

「それじゃ帰って来ないわ。全てを水に流すのでなければ、あの子が家に帰って学校に戻ることはないわ」

「今の話を奴にする必要はない」

「私は話すわよ」彼女は引かずに強い調子で言った。

「あああ、この家ではわしなど全く無視されるってことなんだ」モランは大声で言ったが、どうしようもなかった。

シーラはダブリンに戻り、数日後モナと一緒にマイケルを連れ帰った。彼女たちはもしまた何かあったらそのときにはダブリンに留まるにせよロンドンに行くにせよ手助けをしてあげるという約束をした。

「頑張りなさいよ」彼女たちは励ました。「もし上手く行かなかったら、私たちが何でも助けてあげる。二年すれば学校を終えて、どこへだって好きなところへ行けるわ」

マイケルが入ると家の中は滑稽なほどぴりぴりした気まずい雰囲気で一杯だった。

「お帰り」モランは沈痛な面持ちでマイケルに手を差し伸べると目を背けた。「家族だったら誰だって家に戻ってくれれば歓迎だ」

シーラの恋人のショーン・フリンがみなを車に乗せてここまで連れて来たのだった。シーラがもしこの男と結婚するつもりがないなら、微妙な家族の問題が起きている最中に家に連れてくることなどなかろうとモランは考え、彼のことをそのつもりで良く観察した。ショーン・フリンは機嫌良くもてなされ、彼もまた相手を喜ばせることに慣れていた。二人は政治やフリン一家がクレア州でやっている農場、人数の多い家族の話などをし、どの社会やどの文明でも家族こそがその基礎となるものだ、ということで意見が一致した。モランは楽しみ、憂さを忘れたような気になったが、彼らがダブリンに戻らねばならぬ時間がやってきた。

「次はこんなごたごたしていないときに来ると良い」車の横で握手をしながらモランは言った。

「もし招待されれば」ショーン・フリンは冗談めかしてシーラの方を見た。

「招待するさ」モランは笑った。「この娘にあまり権力を与えてはいかん。気がつくと逃げられなくなっているぞ」

ショーン・フリンは父親の眼鏡にかなったようだった。「すぐにでもそうなるわよ」後部座席で荷物の整理をしていたシーラは喜びを隠してどぎまぎしながら言った。

マイケルは真っ青な顔をして家の中で不安そうにしていたが、モランは彼の顔を眺めただけだった。

「あのショーン・フリンという男はなかなか賢くて、良い育ちをした若者のようだ」モランは数珠を出しながら言った。

「良かったわ、シーラも」ローズが言った。「あの子には静かな人が必要だから」

「あなたのベッドには風を通してあるわ」彼女は祈りが終わると優しくマイケルに言った。「くたくたに疲れているはずよ」

「じゃ寝ることにするよ」少年は言った。彼はいつものように父親にお休みのキスをしに行くべきか、あるいはこのまま黙って部屋に入った方が良いのか分からなかった。

「お父さんのところへ行ってお休みのキスをなさい」ローズは彼がもじもじしているのを見て小

声で言った。

モランはキスをされるとき顔を上に向けた。目はほとんど閉じていた。その様子は父親としての義務を全うするためのある力を求めて祈っている人のようだった。少年は唇ではなく無精ひげに触れ、離れた。

「お休みなさい、父さん」

「お休み、息子。ゆっくり休むといい」

次の日マイケルは学校に戻らねばならなかった。彼は久しぶりに学校に戻ってきた病みあがりの生徒のように先生たちに歓迎された。シーラがダブリンに戻る途中で学校に寄り、彼が休んでいたのは家でごたごたがあったせいだと説明していたからである。

「自分でも分かっているだろうが君は学校でも一二を争う優れた生徒なんだよ」と校長のジェラルド神父が彼を優しく褒めた。「ここで勉強を続ければ何だってできるようになる。目の前には広い世界が待っているだろう。もしここで投げ出してしまったらつまらぬものにしかなれないよ」

耳にたこができるくらい何度も繰り返し聞かされてきたそんな言葉にはうんざりだった。好奇の目で見る生徒や、中にはおべんちゃらを言ってくる者までいて、それらにも嫌気がさした。教室で一列に並んで坐り、無味乾燥な言葉を聞き、黒板に白墨で書かれた意味のない図形を眺めたりしなくてはいけない学校という場所にはもう我慢ができなかった。それらは全て彼の気を狂わせるために彼のために特別に作られたもののようだった。こんなことを続けることはできないということは分かっていた。ネルは行ってしまった。彼の生活はここではないどこか別の場所にあるように思えた。

道でネルの黒い車と擦れ違った。モラハンの家の誰か若い者が運転していた。彼らは手を振りはしたが車を止めようとはしなかった。一人になると彼は大声を上げて悪態をついた。道端の背の低いハンノキやヤナギ、枯れて茶色くなったイグサの塊がドラムハーロー川の速い流れに乗っている光景も、今までずっとそうだったような親密な気持ちで彼を迎えてくれてはいないように見えた。それらは単なる植物に過ぎず、自分には何の関係もない全く役に立たないものでしかなかった。彼はここに留まることもできず、どこかへ出て行くこともできなかった。はっきりとした目論見もなくこんな風な生活を続けていれば結局はどこかへ放り出されてしまうだろう。

その晩マイケルはいつもモランの前で見せていた礼儀正しい態度をかなぐり捨てた。無作法な様子を露骨に見せたわけではなかったが、重苦しい様子で黙り込んでいた。モランはその態度にいらつき、じっと彼の様子を覗っていたが黙ったままでいた。何日かがそんな具合に過ぎた。学校には相変わらず我慢できなかった。クラスの連中はマイケルが自分のことしか考えず、遊びに加わると暴力的になることに気がついた。彼らは彼のことを無視するようになった。マイケルは自分を哀れみながら憂鬱な気分で教室に出入りした。家の中では緊張が日を追うに従って大きくなってきた。ローズもピリピリしていた。彼女は他愛のないお喋りをすることしかできなかったが、父親も息子も何の反応も示さなかった。これ以上ないほど空気が張り詰めていて、それを変えるには緊張の糸をピンと切ってしまうしかなかった。結局食卓の塩の瓶といった些細なものが、彼ら二人の気持ちを目に見えるものにしたのだった。

「塩をくれ」モランが頼んだ。

「どの塩」

「塩が二つもあるのか。その塩を渡すんだ」

マイケルは小さな塩の瓶を手渡さずに、父親に向けてテーブルの上を滑らせた。モランはそれを見てふつふつと怒りが沸いてきた。押された小さな瓶はテーブルクロスの折れ目に当たって倒れた。

「お前は犬にくれてやるようにわしに塩の瓶を渡すのか」モランはそう言って立ち上がった。

「塩の瓶くらい普通に渡すことができんのか」

「ひっくり返すつもりじゃなかったんだ」マイケルはとてつもなく不利な立場になり、坐ったままでいた。

「犬にやるように乱暴に押しやっただろ」

「言ったでしょ、そんなつもりじゃ……」

「それならわしがどんなつもりでいるのかを教えてやろうじゃないか」モランはマイケルに思いきり殴りかかったが、彼が何とか避けたので完全には当たらなかった。マイケルが飛び上がるように立ち上がると椅子がひっくり返った。「偉そうにここら辺を歩き回れると思ったら大きな間違いだ。死ぬまでそんな考えを起こさずに済むようにしてやる」

二発目は肘で受けたが、押された身体がミシンにぶつかった。背中に金属が当たる感触があったが、怪我もせず恐怖も感じなかった。古い足踏みミシンをばねにして彼は前へ飛び出し、再び伸びてきたモランの手を摑んだ。二人は黙ったまま少し揉み合ったがマイケルの方が強かった。モランはマイケルを摑んだまま倒れ込んだが、その拍子に倒れながらマイケルを食器棚に横向きにぶつけようとしたができなかった。そのあと二人は転げ回りながら前後の見境なく戦った。しかし最後に相手を羽交い絞めにして床に釘付けにしたのはマイケルの方だった。しかしマイケルがモランの腕を摑もうとしたとき、上から何発か頭を激しく打たれた。苦痛の叫び声をあげて彼はモランを押さえつけていた手を離し、身体を避けた。ローズが大きなブラシを手にして二人の男の間に立っていた。

「何てことなの、マイケル」彼女は彼を叱り、それからモランを助けに行った。「大丈夫ですか、お父さん。大丈夫なの」

彼女の助けを払いのけモランは息を切らしながらよろよろと椅子に向かった。

「本当に大丈夫なの、お父さん」彼女はまた聞いた。

「すぐに元に戻る」彼は言った。「まだまだこの男との決着はついておらん。この男がまだこの家で何でも好きなことができると思っているのなら、いつまでもそう思ってはおれんということを教えてやる」

彼が部屋の裏口の脇に立てかけてある猟銃に冷たい視線をゆっくりと投げかけたのはそのときだった。彼が本当に銃を使おうと考えていたのか、あるいはマイケルにそう思わせようとしていただけなのかは分からない。モランが銃を使うのではないかと思わせたかったのなら、その目論見は完全に成功したと言って良い。マイケルはその晩寝るまでずっと銃の近くにいた。モランが裏口に向かおうとするたび、マイケルは緊張でびくっとした。銃に弾がこめてあるかどうかを知るためになら何を差し出しても良いと思ったが、自分で調べに行くことはできなかった。彼はモランが猟を終えて家に帰るときにはいつも銃を空にしておかねばならないと言っていたと自分に言い聞かせ安心しようとした。

激しい雨が降っていなかったらマイケルは恐らくその晩家を出ていただろう。朝になったら家を出て今度こそもう帰らないつもりでいた。とにかくその夜をやり過ごすことだけを考えれば良かった。まだここに残るような振りをしておとなしく過ごした。モランはロザリオの祈りのときに口を開いただけだった。マイケルはローズにお休みを言ったが、モランにはもうお休みを言う必要などないということははっきりしていた。自分の部屋に行くと、彼はすぐにベッドを戸口のところまで動かし、窓の錠を開けた。父とローズが寝室に向かった様子が聞こえたので、彼は少し安心したが、まだ寝られなかった。朝になって普段ローズが起き出すよりも早い時間に彼は台所へ忍んで行った。扉はすべて半開きになっていたので音を立てずに進んで行くことができた。

部屋の隅に行ってゆっくりと猟銃を手にしたとき彼は自分の心臓の鼓動をはっきり感じることができた。それを持って玄関に出て安全装置を外した。カチッという音がしたので周りをうかがったが、寝室からは何の物音も聞こえてこなかった。カートリッジは空だと思っていた。良く見ると銃弾の金属が見えたので、銃を持つ手が震えた。もし弾が込められていたのなら、モランがずっとやかましく言っていたことはみな嘘だったということになる。しかしカートリッジから弾を外そうとするときに良く見るとそれは空砲だった。ほっとして空砲を戻し、音を立てないようにして銃を置いた。それからまたベッドに戻りぐっすり眠った。ローズに身体を揺すられてやっと目が覚めた。素早く着替えをし、持って行きたい服の小さな包みを作った。ローズと居間にいる間彼は注意深く沈黙を守っていたが、胸塞がる思いでいた。この部屋でこのように朝の時間を過ごすことはもうないのだ。若さゆえの自己陶酔というのは滑稽なものだ。畑の向こうのマッケイブの家の壁を眺めながら茹で卵の殻を割るのもこれが最後だ。感傷的になって日常の小さなことに手をつけながら彼は自分の若さに別れを告げているのだと感じていた。ローズは彼が落ち込んで黙っているのは父親との衝突を悔いているのだと思っていた。

「心配しないで、マイケル」彼女が言った。「学校から帰ってきたらごめんなさいと言えば良いだけよ。それでお終いになるわ。お父さんはあなたの将来のことを考えているの」

「ぼくが悪いんじゃない。塩の瓶が倒れただけなんだ。ぼくは何もしていない」

「お塩のことだけじゃないでしょ、マイケル」

「最近はぼくのことを一瞬だって許そうとしないんだ」

「お父さんがどんな人か分かっているでしょう。すぐには変わらないわ。だからあなたがお父さんに従っているところを見せれば、あなたのために何でもやってくれるわ。この家の中で良くないことが起きることを望んでいないだけ」

「ありがとう、ローズ」彼は微笑みながらそう言ってテーブルを離れた。彼女の話を聞いて涙が出そうになった。泣き出す前に家を出て行きたかった。ローズは彼の目に涙が浮かんだのを見て自分の目にも涙が溢れてきた。何もかもまた上手く行くだろうと彼女は思った。モランが起きてきたらすぐにマイケルが後悔していたと話せば、全ては完全な愛に満ちた和解へと向かって動いていくだろうと心からそう思った。

早朝のパン配送車がマイケルをロングフォードまで乗せてくれ、そこからメイヌースまでは家畜運搬トラックが運んでくれた。メイヌースでかなり長い時間無為に過ごしたが、一人の神父が彼をダブリンまで乗せて行ってくれた。昼過ぎのことでオコンネル・ブリッジからシーラが働いている役所の大きな建物まで腹を減らしながらよろよろ歩いた。前に来たときに彼の顔を覚えていた門番がシーラの事務所までのエレベーターに案内してくれた。

「ここでまた何をしているの」何があったか分かってはいたが彼女は強い声で聞いた。

「ぼくはイギリスへ行くよ」彼は言った。

「いつ」

「できれば今晩」

彼は彼女に、争いのこと、ローズがブラシで彼の頭を叩いたこと、モランが部屋の隅の猟銃をじっと眺めながら坐っていたことなどを話した。目新しくもないありふれた話だった。彼女はモナに事務所を出て例の食堂で自分たちに会って欲しいと電話した。彼はお腹が空いてたまらないと言っていたので、彼女はポテトフライ、卵、ソーセージ、ブラックプディングの乗った大きな皿と茶を与えてから上の事務所に戻り、ロンドンのマギーに電話した。彼女はすぐにつかまった。マギーは休みを取って朝ユーストン駅で列車を待つと言った。

「これで住処《すみか》は何とかなったわけね」全ての手順が決まるとマギーが言った。「小鳥はみんな巣立っていくものよ。今までのことを考えればちょっと寂しいけどね」そう言われてもシーラはあまりに動転していたので返事ができなかった。次に彼女はショーン・フリンに電話をした。彼も仕事を終えて食堂でみなと落ち合うと言った。家族にとっての一大事だったので、誰もが迷惑とも思わずに仕事を休んでくれた。実際上司たちも彼女たちの連携を素晴らしいものとして見ていた。シーラは多くの同情を得、沢山の援助の手が差し伸べられた。「仕事はいつだって取り戻せるんだから」とみな言ってくれた。

シーラが食堂に戻ると、モナがもうマイケルと一緒にいた。すぐにショーン・フリンが小さな一団に加わった。彼は優しく微笑み、この家族の事件の一部になっていることを喜んでいるようだった。

「この子は明日の朝ユーストン駅に迎えに来て貰えることになったわ」シーラがみなに告げた。

「じゃ私たちがみんなでこの子を船に乗せてあげるわけね」モナが重大な決定を下すように言った。

「ともかく誰かが行かなくちゃね」シーラがそう言い、マイケルを見た。「家に連れ帰ってあげるから、そのあとで決めた方が良いんじゃないの」

「できる限りのことはしてきた」彼は答えた。

「どんなものかしらね。私たちがあなたくらいの頃には家で何とかやっていたでしょ」

「だってその頃はみんな一緒だったじゃない」

「この子は最後のハードルを越えたんだ」ショーン・フリンはそう言って笑った。

シーラは笑っている彼をなじるような目つきで見つめた。彼は彼女を通して家族の一員として認められることになるだろうが、まだ本当の家族というわけではなかった。誰であろうと外部の人間が家族の神聖な問題を笑うことなど許されてはいないのだ。

時間が限られていた。船は八時四十分に出る。船に間に合う列車に乗るために彼らはテーブルを離れた。港でもいつものようにシーラが面倒を見た。彼女は切符を買ってやり、旅の間に必要な金を渡し、船に乗り込み、パーサーを探して、マイケルを間違いなくロンドン行きの列車に乗せるようにと頼んだ。ホーリーヘッドに着く頃には船の中の人間はマイケルの話を聞いてみな彼に親切にしてくれた。誰もが一度ならず家から逃げ出した経験があったか、あるいはそうしたいと思ったことがあるかのように同情してくれた。

三人は船が港を出て行ったあとも長い間その姿を眺めていた。姉たちは涙を浮かべていた。彼らが岸壁を離れ、小さな雲母《うんも》がきらきら光る御影石の壁際を歩く間、ショーン・フリンはシーラの肩に腕を回していた。

「私たち、みんな家から出てしまったのね」シーラがすすり泣きながら低い声で言った。

「いずれはそうなることだけど、もっとちゃんとした形でできたはずなのにね」モナが言った。

「出て行くのに良い形なんて多分ないわよ」シーラの声には厳しい調子が混ざっていた。

賢明にも今回ショーン・フリンは黙ったままでいた。


船がホーリーヘッドへ向かって進んでいたちょうどその頃、モランはロザリオの祈りを捧げようと跪いていた。

「今晩は帰って来そうもないわね」ローズが心配そうに言った。彼女は彼の分の夕食をとろ火で温めて取っていたが、すでに味は抜けてしまっていた。「きっとまた姉さんたちのところへ行ったのね」ローズは不安げにそう続けた。「あの子はいつも同情を集めるのが上手だから。明日になればあの子たちから何か言って来るわね。恐らく週末にでも連れ帰って来てくれるわ」

「またここで暮らしたいつもりなら、奴は考え方を変えねばならんだろう」

「一体どうしたのかしら。今朝は私に済まなかったって言ってたのに。今晩あなたに謝るつもりだったのよ」

「まあとにかくロザリオの祈りだ」

モランはイライラした様子でジャラジャラ音を立てて数珠を取り出した。大きな木々の間から漏れる光はだんだん薄れて行ったが、マッケイブ家の石塀はまだ青白くはっきりと見えた。息子がいなかったのでモランが第三玄義も唱えなくてはならなかった。そのあと彼はむっつりしたまま椅子に坐り、一言も喋りたくなく、ただ外の光が薄れていくのを眺めていた。ローズは明かりを点け、カーテンを引いて、茶を淹れ始めた。モランはラジオのスイッチを点けに立った。音楽が鳴った。彼はしばらくそれを聴いてからつまみを回し、それから突然スイッチを切った。茶とパンを済ませるとすぐに彼は靴紐を解き始めた。

「奴は出て行ったんだ」彼はじっと考えながら言った。「みんな出て行っちまったんだ」

「多分明日には帰ってきますよ」ローズはそう言って慰めた。

「奴が帰るのを誰が望んでいるのだ。みなが戻るのを誰が望んでいるのだ。みんな出て行ってしまったのだ。どのみち誰もそんなことを気にしちゃいないのだ」

モナとシーラは家に知らせるのに手紙が良いのか電報にした方が良いのかなかなか決められなかったが、電報は来たというだけで驚かれるものだから、マイケルがロンドンへ向かったこと、詳しい話は週末に帰ってするということだけを書いた短い手紙を出した。二人は一緒に列車に乗ってやって来た。

普段モランはプラットホームで二人を出迎え、機嫌が良いときには彼女たちの姿を見たらすぐに軽口を叩いたりするのだったが、この金曜の夕方にはプラットホームに人の姿が見えなくなったあとになっても彼の姿はなかった。駅の外に出ると車の中にいる父親がやっと見つかった。

「来てくれていないんだと思ったわ」モナが気を揉んだように言ったが、彼は返事をしなかった。彼は車を出し、慎重に運転しながら町を出た。

「マイケルがロンドンに行ったの」シーラが沈黙を破った。「家に帰るよう説得したけれど、今度だけは駄目だったの。何を話しても無駄だった。もう行くって決めてたのね。でもこれが最後の別れになるという感じではなかったわ」

「旅費はどうしたんだ」モランがぶっきら棒に聞いた。

「私たちが出したわ。仕方なかったの。金を持たずに行くって言ったのよ。もし捕まったらロンドンのルークの名前を出せば良いからって」

「捕まればそう簡単には済まないということが分かっただろうにな」

「とにかくあの子は行くって決めてたし、旅費を渡すしかないと思ったの。向こうに着いたら迎えに行ってとマギーに電話で頼んでおいたわ」

「奴はわしのことを随分悪く言っていただろうな」

「喧嘩したって。銃が怖かったって」モランを怒らせないようにという気持ちが薄れ、シーラは攻め立て始めた。

「わしが悪く言われるのは分かっておる。しかしわしは家族の誰のことだって傷つけたことなどないぞ。いつだってそのとき相手に一番良いと思ったことをやっただけだ。わしがやったことが間違った方向に行ってしまったこともあるかもしれんが、いつだって一番良いと思ってやっていたのだ」モランがこうして自分の善行について話しだすときには、彼がすでにある決意をしているのだ、ということを娘たちは知っていた。

車のヘッドライトが門のそばのイチイの木を明るく照らしていた。ローズは心配のあまり彼女たちを外に迎えに出ることもできなかった。ローズが台所の奥にいるのが見えたが、娘たちは彼女が車が戻ってきた音を聞いていなかったように振る舞った。ローズは素早く手を拭くと娘たちの方へ駆け寄った。ローズが彼女たちの姿を見たとき感じた喜びは、マイケルが初めて家を出て行ったときからずっと彼女の心に巣食っていた心配を隠すほど大きかった。

「奴はロンドンに行った。こいつらは奴に金を渡すしかなかったそうだ」モランはそうローズに告げた。二人の娘はダブリンを出てからずっと気にかかっていたことから解放され、心からローズを抱擁した。

「あの子にお金を渡さざるを得なかったの」モナが言った。「あの子を家に帰らせることはできなかったわ」

「かわいそうなマイケル」ローズが言った。「あの子はロンドンの通りは金で出来ていて、どこの家からも女の子たちが降ってくるとでも思っているのね」

「目を覚ますことだろう」モランが言った。

この短いやり取りでマイケルが出て行った話が何となく終わると、すぐに彼らは日常に戻った。ローズはお茶のとき、特別な日曜日でもあるかのように沢山のポテトを揚げた。食事中ずっとお喋りをしたり笑ったりし、そのあと娘たちと後片付けをしながら、イギリスやアメリカから帰ってきた人たちがミサのときに着ていた服のスタイルがどうだったとか、誰それが鋏を失くしてしまったと思ってまた新しいのを買わねばならなくなったとか、一昨日のことだけれど、その人たちが大きなブーツを履いているのを見かけたが、まるでブーツの中に身体ごと入ってしまっているようだったとか、そんな最近の話をずっと続けた。

「目があっても見ようとしない人間ほど物が見えぬ者はいない（旧約聖書「エレミア書」第五章第二十一節「愚かで心ない民よ、これを聞け。目があっても見えず、耳があっても聞こえない者たちよ」からできたと言われることわざ）」モランが愉快そうに言った。

「でもお父さん、私は昼も夜もちゃんと見てますよ」ローズはそう反論して笑った。

「見ようとしない人間ほど……」とモランは繰り返し、更に大きな声で笑った。みなほっとした。彼の機嫌は晴れたのだ。食器を乾かすと、部屋はすぐにきれいになった。モランがロザリオの祈りをしようと言い、みな跪いた。祈りの最後にモランはマイケルと今家にいない他の家族にロンドンで悪いことが起きないようにと特別の祈りを加えた。その晩はみなでトランプをして過ごした。静かにトランプをしている間、聞こえてくるのは家の周りの暗闇で木々が揺れている音だけだった。シーラは思いにふけり「今この瞬間ロンドンではみんな何をしているのかしら」と口にした。

「私たちのように部屋にいるんだと思うわ」ローズはその質問がもたらすだろう不穏な空気を除くために静かに答えた。

「いろんなことを考えて誰もまだ寝られんでいるだろう」モランがきっぱりと言った。

「父さん、心配しないで」モナが屈んで彼にお休みのキスをしながら心から言った。「マイケルは大丈夫よ」

「わしのことは心配するな。むしろ自分と自分の子どもたちのことを心配しろ」とモランはその晩ずっとそうだった半分ふざけた調子で不正確な聖書の引用をした〔新約聖書「ルカ伝」第二十三章第二十八節「エルサレムの娘たちよ、私のために泣かなくてもよい。むしろ、自分自身のため、また自分の子どもたちのために泣きなさい」から〕。

「マギーがあの子の面倒を見てくれるわ」シーラはモランの引用を無視して答えた。

「奴もここで少し行儀を学んでおけば良かったのだ」モランは今回はゆっくりとはっきり自分の言葉でそう言った。「これからは世の中で行儀を学ばねばならんことになる。世の中は奴にそう甘くはない」

「お休み、父さん」シーラは彼にキスをした。

「お休み」モランが答えた。それから二人の娘はローズにキスをした。

翌日は土曜日だった。娘たちが起き出したときには、暖炉の火はローズによってすっかり暖められ、ストーブの前では灰色の猫が伸びをしていた。

「この子は外に出されていたと思っていたわ」モナは屈んで猫を撫でながら言った。彼女は動物なら何でも好きだった。

「前は家に入れて貰えなかったの」ローズが言った。「マイケルが中に入れてあげたのよ。今ではときどきそのままにしておくの。どうやら家の中にいる権利があると思っているようよ」

部屋は暖かく心地良かった。朝食には好きなものなら何でも、ラムチョップのグリルでさえ用意されていたが、娘たちはオレンジジュースと暖かい粥、それにトーストと茶を摂った。モランが外から戻り暖炉のそばに坐って茶を飲んだ。彼はとてもご機嫌で、彼女たちがいつまでも寝ていたことをからかった。彼女たちは言い合いになって厄介なことになるのではないかと心配して家に帰ってきたが、反対に気持ちの良い暖かい上機嫌に包まれたのだった。彼女たちは自分たちの心配を恥じ、こうして暖かく家に迎えられたことに対して何かお返しをしたいと強く願った。彼女たちは今実際に与えられているよりもずっと少ないものしか受け取らなくとも十分満足したことだろう。モナが窓を拭って外を見ると、遠くの空を背にしてずっと馴染んできたあの畑や木々の光景がくっきりと現れた。

そのときモナは隣の家が建てた新しい小屋が景色を隠してしまっていることに気がついた。シーラが窓に近づき憤慨した。「もう慣れてしまったわ」ローズは言った。「別にどうということもないわ」モランも実はその小屋には腹を立てていたのだが、娘たちをもっと憤慨させようとして自分は気にしていないという振りをした。そのあと娘たちはその癪の種をもっとよく見ようと牧羊犬を連れて畑に出て行った。

家族の他の者がいないとき、モナとシーラはお互いの存在が必要不可欠となり、それがまた二人をより強く結びつけた。午後にはみなで町に買物に出た。モランは二人の娘とローズが一緒に出て行ったあと車の中で待っていた。ローズは町に沢山の顔見知りがいて、立ち止まっては挨拶していた。そのそばで娘たちはどのように振る舞って良いのか分からずぎこちなく固くなっていた。

「お父さんは私が沢山の人と話をしているのを見るのが好きじゃないの。時間の無駄だと思っているのね。でも時間っていうのはどう使ったって過ぎて行くものでしょ」ローズは急いで車に戻りながら、少し投げやりな感じで言った。「お父さんは長く待たされるのが嫌いなのよ」

車は郵便局の先の一段低くなったテニスコートの柵の脇に停めてあり、モランは通り過ぎて行く人に挨拶をするでもされるでもなく、ただ坐って眺めていた。ローズと娘たちが近づいてくるのが見えると彼はそれまでの無気力さを振るい落とさねばならなかった。

「町中のものを買い占めてきたのだろう」彼女たちがドアを開けると彼は言った。

「そんな時間はなかったわ」ローズが言った。「それにお金もね」

「とにかく沢山買いこんだのだろう」彼は待たされたことにいらついてはいなかった。すぐに車を出して家に向かった。

暖炉に沢山の薪をくべ、茶を淹れ、ロザリオの祈りを捧げ、トランプをやり、お休みのキスをした。自分たちの世界しかなかった。モランはこの週末これ以上ないほど機嫌が良く魅力的だった。特別に機嫌良くする必要もなかった。彼女たちは彼の気分がどんなものであれそれをそのまま受け入れるのが良いということを学んでいた。彼女たちは彼が最悪の気分でなければ有難いと思っていたし、彼の気分が少しでも良ければその分嬉しくなるのだった。他人からはそんな感じを受けることはほとんどなかった。

「お前たちがマイケルにしてくれたことには感謝している」次の日の夕方、駅の外に停めた車の中で彼はこう言って彼女たちを驚かせた。

「あの子を家に連れ帰ることができなかったのが心残りだわ」モナが呟いた。

「できるだけのことをしてくれたことは分かっている。家族の誰にだってそれ以上のことはできなかったろう」

列車が入ってくるとプラットホームで彼は彼女たちにキスをした。二人はすぐにまた戻ってくるわ、と言った。列車がシャノン川を渡って一面の野原を走っていく間二人は黙ったままだった。列車がドロモッドに着き、自分たちと同じように週末にダブリンへ戻って行く人々で小さなプラットホームが一杯になっているのを見ると、モナが感傷的な声で「人が何と言おうとも、うちの父さんは素敵な人よね」

シーラは同意して強く頷いた。「父さんは素敵なときには本当に凄い人よ。他の人には真似ができないわ」駅のプラットホームの明かりに照らされた小さな白い石までもが特別な輝きを持っているように見えた。

モランは車で駅から戻ったあと道に出て、イチイの木の下の鉄門を閉じた。家の向こうの平原をディーゼル列車が走って行く音が聞こえるかと思ったが、すでに通り過ぎて行ってしまったあとだった。暗くなり始めていたが、彼は家に入って行く気がしなかった。彼はきびきびとした足取りで自分の土地を歩き始め、暗くなった畑から畑へと進んで行った。彼はこの土地で育ってきたわけではなかったが、まるでそうだったかのような感じがした。離隊したときに得た金でこの土地を買ったのだった。僅かな年金だけでは暮らして行けなかったが、この畑仕事で生計が成り立っていた。ここで彼は自分が自分であり、生涯で初めて他人と離れた暮らしをしているのだと実感した。彼は荒れた生垣や石が抜け落ちている壁に囲まれている畑から畑へと歩いた。昔ほど良く管理されていなかったが畑などもうほとんど必要なかった。ローズと自分がやっていくにはそんなに多くのものは必要ない。

この土地であっという間に過ぎて行った年月のことを思い返そうとしても、まるで流れている水を摑もうとするようだった。とにかく過ぎ去ってしまったのだ。それが当たり前であるような気もするが、どんなことも良く理解できぬまま過ごしてしまったと思うと、そんなはずではなかったという思いに怒りさえ沸いてくる。畑を使っていたのではなく、畑に使われていたような気がすることがあった。この畑はそのうち彼の代わりの人間を使うようになるだろう。しかしそれは彼の二人の息子のどちらでもないような気がする。彼は自分がいなくなったあと誰かがこの土地でやっていく姿を想像しようとしたが、できなかった。そのあとも探し物をしている人のように彼は畑を歩き続けた。

家に戻るころまでにはあたりは暗闇になっていた。ローズは娘たちが帰ったあとの洗い物や部屋の掃除を済ませていたが、モランは気がつかなかった。彼女は彼にどこに行っていたのかを聞こうとはしなかったが、密かに恐れながら何度も彼の様子を窺った。彼が怒ったり、彼に怒られたりした方がかえって休まる気がした。彼がテーブルに坐るとすぐに彼女は茶を淹れて出した。テーブルの上に彼が望むものが全てあることを確認してから茶は十分濃く出ているかを聞いた。

モナとシーラは一週間おきにダブリンから、マギーは年に二度ロンドンから家に戻って来た。長い列車と船旅のあとマギーは妹たちとダブリンで一日か二日過ごすのだった。三人の娘はそれぞれの話が沢山あったので、いくら時間があっても足りないようだった。それから三人一緒に列車でグレートメドーへ向かった。彼女たちはみな今が盛りで多くの男性の目を惹いた。モランはいつも一人で駅まで彼女たちを迎えに行った。彼女たちがやって来る数日前から今か今かと気を揉んで待っていたが、彼女たちの姿を目にした瞬間、今までの急いた気持ちなど吹き飛んでしまうのだった。ローズは持ち前の用心深さから彼女たちに会う喜びを初めは少し押さえているのだが、一時間もしないうちに娘たちと一緒になって冗談を言ったり笑ったりするようになり、その後は一緒に家事をした。ローズはいつも自分たちのことを気にかけてくれていたので、彼女たちもローズのことを父親の妻というよりも、もう一人の姉という感じで応えるのだった。

モランが畑に出ているときにローズは「けしからぬ」一服をすることもあった。「お父さんが気に入らないことは分かっているけれど、本当にたまに吸いたくなるの」

「タバコは毒じゃないわ」自分たちは吸わなかったが、娘たちは口を揃えて言った。

「スコットランドにいるときに悪い習慣がついたの」彼女は軽い調子でそう言って笑いながら目を上げた。「お父さんの目の前で吸うこともあるけれど、いい顔をしたことはないわね」

「父さんは変わらないわ」

「ええ、変わるとは全く思えないわね」

もっと話を深めようとしても、磁石に引き寄せられるように、結局は父さんの好きなこと嫌いなこと、認めるもの認めないものというところに彼女たちの話は戻って行ってしまうのだった。彼の予期せぬ感情の爆発も彼女たちは単に聞き分けのない子どもがむかっ腹を立てるようなものだという風に考えた。彼の気分が変わりやすいのは、子どもの気分が一日のうちにさまざまに変化するようなものなのだと、今では娘たちよりもローズの方がそれに慣れてしまっているようだった。穏やかで優しい気分のときには、彼はまるで自分だけの特別な場所を案内してやるように、牛たちの様子を見に一緒に畑へ出かけないかと娘たちを誘ったりした。

「最近はローズの手には負えないのだ。牛の様子を見にわしと来ないか」彼は娘が畑へ行く着替えをしている間しつこく言った。

「お父さんは何を言っているのかしらね」ローズはからかうように言った。「クリスマスの前の一週間、あなたが寝ている間に牛の世話を全部やったのは誰だと思っているの」

「だから今動けんのだろう」彼はにんまりとして言った。

モランが家の外にいるときに、彼女たちはルークとマイケルの話をよくした。ローズはマイケルがどうしているのかを熱心に聞きたがった。彼はすでに、事務員、労務者、ホテルの夜の門番、コックまで、いくつかの仕事をしてきていた。「マイケルが料理ですって」ローズはその姿を想像して身体が痛くなるほど笑って言った。「そんなレストランでは絶対に食べたくないわね」

「レストランじゃなくって食堂よ。でも油で誰かを火傷させてしまって首になったの。今は建築現場で働いているわ」

「女の子は出来たの」

「女の子ですって」マギーは言った。「スカートを履いてさえいれば、誰だって構わないみたい。マイケルは蜂蜜なのかしら、女の子たちが寄ってくるの」

「若いのね」ローズは言った。「家に戻るようなことは言ってないの」

「夏には帰るつもりだけど、貯金をしなくてはいけないんだって」

「ここであったことなど気にもしていないのかしら」ローズは心配して聞いた。

「全然。ここのことをある晩あの子が女友だちに話したっていうの。その子はインド人なの。聞いたら本当に笑ってしまうわよ。あの子ったら、ここがまるで天国みたいだって言ったんだって」

「とにかく全部自分でしたことなのよ。悪いのはあの子だし、お父さんはああでしょ」

「マイケルはその点ルークとは全く違うわ。あの子はいつまでも根に持ったりしない。済んでしまえばみんな忘れてしまうの」

ローズはルークのことは話題にしたくなかった。心の準備がまだできていなかったので、彼の名前が出ると、行こうと約束していた買物のことにすぐに話を変えた。

以上の会話の内容は全てローズからモランに伝えられた。息子たちのことが夫婦だけになったときの会話の主な内容だった。彼女は二人のことを大事なものとして心におさめていた。ルークの名前を出すといつも雰囲気が悪くなるのでモランはルークのことを非常に不愉快に思っていて彼の話など何も聞きたくないのだろうと思っていたが、実はそうではなかったのだ。彼は自分で娘たちに聞くことができなかっただけだった。ローズは自分が聞いて知ったことを残さず彼に伝えた。

ルークは会計士の資格を取ったが、ノッティングヒルあたりの古い家を買ってアパートに改造して売っている例の会社でまだ働いていた。その会社はどんどん大きくなっていた。彼は四人いる経営者の一人のようだった。彼の恋人は仕事を通して知り合ったイギリス人だった。娘たちは二人が一緒に暮らしているのかどうかはっきりとは知らなかったが、そうだと思っていた。彼女は背が高く色黒だった。美人ではないがなかなか魅力的と言って良い女性だと娘たちは思っていたが、あまり気に入ってはいなかった。

「その子は普通の人なの」ローズはからかうように言った。

「父親は銀行務めだと思う」マギーが答えた。

「もしルークが帰ってくれれば、口には出さないでしょうけど、お父さんはきっと喜ぶでしょうね」ローズが言った。

「私もそう言ったのよ」マギーが強い調子で言った。「私聞いたの、家に帰るのが怖いの、それとも何か具合の悪いことでもあるのって。そうしたらひどいのよ、兄さんの目つきったら。兄さんが考えていることなんて誰にだって分かりっこないわ」

「何て言ったの」

「父さんと一緒に暮らしていけるのは女だけだよ、だって」

「どこか難しいところがあるのよ、兄さんには。何かおかしいの。自分は自分、人は人っていう風に暮らすことができないの」シーラが付け加えた。

マギーはルークのことよりもマーク・オドナヒューというロンドンの建築現場で働いているウェクスフォード出身の若者の話を熱心にした。二人はこっそり婚約していたが、それは秘密でもなんでもなく自分からみんなに話していた。その中にはローズも含まれていたので、当然彼女はモランにも伝えていた。マギーはマークに会った人間がみな自分と同じように彼に夢中になって欲しかった。彼女がルークに飽き足らない思いをしているのは、二人がロンドンで会って話をしてもいつも曖昧なことしか言わないし、彼に泣かんばかりにしてマークの印象を尋ねても自分の考えをはっきり言わないというところにもあった。ルークに「ぼくはオーケーだよ」という同意の言葉をやっと言わすことができただけだった。しかし彼女が何よりも一番欲しいのはモランの同意だった。

マギーはイースターにマーク・オドナヒューを家に連れてきた。ロンドンから船でやって来たあと二人はダブリンのモナとシーラのところで一晩過ごした。さんざん聞かされてきてはいたが、実際会った彼の様子に二人の妹はびっくり仰天した。聞いていたように魅力的でハンサムだったが、細くてぴったりした黒いズボン、黒いスエードの靴、エルヴィスのような髪型、そして光が当たるたびにキラキラ輝く小さな金属飾りのついた濃い色のウールのジャケットに度肝を抜かれた。

「あらまあ、やんちゃさんって感じじゃないの」シーラはプラットホームでマギーの隣に立つ彼の姿を見つけるとすぐに言った。

「父さんは発作を起こすかもね」モナがぎょっとして言った。

この大事な帰郷に際してマークは濃い色のスーツかツイードのジャケットでも買った方が良いのではないかと二人がマギーに勧めると、彼女は火がついたように怒った。マークが身に着けているのは最新の流行なの。全部揃えるのにはちょっとしたお金がかかっているわ。他の服だったらあの人も気持ち良くないだろうし、第一あんなにパリッとして見えないわ。目に涙を浮かべてそう言われるのを見ると、二人はそれ以上のことが言えなくなった。

その晩彼らは揃ってパブに出かけた。ハンサムなマークは三人の女性を連れ魅力的だった。彼は何杯も飲んで、その晩ずっとご機嫌だった。マギーもビールを飲んだ。妹二人は彼のキラキラ光るジャケットや目立つ格好を見て、彼がどういう育ちをしてきた人間だかすぐに見て取っていた。小さな町の下層階級。彼女たちは彼に少し同情したが、今後の自分たちのことと同様、マギーのためを考えると、とにかく今はモランに彼を認めて欲しいという気持ちが他の感情を打ち消すほど徐々に大きくなっていった。マギーは彼と結婚するだろう、そして何年かすればマギーの人生と彼の人生は絡み合って一つになるだろうということが妹たちには分かっていた。

列車の食堂車で彼はスミスウィックスのビールを何本も飲んだ。マギーは彼がビールでは酔っ払わないことを知っていたので心配していなかった。彼女は茶を飲んだ。

「君もビールを飲まないか」彼は聞いた。

「やめておくわ。ビールを飲んで父親に会うって何だか変な気がするから」

「そんなのは俺には馬鹿げた話だと思えるがね」彼は笑った。「まあいいさ。とにかく茶の方が安いし」

列車がマリンガーを過ぎると、彼女はだんだん不安になってきた。ロングフォードを過ぎると彼女はトイレに行き、長い時間を過ごした。食堂車に戻ると、マークは彼女が髪を梳かし化粧を直しただけでなく婚約指輪を外してきたことに気がついた。彼はとげとげしい声で指輪をどこへやったのだと聞いた。

「ハンドバッグの中よ」

「なんで」

「まだ父さんに婚約の話をしていないから。もし嵌めたままでいたら父さんの許しなく勝手に婚約したみたいじゃない」

「だってそうじゃないか」

「でもそれはうまくないわ」

「もし親父さんが俺を認めなかったらどうなるんだ」

「それは関係ないわ、あなた。私はあなたを愛してる。分かってるでしょ。父さんはあなたを気に入るわ。みんなもそうよ。あなたとっても素敵だもの。大丈夫。それで行きましょう」

「好きなようにするさ」彼は肩をすくめてそう言った。下りる一つ手前の駅に着いたとき二人は荷物を持ち通路に立った。「今走っているちょうど向こうに家があるの」彼女は石の壁に囲まれた畑の向こうに見える遠くの木々を指さして言った。ビールを飲んではいたが、彼は彼女の興奮した気持ちを感じ取り、黙ったままそっと彼女の髪を撫でた。

モランは暗い影になった所で二人が列車から下りてくるのを眺めていた。誰もが保守的な服装をして、荒々しいところが全て隠されているこの静かな土地で、マークはまるでパントマイム〔いわゆる無言劇ではなく、流行歌やダンス、ジョークなどが盛り込まれた、家族で楽しむ笑劇〕の登場人物のように見えた。モランは自分が一歩有利な立場に立ったと思い、にやりと笑いながら自信に溢れた足取りで暗い場所から姿を現した。マギーは心配しながら彼にキスをし、それから二人の男をお互いに紹介した。

「よく来た」モランは握手をしながら温かみのない声で言った。

「初めまして、マイケルさん」マークは言った。マイケル、という呼び方はマークが彼のことをまだ「お父さん」とは呼べないので、マギーと二人で決めていたものだった。マークにはハンサムな顔立ちに見合った「調子の良い」感じがあった。モランは家族でもない者に親しげな様子をしたりされたりするのを嫌っていたので、家までずっと黙ったままで運転した。マギーはロンドンでルークやマイケルがどうしているのかを恐る恐る口にしたがモランは聞いていないようだった。

「とっても経済的ですよね、こういう車」マークが長い沈黙のあとで言った。

「そうだな」モランは視線を道に向けたままで答えた。

家に着くとローズがテーブルに暖かい料理を並べ、長旅だったのだから十分食べて頂戴と、彼を歓待してくれたので、大分気が楽になった。マークは魅力的な明るい微笑を浮かべた。ローズはそれに明るく応えてくれたが、彼はローズの歓待の奥に油断のならない用心深さが隠されているように感じ、自分の微笑が上手く働かなかったと思った。ここでは誰もが油断ならない。戦場を歩いているようなものだ。マークがある土曜日の晩、クラウンパブで飲んで半分酔っ払ったあと入ったリージョンパブで初めてマギーに出会ったときに感じたのは、彼女の態度が毅然としていて他の女性に比べ頭一つ抜きん出ているということだった。しかしこの家の中での彼女にはそんな雰囲気など初めからまるでなかったかのようにそれが消えていた。今まで彼に対して自信のない様子など見せたことのなかった彼女だったが、ここでは言葉や動きの一つ一つに不安な気持ちと用心深さが現れていた。

マークは突然腹が立ってきた。「マイケルさん、随分と結構な家をお持ちなんですね」彼は勇ましく攻撃的な調子で言った。

モランは彼を見つめたが、マークは怯まずにモランが自分の先制攻撃に対して何と答えるかを待った。モランはテーブルの端にあった皿とカップを押しやった。

「お蔭さまでな」彼がそう言うと二人の女性は微笑み、やっとまた動き始めることが出来た。「うちの家族はみなここで育ってきた。全てが完璧というわけではないが、わしらのやり方でできる限りのことはやってきたのだと思う。この家で飢えた者は誰もおらん。他人に施しを乞うたこともない」と言ったあと突然調子を変えた。「早いところロザリオの祈りを済ませて茶を飲んだ方が良いな」

彼は誰の返事も待たず、ポケットから数珠の入った袋を取り、掌に出した。セメントの床に新聞紙を敷きテーブルの前に跪いた。そして他の者が跪くのを待った。マギーはマークに新聞紙を渡しテーブルか椅子の前で跪くよう合図した。眉をひそめたが彼も跪いた。

「数珠がないのですが」彼がそう言ってあたりを見回すと狼狽したマギーが震えていた。

「指があるだろう」モランはそう言って祈り始めた。「主よ、わが唇を開かせたまえ」という言葉がこれほど威圧的な声で発せられたことはなかった。マギーは第三玄義を唱えた。彼女が終えると長い間が空いた。彼女が「マーク」と鋭い声で彼に呼びかけるまで、彼は自分が第四玄義を唱えるのをみなが待っているということに気がついていなかった。彼は最初の箇所でつかえてしまったので、マギーは彼が文句を忘れてしまうほど祈りというものに慣れていないのだという風に思われるのではないかと、居ても立ってもいられないくらい苦しんだ。が、「アベマリア」のところまで来ると繰り返しの部分に上手く乗ることができ、マギーもやっと安心して息ができるようになった。彼は忘れないように指で数を数えていた。子どもの頃から数を勘定しながら祈るなんてことはなかった。彼の家では声に出して祈ることはなかった。どの子どもも自分の頭の中でそれぞれ祈りを捧げていて、そうするうちに忘れてしまったのだ。彼の母親はほぼ毎晩教会に行ったが、本当は祈るためでなく、一日の労苦のあとで何か平和な気持ちを得たいためにそうしているのだと彼はずっと思っていた。父親が元気だった頃、角のオコンネルのパブに出かけて行ったのと同じことだ。モランは第五玄義を唱えたが、そのあともまだ祈りを止めなかった。アベマリア、連禱、オリヴァー・プランケット〔一六二九―一六八一。ローマ・カトリックの大司教。イギリスの迫害を受け絞首刑にされ、最初のアイルランド生まれの聖者になった）に対する祝福、ユダに対する祝福、安らかな死の恩寵、ここにいない家族への祈りと続いた。マークは復唱するために口を開きながら、だんだん注意力が散漫になり、今この瞬間にスリーブラックバーズの店には誰が集まって何を飲んでいるのだろうなどと考え始めた。マーフィーのパブではまだみんなダーツをしているのだろうかとか、カウンターの上に置かれたビールジョッキの脇にあるウィスキーの瓶のことなどを思い描いた。だからマギーとローズが立ち上がり、椅子が動く音が聞こえると、びっくりして我に返った。モランは跪いたままゆっくりと数珠を黒い袋に戻してからやっと立ち上がった。

「一緒に祈りを捧げる家族は一つでいられると言われている」モランが言った。「だから離れ離れになっていても、思いさえすれば家族は一つでいられるのだ。その気持ちというのが大事なのだ」

それからモランはマークに、学校では何の教科が好きだったか、イギリスへ行く前は何をしていたのか、今イギリスで何をしているのかなどの質問を厳しい口調で始めた。

「イギリスへ行って一番手っ取り早く金を稼げるのは建築現場です」マークは答えた。

「しかし若いうちの話だな」モランが聞いた。

「だから運転を習っているんです」

「何の運転だ」

「採掘機やダンプカーのです。クレーンの操作ができれば一番金になるんです」

「どうやって習っているのだ」

「仕事が終わってから、それを操作している仲間に教えてもらうんです、つまり」

「そんなことができるのか」

「仲間だってそうしてきたんですよ。あとでビールをおごってやればいいんです。沢山おごってやればそれだけ長い間教えてくれるってもんです」

「わしの長男もそんな仕事をしているのだと思う」モランは急にまごついたように調子を変えて言った。

「いいえ、あの人は改装の方です」マークが丁寧に言った。「あの人たちは古い建物を買ってアパートにしているんです。俺はいつも広々とした現場で仕事をしています」

「そうなのか」モランが突き放したように言った。「奴は自分がしていることをわしに話そうとはせんのだ」

「あの人は現場からは離れています。今やお偉いさんですよ」

「知らなかったな」モランにはそれで十分だった。「知ったとしても何の変わりもないがな。わしは子どもたちがたとえどんな立場にあっても、みな同じように見ておる。家族が連れてきたどんな人間に関してもそれは同じことだ」

　ローズは寝る前に毎晩飲んでいる茶を淹れ始めた。マークはパブが閉まるまでにはまだ少し時間があるだろうと思った。暖炉のそばで尋問される長時間の緊張のあとではどうしても出かけて行く必要があった。

「ちょっと飲みに出たいんだ」彼はマギーに言った。

「一番近い店でも四マイルはあるぞ」モランが素っ気無い調子で言った。

「うちにクリスマスのときのお酒があると思うわ」ローズが言ってみた。

「外で飲みたいんです。車を貸していただけませんか」

マギーは次に起こるだろう衝突を考えて凍りついた。マークは外で飲みたいという気持ちがあまりにも強かったので、家の中でのモランの恐ろしい態度に立ち向かえた。

モランはできるだけのろのろとポケットから車のキーを出し、テーブルの上に音を立てて邪険に放り投げた。

「飲む人間が運転するのは良い考えとは言えんな」モランが言った。

「気をつけます。せいぜい一二杯しかやりません。ちょっと外に出るだけです」

「最初の晩からそうして勝手に家を出て行くようだと、一週間もいたら何をしでかすか分からんな」モランは皮肉っぽく言ったが、マークは聞いていなかった。彼はキーを手にしていた。すでに白い泡が乗った生の黒ビールの香りを想像しながら初めてのパブの扉に向かって歩いていたのだ。

マギーはコートを着てモランにお休みのキスをしに行った。彼は彼女のキスを受け入れたが自分では返さなかった。

黙ったままでいるのが息苦しく、マークは車のキーを手に持ったまま「マイケルさん、ローズさんも一緒にどうですか」と尋ねた。

その提案はモランにはあまりにも馬鹿馬鹿しく、マークの考えなど全くあのピカピカ光る上着に見合ったものだと思い、笑いながらしかし乱暴な調子で言った。「いや結構だ、マーク。お前さんたちと一緒に行く気はない。せいぜい楽しんできてくれ」

車を出すまで少し時間がかかった。車が走り去っていく音が聞こえるとモランはローズに向かって考え深げに言った。「とうとうこんなことになってしまった。町の貧乏人を家族に迎えることになるのだな」

「私はあの上着は気になりませんよ。ただの流行ですもの。そのうちには変わるでしょう」ローズは自信なさげに言った。

「上着の話じゃない。あの男だよ。ああいうのが昔わしらの連隊にもいた。でかいことを言って目立とうとするんだが、いざとなるとからきしいくじがなくなる奴が」

「なかなかハンサムだし、マギーには合っているようよ。優しそうだし」

「優しいかどうか分かるほど見ちゃいないが、ローズ、心配することはない。奴がマギーに合っているのなら、わしにもそうなるだろうよ」と彼は言った。

二人は床についたが、車が小屋に戻ってくるまで寝られなかった。音を立てて扉が開くと大声を上げてマークが入ってきた。そのあとマギーが小さな声で話すように低い声で彼に頼むのが聞こえてきた。

「ああやって暮らしていくのだな」モランが言った。「金が入れば使いまくり、もっと入ったらまたまた使う。そんな風にして続けていくのは楽じゃないぞ。わしは家族なら誰にでも援助はしてやるつもりだが、そんな馬鹿騒ぎを続けるための援助ならお断りだ」

その後の日々は穏やかに過ぎて行った。マギーは昔からずっと娘たちの中では一番社交的だった。彼女のことは近所の誰もが知っていた。彼女はマークを見せびらかすように連れて出た。このように静かな土地では若いカップルというだけで目を引いたし、すぐに話の種になった。マークがハンサムだと褒められるとマギーの顔は輝きますます美しく見えた。お決まりの茶や甘いケーキやビスケットと一緒に、たいていの家では彼に大きなグラスでウィスキーが出された。彼は注目されたこととアルコールですっかり良い気持ちになり、大変なご機嫌で家に帰り、ローズの料理を食べた。この家は厳しかったが、マギーという存在の中心であるこの家に繋がっていくことを楽しいと感じ始めていた。そんな気分でいたあるとき、マギーに促されて畑にいるモランを探して話をした。モランはマークのことを脅威とは思わず、普段見せないような鷹揚さで接した。マギーは二人の男が一緒に家に戻って来るのを見て、口が利けないくらい喜んだ。夕方ロザリオの祈りの時間までに何かの加減でモランの陰気な沈黙が突然やってくるのではないかとずっと緊張していなくてはならなかったが、マークにとって一番辛かったのはロザリオの祈りそのものだった。しかしそれが終われば車でパブに行けるのだ。彼は町に行きつけのパブを見つけ、そこの主人や常連の何人かのご機嫌を取り仲良くなっていた。

列車に乗るために家を出なくてはならない数時間前、マギーは一人とても不安な気持ちでモランを探しに畑へ向かった。彼女は彼が隣との境の緩んだ有刺鉄線を伸ばして新しい柵に留めているのを見つけた。彼女の姿を見たとたん、彼には彼女がやってきた理由が分かり、じっと待った。

「父さん、私たち今日帰るの」

「分かっておる。駅まで車を出してやるが、まだ時間じゃない」

「マークのことどう思っているのか知りたいの、父さん」

「なぜ知りたいんだ」

「私たち結婚しようと思っているの」

彼は巻いた有刺鉄線から手を離し、彼女の顔をじっと見た。「彼がお前のことを好きならば、マギー、わしのことも好きになるだろう」

「じゃあ、マークに反対するところはないのね」彼の言葉は彼女が期待していたよりもずっと大きく意味のあるものだった。

「わしは子どもたちの誰をもみな平等に見ておる。自分の家族として選んだ者なら誰だってみな同じように扱う。お前がマークと結婚すれば他の家族の一員と同じ、それ以上でも以下でもない。お前に言いたいのはそれだけだ。他の誰にでも同じことを言うぞ。ただ毎晩のパブ通いは素晴らしい結婚の準備としては最高とは言えんと思うがな」

「私たちお休みだったからよ、父さん」

「本当にそうであって貰いたいものだな」モランはきっぱりと言った。

「それじゃマークと結婚してもいいのね」

「彼がお前にぴったりなら、マギー、わしにも同じことだ。幸せになるんだな」

彼にキスをしながら彼女は目に涙を浮かべた。数週間後には彼女の心の中で今のこの父からの承認が、家族のみんながマークを歓迎しているのだという大きな喜びとしてしみじみと思い出されることだろう。

ローズは別れ際にマギーの身体に手を当て、腕を一杯に伸ばして肩から撫で下ろし、心から褒め称えた。「本当にきれいよ、マギー。すてきなカップルがこうして新しい生活に旅立って行くのを見るのは本当にうれしいわ」

モランは二人を車で駅まで送り、列車がやって来るまでプラットホームで一緒に待った。

「いろいろと本当にありがとうございました、マイケルさん」マークは握手しながら力強く言った。

「二人とも幸せになるんだぞ」モランは言った。

「ありがとう、父さん」マギーが伸びをして彼にキスをした。彼女の頬に涙が流れた。

列車が動き出すとすぐにマークが言った。「飲みたいな。何杯かぐっとね。牢屋から出た気分だ」

「何を言ってるの。どこだって好きなところへ出かけて行ってたじゃない」マギーは彼の言葉に棘を感じていた。「父さんは車を貸してくれさえしたわ」

「文句を言ってるんじゃないよ。そんな気がするって言っただけだ。だって親父さんは君が何をしても喜ばなかったみたいだったし」

「それが父さんなのよ。父さんはあなたのことをとっても気に入っているけれど、それを表に出すのが苦手なのよ。私たちが結婚することをとても喜んでいたわ」

「親父さんが喜ぼうと喜ぶまいと、とにかく俺たちは結婚するさ」

「だけど父さんが賛成してくれた方がずっといいわ」すでに彼女はバッグから婚約指輪を出して指に嵌め直していた。指輪を窓に当てると三つの小さな人工ダイヤに陽が当たって光った。「もうずっと外さないわ」彼女は言った。

「ビールを買ってきてあげようか」マークが聞いた。

「私も行くわ。食堂車で一緒に飲みましょう」

車両の間の誰もいない通路に出ると二人は立ち止まり、長い時間抱き合ってから食堂車へ向かった。

二人はその年の七月、ロンドンで結婚した。モランとローズ以外の家族全員が式に出席した。モナが花嫁の付添人になった。ルークがモランの代わりになり、マギーは彼と腕を組んで祭壇まで歩いた。披露宴はスリーブラックバーズの上の広い部屋で開かれた。乾杯と食事のあとピアノに合わせてダンスをした。客のほとんどは建築現場の日焼けした若者や病院勤めの娘たちといった二十代の若者だった。モランはローズと自分のような年寄りにはロンドンまでの旅は遠すぎるという手紙を出し、披露宴の費用がほとんど賄《まかな》えるほどの額の小切手を同封してきた。「あなたの結婚式にロンドンまで出てくるのは父さんにはきついのよ」父親が結婚式に来られないことに失望していたマギーを宥めようと、モナとシーラは一緒になって言った。「父さんもローズももう若くはないのよ」

まるでこの結婚式によって自分たちと実家との間の溝が広がってしまったように感じ、それがさらに広がることを心配した娘たちはこれからはもっと団結を強めようと決め、その年の夏と冬には今まで以上に足繁く帰郷した。週末にはモナかシーラのどちらかがやって来たし、二人一緒のときもあった。二人は今では一年中で一番大変な仕事になっていた干草の季節に合わせて休みを取り、モランとローズを助けて干草を集めて小屋に運んだりした。

マイケルは建築現場の事故で足を骨折した。彼はその冬快方に向かうまでの数週間家に戻ってきた。かつての息子と父親の衝突は忘れ去られていた。何かの拍子にそのことが話題になったことがあったが、マイケルは大きな声で笑い飛ばしたくらいだった。ローズはマイケルが家にいることが嬉しかった。彼女にとってマイケルは娘たちの誰よりも自分の子どものようだった。二人だけになると盛んにお喋りをしたが、モランが部屋に入ってくる気配を感じるとどちらもぱたっと止めてしまうのだった。こうしたお喋りの中で、彼はロンドンに戻ったら今のような臨時雇いの肉体労働は辞めるつもりだとローズに語っていた。もし試験に受かったら将来会計士への道も開ける仕事をシティー〔ロンドンの旧市街で金融、商業の中心地〕に見つけてくれるとルークがマイケルに話していた。彼は足の具合が良くなるまでの間にルークが読めと言って渡してくれた本ですでに勉強を始めていた。ローズはこうした情報を全部モランに伝えた。「学校にいるときもっと行儀良くきちんとやっていたら今すぐにでも資格が取れただろうにな。奴はいつも頭が良かったのだ。きちんとやるということを厳しく学んでおくべきだった」

会話にルークの名前が出てくると、ローズとマイケルが楽しく話をしているところにモランが部屋に入ってきたときのように、とたんに雰囲気が暗く不穏なものになった。ローズは娘たちにモランは秘かにルークのことで心を痛めているのだと言ったが、話をすればするほどルークに対する娘たちの怒りはますます大きくなっていった。彼女たちはルークのこれまでの振る舞いが尋常でないほど酷く、とても許されるものではないと思っていた。彼女たちのルークへの不満は大きかったが、いつまでもそう思っているだけでは良くないと感じていた。

ルークは彼女たちの批判に応じなければならなかった。マギーが志願して彼と対決することになった。彼女は彼の仕事場に電話した。彼はすぐにレスタスクエア駅近くの小さなパブで彼女に会うことに同意した。マークがマギーと一緒についてきた。二人が店に着いたときルークは一人でいた。マークはルークに大ジョッキを強く勧めたが、彼はビターの小ジョッキを注文し、会見の間その一杯をゆっくり飲んだだけだった。マークは大ジョッキを何杯も空け、マギーも小ジョッキでラガーを何杯か飲んだ。マークとマギーの二人は着飾っていて、一晩中パブで過ごすつもりのように見えた。

「どうかしたのかい。具合が悪そうには見えないけど」マークが気楽で人懐っこい様子で笑いながら聞いた。

「こんなことをしたって何にもならない」ルークは自分のグラスを持ち上げて言った。

「とにかく今日で話が終わりますように、乾杯」

「あなたが何年も家に戻って来ないことを父さんは悲しんで怒っているわ。もう年寄りなのよ。あなたに家に帰ってきて欲しいと思っているの」

「帰ったって良いことはない」

背は高かったが、ルークは昔から痩せていて、何年か経った今でもほとんど太ってはいなかった。澄んだ目をしていた。彼の神経は張り詰めていて、本心を表に出さないよう注意していた。弟の明るくて快活な様子とは正反対だった。

「随分恨みに思っているのね」マギーが聞いた。

「恨みなど持っていない。そんな風に思うのは馬鹿げている。でも昔のことは忘れていない」

「親父さんはあんたに家に帰ってきて欲しいと思っているんだ」マークがマギーに助け舟を出した。

「もしぼくに会いたいのなら、君たちの結婚式に出てくることだってできたじゃないか。そうしてそこからやり直すことだってできたんだ。親父は何でも自分の陣地でやりたいだけなんだ」

「父さんはもう年寄りなのよ」

「もっと年配の人間でも娘の結婚式にならロンドンにだって出て来るさ。年齢のことで争う気はない。ぼくがついていけないのはあのわがままな態度だよ」

「父さんも変わったわ」

「信じられないね」

「本当だよ」マークが肩を持った。

「ぼくには人が変われるなんて思えない。環境が変われば少しは変わるかもしれないが、そんなのは本当の変化じゃないからね」

「俺にはついていけない話だな」マークは言った。「もう一杯頼んでくる」

「今度はぼくがおごる番だ」

「あんたは飲んでないからいいんだ」

「そんなことは関係ないさ」そう言ってルークはマークのために一杯注文した。マギーは断った。

「自分の番なのに飲まないのかい」マークが鼻で笑うように言った。

「仕事があるから」

「いつだって仕事なのよね」マギーが言った。

彼は彼女の言葉には答えなかったし、ずっと黙ったままその態度を変えなかった。

「あんたは俺がこれから一生かけて稼ぐほどの金をもうがっちり銀行に溜め込んでいるんだろうな」マークがアルコールで緩んだ口で皮肉っぽく言った。

ルークはそれでも黙ったままだった。彼は一人孤立しているのを楽しむように微笑んだ。

マークは自分のジョッキを空け、もう一杯取りに行こうとしていた。「あんたはもういいんだね」大酒飲みが気にしてそう言った。

「最初の一杯がまだ終わっていないし、あと少しで帰らなきゃならない」

「今日は一晩中話ができると思っていたのよ」マギーが恨みがましく言った。「最近ちっとも会っていないじゃない」

「電話するよ。今度いつか夕飯でも食べに家に来ないか」

「俺たち夕方はいつも茶を飲んでいるんでね」マークはテーブルに戻ってくると攻撃的な調子でそう言った。

「お茶だっていいさ。君たちの好きなもので」

「そうすれば父さんに会いに家に帰るの」

「いや。ぼくは家には帰らないって言っただろ」

「そんなのまともじゃないわ」

「分かっている。自分では父親を選べなかった。父さんもぼくを選ばなかった。あらかじめ分かっていたら、ぼくは絶対にあの人間に出会うことを拒否していただろう。向こうだって分かっていたらぼくと同じことをしたに決まっているさ」ルークはその晩初めて笑った。

「笑いごとじゃないわよ」マギーは怒って言った。

「まともじゃないかもしれないが、本当のことなんだ」

「絶対に帰らないのね」

「ああ」

「それじゃあ、兄さんの家での食事のことなんかすっかり忘れてちょうだい」マギーは彼を恨むような怒った調子ではっきり言った。

「悪かったね」ルークは二人に別れを告げようと立ち上がった。少し気まずい様子でしばらく立ち去らずにいたが、二人が何も答えなかったので肩をすくめ店を出て歩き去って行った。

「君は本当に変わった家の出なんだな。俺は兄さんより親父さんといる方がまだ気が楽だな。あの二人に沢山話をすることがあるとはとても思えないよ」ルークが出て行くとすぐにマークが言った。

「父さんだってあれほど難しくはないわ」マギーがくぐもった泣きそうな声で言った。

「他のみんなとは良い関係じゃないか」

「父さんは違うわ。自分のやり方があるの。それにしてもルークがあんなに頑《かたく》なになるなんて思ってもいなかったわ。でも、私まで変わっているなんて思わないでね」

「俺は君が少しも変わっているなんて思ってないさ。俺はまた一杯やるよ。君だってあんな目で見られてたんじゃちっとも飲んだ気になれなかっただろう」

ルークがグレートメドーに帰ることをまた拒否したということは数日中に家族の知るところとなったが、モランに知らせることは許されなかった。三人の娘はみな受け入れがたい話だと思った。彼女たちは距離を置き時間が経てば、父とルークがお互いに絶対相いれないという頑固な気持ちも消えて行き事態も好転するだろうとずっと思っていたが、今ではすでに長過ぎるほどの時間が過ぎてしまったのではないかと気を揉んだ。それぞれ違うところがあっても家族は基本的には一つなのだという信念をみな持っていた。みなが集まって一つの世界を作り世の中に挑むことができるのだ。その気持ちがなくなったら、ばらばらな個人でしかなくなってしまう。一つの家族の一員なのだという気持ちを維持していくために、どんなことにも耐えてきたのだった。その気持ちを失くすわけにはいかない。そこから簡単に抜け出すことなど誰にも許されるはずはない。

「ちゃんと話したんでしょうね」シーラは強い調子で言った。「兄さん、結婚式の時には随分分かったような顔をしていたじゃない」

「マークも一緒にいたの。あの人にも聞いてみればいいわ。自分がやりたくないことを無理強いされていないときのルークって、悪いけどとっても優しい人間なのよ」

「そんなの誰だってそうでしょ」シーラが答えた。いらいらと嫌味な感じがはっきりと外に現れていた。

「お父さんに話す必要はないわね。かっとなるだけでしょうから」話を聞いたローズはそう言った。

最後の手段として娘たちはマイケルにルークと話をするように頼んだ。彼女たちがお膳立てをした。ルークが昼をご馳走することにして、マイケルが働いている場所の近くにあるイタリア料理店を選んだ。豪華なレストランにマイケルはとても喜び興奮して笑い声をあげた。彼は家族についてはこの姉たちと同じ考えを持っていた。つまりこんな場所で兄と一緒に食事をするということが大事なのだ。

ルークはマイケルに仕事や試験のことを聞き、何か助けが必要ではないかと尋ねた。マイケルは自分が資格を取れるまでは何もしてもらうことはなく、全て順調だと答えた。二人は豪華な雰囲気での食事やワイン、そしてつかの間の関係修復ができているという素晴らしい感覚を楽しんだ。二人には取引や駆引などはなかった。

「満足したかい」ルークは食事の終わりに聞いた。

「兄さんはこんなのに慣れてるんだろうけど、とっても良かったよ」マイケルは笑って答えた。

「ただ今日はある使命でここに来ているということは言っておいた方が良いな」

「どんな使命なんだ」

マイケルはルークの反撃から身を守るようにふざけて両手を上げた。「姉さんたちがぼくをここによこしたんだ。グレートメドーに帰るように頼めって」

「どうして」

「だって父さんが兄さんに会いたがっているからさ」

「ぼくは会いたくないんだ」

「そうか。とにかくこれで義務は果たした。これ以上何も言わないよ」

「親父は気が狂っている。とにかくそんな風だったという記憶がある」

マイケルはその言葉がおかしくて堪らずいきなり大声で笑い出したので、近くのテーブルの人たちが何事かと注目した。

「ぼくは真面目に言っているんだ」ルークが言った。「確かに普通じゃないだろう。気が触れた息子がいる父親もいるだろうし、そんな父親を持つ息子だっているんだよ。うちの場合にはぼくか向こうか、どちらかの気が狂っているんだ」

マイケルはこの言葉もおかしく思ったので、また何人かの視線を引くことになった。

「しっかりしろよ」ルークが注意した。「お前はずっと家に帰っているのだろう。だからぼくよりも良く分かってるはずだ」

「父さんはもう平気だよ。年をとったしね。もう何もかも自分一人ではできないし。気にすることなんかない。ローズ一人のために何とかやっているだけだと思う」

「ぼくが家に戻る理由はなさそうだな。あの呪われた場所から出てくるのは本当に大変だったたんだ」

「それじゃ戻らなければいい。みんなにはそう言っておくよ」

「みな喜ぶだろうな」

「どうして」マイケルが言った。

「どうして、だって」ルークはマイケルの言葉を繰り返したあと給仕を呼び勘定を済ませた。

人通りの多い外の通りに出るとマイケルが言った。「いろいろあったけど、ぼくは結局あの親父が好きなんだろうな」

「ぼくは違う。そこが問題なんだ」

「親父は大丈夫だよ」マイケルは別れ際にそう言った。つかの間だがこうして兄と会うとマイケルは姉たちのように、グレートメドーが自分の存在の証であるように思えるのだった。

マイケルが会見で得た言葉を持ち帰ると、マギーはルークの話の内容が自分とマークが聞いた話とだいぶ違うので、マイケルを疑った。

「兄さんはとても感じが良かったよ。昼に凄いご馳走をしてくれたけど、家には戻りたくないって」

「兄さんはあなたに自分の考えをあれこれ吹き込んだだけじゃなかったの」

「違うよ。いろいろあったけどぼくは父さんのことが好きだと言った。でも兄さんは父さんは気が違っていると言うんだ。物凄く冷静ではっきりと言うから生きた心地がしないくらいだったよ」レストランでの緊張状態から解放されて彼は大声で笑った。

「あなたたち二人のどっちが悪いのか分からない」マギーがそう言うとマイケルはますます大きな声で笑った。

マギーには最初の男の赤ん坊が生まれ、一月後の夏マークと一緒に赤ん坊を連れてグレートメドーに行った。モランが初孫にほとんど興味を示さなかったのでマギーの失望は大きかった。モランはやかましく言われてやっと孫と一緒に庭で写真に納まった。

「わしのような老いぼれの姿を見たいものなどおるのかね」彼はぶつぶつ言ったが、その不満の言葉はまんざら冗談ではなかった。

「あの赤ん坊は旅をさせるには小さ過ぎるだろう」モランはローズに言った。「金は大事にして、家にじっとしている方が良いのだ」

「分かるでしょ、若い母親って自分の子どもが一番輝いていると思うものよ」

「自分たちの口やけつからの光でな」モランは辛辣にそう言った。彼らの滞在中モランは母と子よりもマークと一緒にいることが多かった。マークは喜んでモランと男同士の会話をしたがった。話はどうしてもモランの息子たちのことになった。

「マイケルは若くて娘っ子のことしか考えていないようですが、そのうちきちんと落ち着きますよ。彼はルークに比べてはるかに自然ですからね」マークはマイケルのことが好きではなかったが、そう言った。「ルークは違います。何を考えているのかちっとも分かりません。イギリス人になろうとでも思っているんじゃないかな」

「家に帰る話はしていないか。そんな話を口に出したことはなかったかね」

「マギーと自分は家に帰るようにって言うんだけど、絶対に帰らないって答えるんです」

「何か理由を言っていたかね」

「家族の問題には何の興味もないって言うんですが、本当だと思いますか」

「他人とは会っているんだろうか」

「主にイギリス人とですね。一緒に仕事をしている人。いつも忙しがっていますよ。言ったでしょう、マイケルさん、兄さんは自分を一種のイギリス人に変えてしまったんです。イギリス人の娘がいますよ。恋人だか女房なのか、それとも愛人なのかどうか知りませんがね。一緒に住んでいるようです」

「そんなことは知りたくもない、マーク。我々はみな今とは別の前世というのを持っていると言う人間がいるが、もしそうなら、わしなどその前世とやらで何か重大な罪を犯していたに違いない。ルークに言ってやれることがあるとしたらそれくらいだな」

二人がロンドンに帰るための列車を駅で待っている間、マークがタバコを買いに行っている隙に、モランはマギーに「わしはマークのことを見直したよ。あれはわしらの家のことを心配しているようだ」

マギーの一家が来ていた間も、そのあともモランは病気というより無気力から多くの時間をベッドで横になって過ごすようになっていた。干草は蓄えられており、畑仕事はなかった。ローズが日に二度牛の様子を見に行くだけで十分だった。何か不具合があればモランに言えば良い。乳絞りが必要な牛はもう飼ってはいなかった。元気に太った牛たちは二番生えの草に足を埋めていた。

気忙しかった夏が終わり、辛い冬はまだまだこれからというローズが待ち望んでいた季節がやって来た。場所も時間もたっぷりあるという素晴らしい感覚。彼女は冬に備えて庭の花壇の準備をすることもできた。モランが声をかけたら聞こえるように扉を開け放したままで仕事をした。果樹園ではプラムの最後の収穫をし、リンゴももいだ。毎週末ダブリンからモナとシーラがやって来た。家事を終えるとローズは二人の娘とコーヒーを飲み、タバコを楽しんだ。窓から差し込む静かな光の中で細かい埃の粒が輝いていた。彼女たちが余りに長い時間お喋りを続けるので、モランが部屋から彼女たちを苛々した大声で呼ぶことも何度かあった。

週末に彼女たちがやって来ると、モランの世話は彼女たちに任せ、ローズは湖畔にある実家に帰る時間ができた。それで気分を一新することができた。結婚してグレートメドーに来てから実家を見捨ててしまったのではないかとずっと思ってきたのだった。彼女は車を使わなかった。「もし私が車をぶつけたなんてことを聞いたらお父さんはベッドになど寝ていられなくなると思うの」彼女は自転車を使い、ハンドルの前の籐籠にいつもプラムやリンゴやジャムを入れて行った。「結婚した初めの頃お父さんは私が家にある物の半分も持ち出しているって文句を言ったものよ。この頃は私が何か持って出ても気が付きもしないようなの」ローズは娘たちに言った。

「どうしてだと思う」シーラが微笑みながら尋ねた。とても静かな口調だったので、しつこい感じはしなかった。

「分からないわ。もう慣れてしまったんじゃないかしら。お父さんは変わった人だし」

「父さんは年をとったのね」ローズが自転車で家を出て、彼女に話が聞こえなくなるくらい離れて行くとシーラがモナにはっきりと言った。モナは恐怖を感じたように息を止め小さく頷いた。

モランはなぜ自分がこんな時間にベッドに横になっているのか何の説明もしていなかった。誰もそれを聞く勇気がなかった。夏の終わりから、病気でもないのにベッドに横になり、そうかと思うとそんなことなどなかったかのように起き出して家の周りや畑へ出かけて行くことが、全く当たり前で普通のこととして続いていた。

その年の冬シーラはショーン・フリンとの婚約を発表し、それ以後は以前のように頻繁に家に帰らなくなった。ショーンと一緒に家を探すのに忙しいというのがその理由だった。シーラが来られなくなったのを埋め合わせるように、モナが毎週末一人でやって来た。シーラはマギーよりずっと独立心が強かったのでモランの承認を得ずに婚約した。ショーンは大らかな人間で人懐っこいところがあり、モランは彼からも何の脅威も感じなかった。初めからシーラの方が主導権を握っていたが、最近二人が訪れたとき、モランがショーンを見下したような態度を取ったので、彼女はそれに対してすぐに怒ったものだった。

かつて大学に進みたいと思ったときと同様、結婚式は小さな村の教会で六月に純白のドレスで挙げると心に決めていた。モランはそれを認めることができなかった。そんなことになれば、モランは自分が付き合うのを避けてきた人々の前で彼女の手を取って教会の中を歩き、ロイヤルホテルでの披露宴に客を呼んで飲み食いさせなくてはいけなくなる。そんなことは彼には耐えられないことだった。

「ダブリンで結婚式を挙げればもっと簡単に済むでしょうね」ローズはモランのために妥協案を考えた。彼女はモランが結婚式に絶対出ないなどと言い出すことを恐れていたし、またこの結婚式がロンドンでこっそりと挙げられるべきではないとも思っていた。「みんなを招待する必要はないわ。ショーンと家の二家族だけでいいでしょ。それにダブリンでだってシェルボーンやグレシャムのような一流ホテルでやることもないわ。小さなホテルだっていくらもあるのよ。ハーコート・ストリートあたりにはここのロイヤルホテルよりも安いところだってあるし」ローズはモランを説得した。

「多分そういうことになるのだろうな。どうしてみな結婚式というとこう大騒ぎをしたがるのか全く理解できん。わしらが結婚したときにはあれでみな満足だった」

「そんなことを言っても始まらないわ、お父さん。今の若い娘たちは晴れがましい特別な日にしたいのよ。それを責めることはできないわ。他のみんながそうやっているのを見て、自分たちも同じようにしたいと思うのよ」ローズが言った。

シーラは自分が初めての堅信礼や聖体拝領を受けたのと同じあの祭壇で誓いをたてることも、そのあと教会から出て子ども時代自分のことをずっと見守っていてくれたあの緑の木陰に入って行くこともできなくなったことを知ったとき、少し泣いた。しかし彼女はモランに結婚式に出て欲しかった。選択を迫られたとき、彼女はあの特別な祭壇や大好きな木々よりもモランの方を望んだのだった。「私あの木を見ると必ずホロホロ・フラナガンのことを思い出しちゃうのよ」女の子たちが堅信礼の準備をして神父が通りに現れるのを待っていたあの乾燥した冬の夕方になると、木に上ってホロホロチョウの鳴き声を真似ていたことからそういうあだ名のついた少年のことを彼女は話した。

「だから結婚式でそんな馬鹿げたことを思い出さずにいられる方が良いかもしれないわね」彼女はそう言って自分を納得させていたが、誰にも相談しないでルークを式に招いていたことでまた暗い気持ちになった。

ローズはモランが何日か畑仕事をしなくても良いように取り計らった。彼女の親戚が彼女たちの出かけている間様子を見てくれると請け合ってくれた。二人はダブリンに住むローズの兄の家に泊まり、式の前の晩シーラは二人をショーンと一緒に選んで買った新居を見せに外に連れ出した。それは背の低い一戸建ての小住宅で、全く同じような建物が二百軒も立っている新しい住宅団地の中の一軒だった。前庭はまだ剝き出しのコンクリートのままだった。裏庭に干されたオムツがはためいている家もすでに何軒かあった。家の中は絨毯とカーテン、それに安い家具が備わっていた。シーラは各部屋を案内しそれぞれの家具の値段を精一杯誇らしげに口にした。

「あなたって初めから何でもきちんと備えておくタイプの女の子だったのね」ローズはシーラを祝福して抱きしめた。

「ショーンはお金を使い過ぎたんじゃないかって心配しているの」シーラはショーンに隠れて言った。

「気にしないことよ」ローズが小声で言った。「男ってみんなそうなの。できるときに何でも手に入れておきなさいね」

モランは劇が始まる前のがらんとした舞台のように見える家の中を歩きまわり、何か言ってやろうと思っていたが「随分金がかかったに違いない」と口にしただけだった。

「これから一生ずっと払って行かなきゃならないと思う」シーラはきまり悪そうに答えた。

「お前たちがここで幸せに暮らせれば良い。お前たちが幸せならば、それが一番だ。そうすれば何だって手に入れることができる。幸せでなければ始まらない」彼は言った。彼は早くそこから出て行きたかった。

「ほらね、どこへ行ってもお父さんはすぐに外に出て行きたがるんだから」ローズはそう言って彼のことをからかったが、彼女も同じように感じていた。

ドアのところでシーラは初めて二人にルークを式に呼んだことを話した。ローズはびっくりしてすぐにモランの顔を覗った。それを聞くと顔を曇らせいかめしい表情になった。

「奴を呼んでくれてありがたいと思っている」彼は言った。「家族の集まりのときに誰か一人でも欠けるなど考えたくはないからな」しかしとても喜んでいるとは思えない足取りで彼は家を出て行った。

ルークとマギー、それにマイケルが一緒に飛行機で結婚式にやって来た。ルークはその日のうちにロンドンにまた飛行機で戻ることになっていた。マイケルとマギーは二人とも何日か休みを取っていて式のあとグレートメドーに行くことにしていた。

「お願いだから父さんを怒らせるようなことはしないでね」マギーは飛行機が離陸準備に入ったときに頼んだ。

「もちろんしないよ。ぼくは今日いないようにするつもりだから」ルークが答えた。

「どういう意味なの」彼女は心配そうに聞いた。

「今日はシーラのおめでたい日だ。ぼくが人の注意を引くことになったら失礼じゃないか」彼は濃い色のピンストライプのスーツを着、赤いタイを締め、黒靴を履いていて、青く光るスーツを着たマイケルの隣で随分真面目に見えた。彼らは空港からタクシーで教会に向かった。彼らが一番早く到着した。教会の外の誰もいないコンクリートの地面で待っている間、ルークは不安だったのかもしれないが、そんな素振りは全く見せずに、マギーが何か心配そうに黙ったまま彼の様子を伺うたびに、安心させるような微笑みを返していた。マイケルはそういう状況全てを愉快に思っているようで、我慢できずに何度か大声で笑った。

「そんなに愉快で良かったわね」マギーが尖った声で言った。それがまたマイケルの大きな笑いを誘った。

「だってこれってそうとしか思えないでしょ」

「これって何よ」マギーは苛立って言った。

「この状況全部さ」彼は笑った。「ぼくたちみんなと、ぼくたちの親分さ」

「まあそれは見方によるな」ルークはマギーを静めようとして言った。「もっと悪いやり方だってもっとひどい状況だってありえたわけだし」

花婿とその家族が先に到着した。ショーン・フリンは自分の家族をマギーと彼女の兄弟に紹介した。

「みんな中に入っていた方が良いんじゃないかな」ショーンが言った。

「花嫁が来るまでぼくがここで待っていますよ」ルークがそう言うと三人も一緒に待った。シーラとローズとモナとモランが同じ車でやって来た。モナが花嫁の付添いだった。シーラとモナを軽く抱いたあと、ルークはローズとモランに形だけの握手をした。

「お前が来てくれて嬉しい」モランが暗い口調で言った。

「ええぼくも嬉しいです」

「中に入った方が良いな」モランが言った。

「私たち最近結婚式でしか顔を合わせないのね」シーラが心配そうにルークに言った。

「だって一番晴れやかな場所だろ」彼は言った。「特にシーラ、君の結婚式なんだから」

「中に入った方が良いな」モランがまた言った。

シーラはモランの腕を取り、彼らは黙ってショーン・フリンと彼の弟が待つ祭壇の手摺に向かって通路を歩いて行った。この幸せな二人が式の間に目を合わせたのはたった一回だけで、そのときこれから二人で上手くやっていこうと約束していたことをお互いに目で伝え合った。

外で写真が撮られたが、地面に新聞紙が舞うほど風が強く、女性たちは飛ばされないように帽子やヴェールを絶えず手で押さえていなくてはならなかった。紙吹雪が舞った。白い飾りリボンを付けた車が二人を乗せてエイヴォンモアホテルまでの道を行った。長い取っ手が斜めに付いたホテルの入り口扉の内側にはドアカーテンがかかっていた。

中に入ると玄関には、長テーブルが置かれた宴会場に面して馬蹄形の机が置かれていた。式を執り行った若い神父がテーブルの上座に坐り、両家の人間は細長いテーブルに向かい合って坐った。シェリーやウィスキーが出されたが、ほとんどはオレンジジュースを手にした。酒飲みたちはシェリーを手にした方が上品なのではないかと考えた。神父がそばで注意してやらなかったら、彼らはスピーチや乾杯のときにも休みなく、スープからチキン、そしてデザートのシェリー・トライフルまで一気にたいらげてしまったに違いない。モランが一番長いスピーチをし、家族の絆の大切さを強調した。自分が重要な立場にいるという意識に感極まりそうになった場面が何度かあったが、慎重に組み立てられた堂々としたスピーチの流れを見失うことはなかった。昔からのきちんとした手紙を書く習慣が役に立ったのだ。話し終えて彼が着席したときにはローズや娘たちの目には涙が浮かんでいた。それと対照的に花婿の父親はシーラを家族に喜んで迎えるという短い文章一つ言うのにも何度もつかえてしまうという、全くみじめな様をさらしてしまった。話しながら彼は大きな手でシェリーグラスを抱え込んでいたので、腕がまるでグラスの脚のように見えた。

酒を飲みながら音楽に合わせた踊りがあったならば、この場のぎこちない雰囲気も隠されたかもしれない。出席者の中でショーンの母親の疲れ切った顔だけが本当の気持ちをそのまま表していた。ショーンは彼女の最初で最愛の息子だった。彼が小さな頃から学校の勉強を助け、きつい畑仕事をさせず、他の弟や妹たちとは別の食事を与えたことさえあった。夏の長い休みに寄宿学校から家に戻ってきている間、彼女は将来他の子どもたちが畑仕事に就かざるを得なくなるとしても、ショーンだけは勉強を続け、将来立派な地位に就くだろうと確信していた。彼は母親の特別な子どもだったのだ。神父になった息子が教会で聖餐のパンを手にしている姿を自分が床に跪きながら眼にする日がいつか来ることだろう。そして自分が死んだら彼がミサを捧げてくれるのだ。だから彼がメイヌースの神学校に行く勉強を続けずに公務員の道を選んだとき彼女は失望し、肉体的な傷を受けたかのように数ヶ月もその痛みは続いた。そしてついによその女に取られてしまい、そこらの男と同じようにその女との平凡な生活を送ることになるのだ。彼女の視線は出立の準備が整った彼にじっと注がれたままだった。彼が彼女に腕を回して「大丈夫、お母さん」と言うと、彼女は胸のつかえがおりたようにわっと泣き出した。彼女は二人を空港まで送る車が他の車に紛れて見えなくなるまで、後ろの窓に見える二つの頭を眺めていた。ショーンは一度も振り返らなかった。

シーラは夫と出て行く前にルークに向かい「これでこれからはいままでより楽に家に帰れるという気になったでしょう」と言った。

「二人とも幸せにね」彼はそう答えた。シーラは彼に優しくキスをしたが、彼が彼女の質問に答えたくないのは明らかだった。

ルークはその日の午後ずっと大人しく誰かが話しかけてくれば良く耳を傾け、にこにこしてグラスを持ち上げながら礼儀正しく相手に質問したりしていた。彼はモナとマイケルの間に坐り、モランは彼の方を見なかったので、食事が終わり客たちがほっとして帰り支度をするときまで面倒なことは何も起こらなかった。モランが明らかにルークを避けていることは誰にでも分かった。彼は心に傷を負いぼんやりしているようだった。それに気がついたルークは直接モランに向かって行った。兄が真っ直ぐに父親に向かって行くのを見て、娘たちはかつての二人の争いを思い出して凍りついた。

「お礼を言いたくて」ルークが言った。

「何にだ」モランが聞いた。

「食事や、今日のこの日のことや、つまり全部にです」

「お前がそんな風に父親に食事の礼を言うような日が来るとは思ってもいなかった」ルークは一生懸命泣くのをこらえているローズに向かって頭を下げた。「誰かにお礼をしなくては」

「随分久しぶりだ。今日は遠くには行かんのだろうな」モランは息子が離れて行きそうなのを見て言った。

「今晩ロンドンに戻らなくてはいけないんです」

「何のためにだ」

「仕事があるんです」

「何も慌てて戻らんでも、仕事は逃げて行かんだろう」

「それは分かっていますが、ぼくの仕事はそこにしかないのです」ルークはその日初めてそしてただ一回だけ、少しかたくなな態度を見せて答えた。

「それでは元気でな」

「じゃ、さようなら。もしロンドンに来られるようなことがあれば本当に嬉しいのですが」

「わしらはロンドンには行かん」モランは彼の手をはねのけて答えた。

空港に向かうときルークはマギーに言った。「分かっただろう。ぼくは約束を守ったよ。今日、ぼくはここに存在していなかった」

「でももう少しどうにかできたかもしれなかったのに」マギーは非難するように言った。彼女は結婚式に出てそのあとグレートメドーで二週間ほど過ごすために息子をロンドンの義理の妹に預けてきていた。

「あれが精一杯だった」彼は言った。「ぼくがアイルランドを出たのは随分昔のことだからね」

「ぼくたちはみんなアイルランドを出て行った」みなのそばに立っていたマイケルがくすっと笑いながら言った。「早く出て行かなかったら、みんなアイルランドで死んでいたかもしれないな」彼は自分の言葉に更に大きな声で笑った。彼もまたその晩グレートメドーに行くことになっていた。

町を出て行く小さな車の中ではモナとマギーそしてマイケルが後ろの席にぎゅう詰めになって坐っていた。モランは黙って運転した。彼の隣に坐っていたローズはこの単調な長い旅をちょっとした話で明るくしようと試みた。彼女は自分の考えを述べるというよりも、他の人間の意見を聞くことが多かった。「シーラもいなくなってしまったのね」最後に彼女はそう言った。

「厄介払いをしたと思っているかもしれないけれど、私はまぎれもなくここにいるので我慢して下さいね」マギーが答えた。

「ぼくたちは何とか努力して留まろうとしたけど、できなかったんだ」マイケルが言った。

「あなたはまだそんなことを言える年齢じゃないでしょ」ローズが彼をたしなめた。

「冗談だよ」

「自分で望んで捨てたのでなければ、誰も家族から離れたりはせん」モランがまるで決まり文句を繰り返すように感情を込めずに言った。

「シーラはあちらの人たちと上手くやって行けるかしら」ローズが言った。「あの子は人の好き嫌いが激しいでしょう」

「みな真面目に良く働く人たちのようだった」モランが言った。

「お婿さんのお母さんはあまり嬉しそうじゃなかったわね」マギーが言った。

「随分悲しそうだったわ。お母さんには訳の分からないことだったんじゃないかしら」

「それともシーラが大事な息子を取ってしまったからかしら」

「そんなのは昔からどこにでもある話だ」モランはそう言ったが、それがどんな話なのかは言わなかった。しかしとにかくモランが沈黙を破ったことにみなほっとした。

ロングフォードに辿りついた頃にはみな疲れて身体がこわばっていたがモランは車を止めようとしなかった。「今ここでロザリオの祈りを始めれば、家に着くまでに終わらせることができるだろう」

「それはいい考えだわ」ローズが付け加えた。

「シーラの幸せを願ってこの祈りを捧げます」モランが口を切った。

車はドロモッドからドラムスナそしてジェイムズタウンを過ぎ、そのエンジンの音と同じように滑らかに規則正しく「アベマリア」のあとの「われらが父なる神に栄光を」、そしてまた「アベマリア」、「われらが父なる神」という言葉がつぶやかれた。マギーが自分の番を唱えているときにマイケルが彼女を笑わせようとして肘を押し付けたが、彼女は彼の悪ふざけをたしなめるように鋭く肘を返した。キャリックの橋までたどり着いたときに最後の祈りが終わった。その後は通り過ぎて行く家に住む人の名前を口にするくらいで誰もがほとんど口をきかなかった。

「着いた」門の近くにイチイの木の暗い形が見えてくるとすぐにマイケルが叫んだ。

「喉がからから、早くお茶を飲みたいわ」ローズが言った。長い間車の中に詰め込まれていた退屈からやっと解放され、外の空気を吸い、手足を伸ばすことができることにみなほっとして歩き出した。

シーラとショーンは新婚旅行で行ったマヨルカ島で一週間過ごしたあと、真直ぐグレートメドーに戻り他の者たちと休みの最後の一週間を一緒に過ごした。ここ何年もこの家がこれほどの人間で溢れたことはなかった。マイケルは新婚夫婦のために家の裏の物置に移動させられた。もっとも彼はほとんど家におらず、ダンスや女の子との付き合いで遅くまで外出していて、昼過ぎまで寝ていることがほとんどだった。モランとはお互いにほとんど無視しあうことによって十分上手く行っていた。

モランは新しい義理の息子に関心を示した。彼は仕事のこと、人生観や抱負について尋ねた。ショーンは格別な努力をしないでモランに好かれたいと思った。彼は質問に我慢強く穏やかな調子で、しかし適当に答えた。その態度にモランは非常にいらつき、先週の披露宴にかかった費用のことまでまた思い出した。彼の反撃がいきなり始まった。

「公務員の仕事をそれほどのものと思っていない、とはどういう意味なんだ」

「単なる仕事ということですよ。それだけです。それ以上のものではありません。大したことじゃないですよ」

「真面目に言っているのか」モランは見下げ果てたという思いでそう言った。

「仕事が全てではありません。この世には仕事以外にもっといろいろなことがあるはずです」

「最後には年金が貰える真面目で良い仕事が大切ではないと言うのか。まるで別世界の話をしているようだ」

「でもやはり仕事が全てではないと思います」フリンはできる限り自分の正当性を訴えた。

「もっと大人になることが必要だ。一人者だったらそんな風に考えてもいいだろう。しかし結婚したんだ。わしの家の一員としてもう少し成長して欲しいものだ」

「ぼくたちの一生は安定だけではないでしょう。それが死ぬほど退屈だと思う人間だっているんです」ショーンはまだ自分の立場を守ろうとしたが、モランは沈黙という退却手段を取って満足した。

シーラは父がショーンを攻撃した話を聞き怒り狂った。「父さんの家でこんなに馬鹿にされたことは一度だってないわ。ルークが何年か前に父さんの振る舞いは卑劣なものだと言っていたのは正しかったわ」彼女は感情的になってローズに言った。

「お父さんには何の悪意もなかったのよ」ローズは言った。

「何の悪意もなかったですって」彼女は怒りを込めて皮肉っぽく繰り返した。「冗談でしょ」

モランと直接対決しなければならないのは彼女にとって生易しいことではなかった。「父さんはお客を自分の考えに合わせようとしているのね」

「わしはお前の旦那に人生の真実に目を向けるように、としか言っておらん」

「あの人がお客だということを忘れているようね」

「あれはもう他の者と同じわが家の一員だ」

「もしあの人がそうなりたければね」シーラはかっとなって言った。「馬鹿にされるためにここにいるんじゃないわ」

モランはショーンの価値を認めなかった。彼のことを言葉巧みに女を追いかけた男だと軽蔑した。彼はシーラが自分の威厳に楯突いてきたことに対しても怒っていた。「わしが自分の家での振る舞い方をお前に聞かねばならんとは困ったものだ」

「だったら少しでも礼儀正しさを学ぶことね」

「わしは牧草を刈らねばならぬ」モランは歯を軋《きし》らせて言った。「お前も何か手入れしたければ旦那に手を入れに行ってこい。お前ならそんな仕事でも上手くやれるだろう」彼女が言い返そうとする前にモランは外に出て行ってしまった。

天気予報では数日暑い天気が続くということだった。家に手があるのでモランは牧草を全部刈り取ることにした。草刈機を取り付けたトラクターが轟音を立てて畑の中を動く音が近づいたり離れたりしているのが何時間も聞こえた。モランが茶の時間になっても家に戻ってこないので、ローズとマギーが甘くした茶を入れたポットとサンドイッチを持って外に出て行った。二人は草を刈り取った二枚の畑を越えて歩いて行った。三つ目の畑は真ん中に細く刈り残した部分があるだけだった。二人は畝の端で待ちながら、トラクターの腕の前で草が揺れて刈られていくのを眺めた。最後の草が刈られようとしたときに二羽の若いウサギが飛び出してきた。「危ないところだったわね」ローズがほっとして言った。「父さんはウサギを殺してしまうのをとっても嫌うけど、草の中にいたのでは見えないものね」若いウサギは飛び出したあと、びっくりしたようにちょこっと立ち止まったが、トラクターが轟音を上げながらまた向きを変えてやって来るのを見ると、畑から飛び出して姿を消した。モランはトラクターの向きを変えるとき二人が待っているのに気がついて、最後の草を刈り終えるとすぐにエンジンを止めた。刈り取られた畑はすっかり草がなくなりすっきりとして見えた。ローズと娘が刈られた草を越えてトラクターに向かうとき、巣に坐ったままでいる一羽の雌の雉につまずきそうになった。彼女たちはそれが飛び去って行こうともしないのに驚いたが、そのあとすぐに羽根が何本も草の上に落ちているのに気がついた。巣の上に坐っているときに両脚が草刈機で切断されてしまったのだ。目はまだ生き生きと輝いていたが、首から下はじっとこわばっており、無感覚のままただ生きているだけだった。

「かわいそうに。まだじっと坐っているなんて」ローズは言った。二人ともその姿をもう一度見ることはできなかった。

「雉に当ててしまったわ」ローズはトラクターのフードの上にサンドイッチを並べ、モランに茶を入れたカップを手渡しながら言った。

「分かっている。草の中にいると見えないのだ。ウサギは大丈夫だったようだが」

「新婚さんはどこにいるのだ」彼は食べ終えると聞いた。

「散歩に出ているわ」

「これからはしばらく散歩などできんようになるだろう。沢山働いてもらわねばな。あと一枚残っている。今週で全部ちゃんと終わるか終わらないかが決まる」

彼女たちがサンドイッチと茶の残りを片付け牧場から離れる支度をしているとき、トラクターのエンジンがブルンブルン音を立てるだけでかからなくなった。モランはトラクターから降りた。ローズとマギーが心配そうに立っている間、モランは何本かのワイヤや燃料ポンプをいじっていた。二度目にエンジンをかけると、またブルンブルン音を立てたあとで今度はかかった。「父さんよりもトラクターに詳しい人はヘンリー・フォードくらいしかいないんじゃないかしら」牧場を出ながらローズが言った。モランは別に機械に詳しくはないしトラクターも古いポルシェ製だったが、そのときは本当にモランのことをそう思ったので口に出したのに違いない。

刈り取った草は次の日の午後までそのままにしておいてから道具を使い、ほぐして広げた。若いときだったら懸命に一人でやっただろうが、今は家に助けがいるので、ローズと一緒に辛くて長い作業をするよりも、いっそのこと彼らに任せてみようという気になっていた。

雌雉の残骸は乾いた草の上に散らばる少しばかりの羽根だけになっていた。「キツネか猫かカラスか……分からんな……」

翌朝になると白い靄《もや》がかかり、牧場の脇に立つブナの木の濃い緑色の輪郭もぼんやりとしか見えなくなった。蜘蛛の巣のかかった草の上をサンダルで歩くと緑のはねが上がった。果樹園のスモモやリンゴの木から白くて細い蜘蛛の糸が垂れていた。暑くて乾燥した日になるのは確実だった。夕方まで一滴の雨も降る恐れはなかった。太陽が靄を消して、草が乾燥するまでできる仕事は何もなかった。ローズは沢山のポテトフライを作り、茶色いソーダブレッドとポット一杯の湯気の立つ茶と一緒に出した。今日は夜までのんびりと食事もできないだろうし、第一疲れ過ぎて食事どころではなくなっているかもしれない。モランは機嫌良く朝食を摂りながら、自分が思っていた通りに好天になるのが確実であることや、家の中に手が一杯あることなどを嬉しそうに話した。夕方までには干草のほとんどが貯蔵され、来年まで何の心配もなくなるだろう。

「ショーン、あんたのところでも干草を沢山作るのかね」彼はブラックプディングとソーセージを落とさないように摘みながら機嫌よく尋ねた。

「ええ、干草にしたり、天気の悪い夏には発酵させて貯蔵用のものを作ったり」

「それじゃあ仕事には慣れているな」

「いいえ、そうでもありません。干草作りをしたのは家の他の連中でした。ぼくは夏の間は勉強をしていたんです」

「夏に勉強してもあまり役には立たなかっただろう」モランは意に介さずに言った。

「とても役立ちましたよ。次の年度の教科書を読むことができましたから。学校が始まったときずっと良いスタートができるんです」彼がすぐにこう答えたので、ぎこちない沈黙が生じた。モラン家の者たちは誰もが小さい頃から仕事の手伝いをしてきた。刈り入れや種撒き、ターフ切りなどの仕事が学校の勉強と衝突することもあった。

「勉強で作られた人間は手に負えんというのがわしの意見だ」モランは言った。「それを上手く使うか使わないかだ」

「働かなければ勉強したってどうにもならないということですか」ショーンがモランの意見に従うことを拒んでそう言ったことで、二人の間の敵対感情が大きくなった。

「もう一度言ってやればいいわ」シーラが彼の肩を持って言った。

「あんたは高い道を歩き、わしは低い道を行くが、あんたより先に遠くまで行ける」モランは口笛を吹きながら立ち上がった。

モランは牧場に向かった。刈り取った草がまだ乾いていなかったのでトラクターに付けるテダーにいくつか細かい調整をほどこした。ショーンとの衝突で彼の気分は晴れずいらついていた。彼はほとんど毎年のように干草作りでどこかしら機械を壊してしまうのだった。しかも今年は家中の人間が見ている前で作業しなければならないのだ。最初に牧場の平らになっている部分から並べ始めた。ローズはトラクターの音が聞こえ始めると、みなを呼び集め、不安な気持ちを隠して冗談を言いながら果樹園の中を進んで行った。

テダーは干草を小麦色の厚い束にしていった。それらが並んだ隙間は芝生のようにきれいに刈り込まれていた。モランはしっかりとトラクターの運転席に坐り、機械の軸が左右に動くたびに心配そうに後ろを向いて目を配っていた。

「お父さんとトラクターが一体になっているようね」ローズが言った。

彼らは並べられた草をすぐに小さな山にしていった。ローズの腕は良かったし、マイケルもその気になると上手に作業ができた。今日彼は自分のスピードと力をみなに見せつけたかった。彼は重い干草を放っては固める。熊手が乾いた草を掬《すく》うとさらさらしたきれいな音がする。ローズが先に立って働く彼のあとから干草の山を整えていく。じきに干草の山が以前山になって置かれていた場所に一列になって立ち上がる。娘たちも良く働いたがシーラだけは仕事よりもショーンのことを気にしていた。ショーンは全力で仕事をしようと思ってはいたが、道具の使い方も分からず、助けになるよりもむしろ邪魔になっていた。「あれじゃあ外で飲む一杯の水の方がよっぽど足しになるな」モランはショーンの役に立たない頼りない動きを見つめながらぽつりと言った。「そのうち誰かに怪我させるぞ」

そのとき学校の教師を退職した年寄りのライアンが牧場からずっと離れた場所にある木に囲まれた家から出てきて、壁にもたれて彼らの働くのを眺めていた。

「無論私は構いませんが、うちの奥方がそのうち文句を言い始めると思いますよ」マイケルがライアンの口真似をしたので、低い笑い声が娘たちの間に起こったが、シーラは初め彼がショーンのことをからかっているのではないかと思い、鷹のような鋭い目付きで彼を睨んだ。マイケルは自分の言葉の反応に喜び、また草を放るときに大声で馬鹿笑いして、それがまた娘たちを楽しい気持ちにさせた。モランは平地の全ての草を並べ終わるとトラクターを止め、やって来た。彼らはみなポットに入れた水で割ったミルクを飲むために休憩した。

「お前たちみな火事場の馬鹿力を出して働いているな」モランは上機嫌で言った。「簡単な部分は終わったが」彼の声は不安げだった。「面倒が起こらずに仕事を終えて帰れない気がするのだ」

「あなたにできなければ、他の誰にもできないわ」ローズが言ったが、彼女の励ましの言葉を聞いても難しい顔をしただけだった。

「あの老いぼれライアンがぽけっとして外に出ていたのを見ただろう」モランが言った。「奴は人がしくじるのをきっと楽しみに待っているのだ。この国の奴らができるのはバカ面をして外を眺めることぐらいのものなのだ」

「私は構いませんが、うちの奥方がそのうち文句を言い始めると思いますよ」マイケルがまた口真似をしたが、モランは笑わなかった。彼は息子を醒めた表情で眺め、それからトラクターへ戻って行った。

彼は高い場所にある二枚の畑を上手くやり遂げたが、ブナの木の近くで機械の軸が木の根っ子か岩に当たったような嫌な音が聞こえた。トラクターが止まった。モランはテダーの様子を調べるために下りた。みな熊手を地面に立てブナの木へ近づいて行った。

「またこのブナの根っ子だ」モランはねじれた軸を調べながら言った。

「いくつ駄目になったの」モナが聞いた。

「二つだけだ。そのうち駄目になるとは思っていた」

「軸を取り替えれば良い」マイケルが提案した。

「だが地面を取り替えることはできん」

軸が壊れてしまったことはある意味でモランにはほっとすることだった。彼には凸凹の地面に草を並べられる自信がなかったので、少なくともそれを心配する必要はなくなった。

ローズは注意深く眺めていた。「父さんができないのなら、誰にもできないわ」

それがひどく自分を傷つける言葉だったかのようにモランは怒りの表情でローズを眺めた。しかし彼は反撃できなかった。「仕方がない、昔ながらの熊手と馬鍬《まぐわ》でやるしかないな。ありがたいことに雨は降りそうにない。わしらがいつまでもトラクターの周りでうろついていると、ライアンがあそこから好奇心丸出しでやって来るに違いない」

並べた草置場に彼らが近づいたとき、ロッデン老人と彼の牧羊犬が牧場に現れた。彼は牧場の周りの柵に渡してある有刺鉄線の下を苦もなく潜ってやって来た。フランネルの服を着、きれいな白いシャツの上にズボン吊りをし、麦藁帽子を被っていた。カラーもきちんと締めていた。この暑さにもかかわらずネクタイを締めネクタイピンも付けていた。ローズとモランの二人は彼の姿を見るとすぐに微笑みながら近づき、手を差し伸べた。モランは彼が自分の牧場にやって来たことを誇りに思った。ロッデンはプロテスタントだ。彼の畑はモランの土地に隣接していて六七倍の広さがあったが、最近息子に譲り渡していた。モランは少年時代からずっとゲリラの戦闘員だったが、自分たちの闘争相手はプロテスタントではなかったのだと言っていた。今では近所のカトリックの連中よりも、この食えない階級の方に親しみを持っていた。時の流れが自分の思っていたように変われば変わったで、彼はいつも反体制側に付くのだった。

ロッデンは言った。「最近結婚されたご夫婦にお祝いを言いにやって来ました。家に帰られていると聞きましたのでね。それに今は機械も止まっているようですし」彼はシーラとショーンに長く幸せであるようにと祝福をし、二人が帰る前の四時頃にお茶を飲みにおいでなさいという彼の妻の言葉を伝えた。彼は天気と彼らの仕事を称え、それから聞いた。「どうして機械を使わないのです。時間の節約になるでしょう」

「軸が壊れてしまったんで、高い場所では使えないと思うんです」

「軸の替えは持っておられないのかな」

「沢山あります」

彼はモランに壊れた先の尖った部品を取り替えさせ、その間に自分はいくつか細かい調整をほどこした。それから彼はモランに部品の先をゆっくり回すように指示し、それが上手く動き出したのを見てまた調整してそれが均一な動きになるとやっと満足した。「これでどんな場所でも大丈夫でしょう」とロッデンは言った。モランが地面の一番凸凹したところで慎重に動かし始めるとロッデンは杖にもたれてその様子を眺めた。モランは半信半疑だったが、テダーは凸凹したところでもまるでテーブルの上を走るように滑らかに働いた。しばらく眺めているとロッデンはもう帰るという印に杖を振った。モランはトラクターを止めて、この地方の習慣に従いロッデンが牧場を出るところまで送って行った。娘たちとローズ、それにショーンが手を振った。マイケルは白と黒のきれいなコリーに触って別れを告げた。

「こんなに上手く草を広げられたことはありません。どんな風に直したのですか」モランはフェンスのそばで帰って行くロッデンに尋ねた。

「特別なことは何も。ただきつく締めただけですよ」ロッデンは子どものころから自慢というのは劣等感の現れだと教えられてきていた。「ただちょっといじっただけですよ」

ローズとシーラは家から熱い茶の入ったポットと朝早くに切っておいたハムとチキンと野菜のサンドイッチを運んできた。彼らは半分できあがった干草の山の周りに坐り、ポットから自分のカップに茶を入れ、紙箱からサンドイッチを摘んだ。みな疲れ切っていたのであまり話もせず、心から食事を楽しめないほどだった。太陽の光は気持ちが悪くなるくらい強かった。誰もロッデンやテダーの話はしなかった。

モランはトラクターに戻るとブナの木の間やその周りをスピードを出して走らせた。まるでロッデンの調整がどんなものかギリギリまで試しているようだったが、不具合は出なかった。彼がいくら速く動かしても、草はきれいに滑らかに広げられるのだった。

「ヘンリー・フォードも今度はバリバリ働いているみたいだね」マイケルはローズのそばで一緒に草を掬って放りながらからかうように言った。彼女は非難するような顔で彼を眺め離れて行った。娘たちは誰も何も言わなかった。

一時間ほどでモランは全部の草を並べ終えた。そのあとには何時間も手で掻き均《なら》す退屈で大変な仕事が待っていた。モランはトラクターから下りて並べた草を集めている他の連中のところに向かう前に、しばらくロッデンが調整した部分を調べてみた。どこをどうしたのかほとんど分からなかった。たまたま幸運が舞い降りるのでなければ自分では同じように上手く直すことはできないと思った。彼は他の連中と一緒に掻き均す仕事を始めたが、すぐシーラとショーンがいなくなっていることに気がついた。「あいつらはどこへ行ったのだ」モランは厳しい調子で尋ねた。

「家にでも戻ったんじゃないの」曖昧な言葉が返ってきた。

「何をしにだ」

「黙って行ったわ。ただいなくなっただけ」

一時間ほど作業をしただけでショーンの手には豆ができ、ひりひりと痛むようになった。娘たちの手にも豆ができたが、彼女たちは道具の使い方を良く知っていた。ショーンはサンドイッチを食べ茶を飲んだあと立ち上がろうとしたが、身体が強張って動けないほどだった。娘たちの中で子どもの頃からこの仕事を嫌い、一番腹を立てていたシーラにショーンがこぼしたので、彼女は他の連中と離れて自分たちに合ったペースで作業を始めた。二人だけだととても気分が良かった。夢中になっていたので、すぐそばで他の者たちが一生懸命草を放っては積み上げて働いていることに気がつかないほどだった。二人は小声で話をしたり、額をくっつけ合って笑ったり、挙句の果てにショーンはふざけて自分たちの作った小さな草の山にシーラを押し倒したりした。彼女はばつの悪い様子で顔を赤くして立ち上がったが、他の連中のことにまで気が回らず、そのあと以前のようにまた二人で笑い合った。他の連中は彼らより一生懸命作業をすることで二人に対抗し、彼らとの間に壁を作ろうとしたが、真昼の暑さで力も衰えてきた。ふと気がつくとシーラと夫は仕事場を離れ牧場の端のフェンスを越えているところだった。二人は手を繋いで歩いていた。ブナの木で自分たちの姿が見えないだろうと思って、ショーンがシーラの肩を摑んで自分の方に引き寄せ二人は長いキスをした。牧場にいたモラン以外の全員が、二人がブナの木の横でキスをし手に手を取って家に向かって行くのを見ていた。誰も不快感をあからさまにはしなかったが、乾いていく草に当たる熊手がかさかさという音を立てている間、心の中でこのあと二人が家に入って、服を脱ぎ、裸になって向き合っている姿を嫌でも想像しないわけにはいかなかった。そんな想像をすること自体嫌なことだった。実際に自分たちの目の前の畑で二人がしているのを見るよりも不快な現実味があった。考えまいとしても頭に浮かんでくるのだった。「あの二人はもっと我慢すべきだと思ってるんだろう」マイケルは自分の周りのものが抱いているであろう怒りの気持ちに合わせて静かに言った。自分たちのことしか頭にないあの二人が、この家の神聖さや本当の純潔さを無視し穢《けが》しているかのようだった。

「ロンドンのマークの友達にクリーガン夫妻っていうのがいてね、私たちその人の結婚式にも出たんだけど」マギーが話し始めた。「マークが家を空けたときに私そのお宅に伺ったことがあって、終電車に乗り遅れてしまったの。そのお宅には部屋が一つしかなくておまけに大きなベッド一つしかなかったの。私は床で寝るって言ったんだけど、リタがどうしても駄目って言うの。クレッギーが壁際に寝てリタが真ん中で私がベッドの端に寝れば良いって言い張るの。随分経ってからクレッギーが『彼女は寝ているかい』って聞き、リタが『我慢できないの』って言う声が聞こえたの。私は息をするのも恐ろしかった。ベッドの揺れは凄かったわ。誰かの足が私に触ったので、私は口にベッドカバーを押しこまなくてはならなかった。本当に死にそうだったわよ」

「まあかわいそうにマギー」ローズが同情しながらもおかしくてたまらないといった声で言った。

「家を出たら我慢しなくてはいけないことがたくさんあるのよ」

モランがトラクターを止めるとすぐに干草作りの人間たちはいくつかのグループに分かれた。ローズとモランは一緒に仕事をした。モナとマギーは別の列で働いていたマイケルに加わった。彼らは同じようなペースで山を作っていった。外の仕事では今やマイケルの方がモランよりも力があった。その日一番速いスピードで小さな円錐形の干草の山が作られて行った。

「あの二人は今日これからずっと家の中にいるつもりに違いない」しばらくするとモランがイライラしたように言った。

「ショーンの手は豆だらけだったわ。きっとこの仕事はあの人には大ごとだったのよ」ローズは彼らの不在は大きな問題ではないと思わせようと繕《つくろ》った。

「あいつがいくら一生懸命にやろうとしてもどうせ大して役に立ちはせん。あいつは坊主になるように育てられてきたんだからな」

牧場に戻って来たとき、若夫婦は身体を洗い、髪を梳かし、新しい服に着替えていた。シーラは甘い茶の入ったポットを運んできた。みなはポットから茶を飲んだが、誰も二人の顔を見ないばかりか、お互いに目を合わせようともせずモランのことだけを見ていた。

「ずっと熊手を握っていたからショーンの手に豆ができたの。これから私たちロッデンさんのところへお茶をよばれに行くわ」シーラは声を震わせながら説明した。

「ロッデンの奥さんはお喋り好きよ」二人が歩き出すとローズだけが彼女に答えて言った。

シーラはみなの視線には臆することなく堂々としていようと心に決めていた。彼女はこの家の中での自分の立ち位置をある意味非常に単純に考えていた。彼女はこの家に属してはいたが、そこに縛り付けられているとは毛頭思ってはいなかったのだ。彼女は本能的に家族なしで生きてはいけないと思っていたし、それが必要だし利用もするけれど、自分が望まないやり方で家族に利用されたくはなかったのだ。

「あの人が若いときに月明かりのキルローナンでした海水浴の話を聞かされなかった」ローズは二人がロッデンさんの家から戻ってくると尋ねた。

「されたわ」シーラが言った。「そして今のしゃれた若者たちが自分たちが初めてやっていると言っているようなことは全部自分たちが昔にしていたって」

牧場は随分涼しくなっていた。二人は手伝おうとしたが誰もそれを望まなかった。みな話すこともできないくらい疲れていた。ローズは二人が仲間外れにされたと思わないように、二人に家からお茶とサンドイッチをもっと持ってきて頂戴と頼んだ。

ブナの長い木影が牧場に積まれた草の山の列に落ちていた。みな自分たちが何をしているかも分からずに機械的に草を持ち上げては掃いていくという仕事を続けていた。ときには疲れて何もせずに突っ立ってぼんやりと草の山の列を眺めるだけだった。日の光が落ち始め、自分たちの服が湿り気を帯びてくる頃になるとやっとほっとできた。天気は崩れそうもなかった。明日の朝また元気になって仕事にかかれば、やり残した分は数時間で片付けられるだろう。そうすればあとは干草の山を均し、紐で縛るという楽な仕事が残っているだけだ。モランとマイケルが最後まで牧場に残った。

「ご苦労さん、マイケル。大した一日だったな」

外の道路を走り過ぎて行く車はもうヘッドライトを点けていた。通りの向こうにある誰かの私有地の果樹園で一羽の鳩がかすれ声で鳴きながら明かりの灯された家に向かって足を引き摺って歩いていた。

次の朝はみな身体が痛んでいたが特別急ぐ必要はなかった。昼近くになってからのろのろと残った草を小さな山にしていった。天気は保った。熊手で掃き、すでにでき上がっている山を整えたり頭を均したり紐で縛ったりした。週末になると天気が崩れた。暖かい雨が地面を洗い窓を打ちつけたが、牧場の干草は無事で雨水は草の山の横に作られた溝に流れて行った。これから良い天気が続かなくとももう困ることはない。一二週間もあれば雨の合間の凪の日にでも草の山を小屋の中に入れることができるだろう。それくらいの仕事ならローズとモランの二人だけで大丈夫だろう。

雨になるとすぐにみなばらばらに散り始めた。ロンドンに戻るようにという電報がマギーに届いた。息子の具合が良くないということで、彼女はすぐに帰って行った。干草作りの間彼女は自分がグレートメドーを出て結婚していることなどすっかり忘れていた。マイケル以外の全員が彼女を送りに空港まで行った。マイケルだけが残り、その週のほとんどをモランがベッドから出て家の周りの細かい仕事をするのを手伝ったりして過ごした。二人の関係は上手く行っていた。マイケルが帰った晩ローズは感慨に浸りながらモランと話をし、それから二人はロザリオの祈りのために跪いた。「この家がまた人で一杯になるのはいつのことでしょうね」

モランはそんなことを言うなんて縁起でもないというような顔でローズを眺めた。この家が人で一杯になるのはあとわずか一度だけなのだった。

グレートメドーでは時が経つ以外何も変わりはなかった。ときに何日も雨が降り続くこともあり、そんなときローズは気を使いながら家の中を動かねばならなかった。強い風で湿った地面が乾き、モランがのろのろと外を歩き回りだすと、やっとほっと息ができるのだった。

最近はほとんど毎週末にモナがダブリンからやってくるので家の中はにぎやかになった。モナは姉妹の中で一番の美人だったがまだ結婚していなかった。彼女のあとを追う男は多かったし、交際をしていた男も多くいて、そのうちの何人かを週末に連れて来たこともあったが、みなおとなしく礼儀正しいたいていは年上の男で、彼女の美しさを目にすることができる場所に一緒にいられることだけで満足し、それ以上の真剣な要求はしてこなかった。それに仮に要求したとしてもその場で振られてしまうのが落ちだった。モランはそんな男たちの誰にも脅威を感じなかったので、いつも上機嫌で、時にはにこやかに相手をしたことさえあった。モランには新しい友人というものがなかったので、気楽な話し相手ができたことを楽しんでいるようだった。モナがやって来ることが当たり前のようになり、家の中でことさら話題になることもなかったけれど、だんだん二人は彼女を頼りにするようになっていった。二人は最近とみに他の子どもたちのことを気にかけるようになっていたが、モナは彼らとモランたちを繋ぐ最も信頼できる人間だった。

マギーはロンドンで二人目の子どもを出産したが、ちょうど同じ時期にマーク・オドノヒューが仕事を失い、彼女は二人の子どもを連れて半年ほど厄介になるつもりでグレートメドーにやって来た。マークはロンドンに残って前より良い仕事を探し、家のローンの金を貯めようとしていた。モランは歓迎しなかった。マギーが家にいるときモランは畑や小屋で一日を過ごした。モランが二人の小さな子どもと一緒に家にいるときには張り詰めた雰囲気が漂った。彼女は二ヶ月で帰って行った。彼女は誇り高く独立心に溢れていたので、そんなに早く帰ることになったのをグレートメドーのせいには少しもしなかった。いつものように夏になったらまた三週間戻って来ようと思っていた。ロンドンに戻ると、マギーは自分の留守中にマークは稼いだ金全部を毎晩飲んで使ってしまい、一銭も貯金していなかったことを知った。彼女は二人の子どもを保育所に預け、看護婦の仕事を再びフルタイムで始めた。そのときから彼女は自分だけの金を貯めて持つようになった。

「マギーと子どもたちはロンドンへ帰って行った。あれらはいつでも必要なときにはこの家の屋根の下でローズとわしと一緒に暮らすことができる」モランは手紙にこう書いた。「が、あれがマークの元へ帰って行ったことはとても良いことだ。妻がいるべき場所は夫の隣なのだ」

シーラも同じく定期的に家に帰ってきたが、それはとても慎重な訪問だった。週末にモナとショーンと一緒にやって来るか、マギーがロンドンから帰ってきているときに一緒に現れるかだった。三年間で三人の子どもができていて、それがモランから彼女に他の娘のように足繁くやってこないと不平を言われたときの完璧な言い訳になっていた。モランが強く出ると、かつて彼に対して持っていた怒りがすぐに沸いてきた。彼女はモランが彼女の子どもに怒鳴っているのを聞くことが我慢できなかった。

ている子どもたちが余りに自由奔放に騒いでいるのを見て、モランは大声を上げた。


「こいつらは外で育てられたのか」あるとき、子どもたちが余りに自由奔放に騒いでいるのを見てモランは大声を上げた。

「ああ、それならこの子たちを外に戻します」と彼女は怒って言い、子どもたちを呼び寄せて出て行った。

「あんなに向きになって怒鳴る必要はなかった」モランはあとでそう言ったが、シーラはほんの短い訪問のとき以外、子どもたちを連れてくることは決してなくなった。子どもたちは賢く自信に溢れていた。彼女はこの自信が昔の自分のようにかえって躓《つまず》きの元になることを望んでいなかった。彼女は自分の家族への忠誠心は確固たるものではないが、姉たちやこの父親そしてこの家に深い所で密接に繋がっていると感じていた。それは変えることのできないものだ。しかし彼女は子どもたちにはそんなものに縛られて欲しくなかった。彼女には閉ざされていた扉が彼らには開かれるべきだ。彼らの人生は違ったものになるべきだ。

　マイケルは思い出したように時々家に帰っていた。事前に何も言わずにやって来るのが常だった。モランは彼を自分の考えに従わせることは諦め、黙って彼の好きなようにやらせていたが、結局は彼に会うのが嬉しかったのだ。彼の身振りや癖のいくつかは明らかに父親譲りだったが、性格は父のように暗くなかった。ふらっとやって来て朗らかに畑に出てモラン一人では一週間かかるような仕事を一日でやってしまい、そして来たときと同じように突然帰っていくようなことが何度もあった。「マイケルは泥炭地でのわしの仕事を助けてくれた。奴のおかげで一週間ローズとわしは明るく過ごせた。マイケルは素晴らしい奴だ」とモランはマイケルの突然の訪問のあとでマギーへの手紙に書いた。

学校を辞めたときや、グレートメドーを出て行ったときと同じように突然彼は結婚した。しかしその前にダブリンでは姉たちに、ロンドンでは兄に相談をしていた。

マイケルが自分には先生をしているイギリス人の彼女がいて、すでに妊娠しているのだ、と話したとき、「彼女はどうしたいと思っているんだ」とルークは聞いた。

「もちろんぼくと結婚することを望んでいるさ」

「お前はどうなんだ」

「はっきりとは分からない。彼女は二十八なんだ」

「お前が好きならそんなことは問題にならない。自信がないのならしばらく一緒に住んでみてもいいじゃないか。それから二人で相談して決めればいいだろう」

「彼女は絶対賛成しないだろうな。イギリス人だけどカトリックなんだ。ある意味じゃぼくたちよりずっと厳しいんだ」

「どんなことにも厳格だというわけでもなかろうさ」ルークは冷ややかに言ったが、弟の不満そうな顔を見て話題を変えた。「その人のどういうところが好きなんだ」

「自分を価値のある人間だと思わせてくれた。そんな人は今まで初めてなんだ」マイケルは心の底からそう言ったが、それを聞いて今度は兄が困惑した表情を見せた。

「結婚した方が良いと思う」マイケルが聞いた。

「もちろんそう思う。お前たち二人がそうしたいならね」

「父さんに相談すべきだと思う」

「したくなければしなければ良いだろう。もしぼくがお前だったらどんどん進めて行くね。彼女の名前は何というのだ」

「アン・スミス。この名前、姉さんたちは絶対気に入らないと思う」彼は陽気な独り笑いをした。

彼女は端正な浅黒い顔をしていた。自分の生き方をしっかり持っている女性で、傍目にもはっきり分かるほどマイケルに夢中になっていた。結婚式では彼女の生粋のイギリス人家族が完全な主導権を握り、その日モラン家の者はそれぞれ違った風にではあったが、自分たちがイギリスへやってきた移民であると感じさせられた。モナとシーラも結婚式にやって来た。姉たちはみな訳もなく最初からアン・スミスに反感を持った。彼女たちはアンの欠点を探そうとしたが、彼女が自分たちの狭く閉ざされた輪の中には絶対に入ることが許されない人間であるということだけが欠点である、ということしか見出せなかった。しかしアンはアンで家族の中ではアイルランドへの移民ということになるのだった。マイケルは結婚式が終わると彼女を真っ直ぐにグレートメドーへ連れて行った。

マイケルが若かった頃の枠にとらわれない振る舞いなどを考えると彼がイギリス人の教師と結婚したという知らせは、にわかには信じられないという思いで受けとめられた。

「まあまあ、マイケルったら」ローズは慈《いつく》しみをこめて微笑みながら言った。「あの子が一家の長に納まるところを見るなんて、信じられないわ」

「ああいう人間というのが凄いことをするものなのだ」モランは満足そうに言った。彼らは二人ともアンを気に入り、娘たちの批判には耳を傾けようとしなかった。

「彼女は良識のある成熟した大人よ。こんなことを言ったらかわいそうだけど、マイケルがどっさり稼ぐような人間だったら上手く行かないでしょうね。彼女は今まで資格や免許を取るために随分頑張ってきたでしょ。マイケルが資格を取るまで、彼女が二人の生活を十分支えていけるわ。そう思えばあの子は随分上手くやったんじゃないのかしら」ローズはおどけたような口調で彼女たちに反論した。

「彼女がマイケルにぴったりならば、わしにもぴったりに間違いない」モランが言った。「わしに関する限り、彼女はわしのもう一人の娘だ」娘たちは自分たちが決して受け入れることのできない話を黙って聞いていた。彼女たちは外の世界と厳しく距離を置いて育てられてきたが、今や父親自身それを喜んで家の中に迎え入れようとしているのだった。

かつては町や教会に行くときには、まるで挑んで出て行くかのようにいつも服装に気を配っていたモランが、最近は目に見えてだらしなくなってきて、ローズは見苦しくない格好をさせるために絶えず気を配っていた。今は軍隊の年金に加えて老齢年金という二つの年金が支給されていた。だから干草が上手くできようが失敗しようが別に構わないのだ。牧草は荒れて枯れてしまっていたが、その前に何頭もいた牛は売り払われ、残された少数が牧場近くの垣の下で食べられる草を求めて何とか生き延びていた。近所の人間がまぐさ小屋の心配をしなくてはならないような雪の日も彼らには楽しい休みの時間だった。ある日、この広々と白く輝く平地の中の静かな世界で二人は蔦《つた》で覆われた背の低い木の枝を切り落とした。その仕事で汗をかいた二人は乾いた空気にさらされながら牛たちが濃い緑色の蔦の葉を熱心に嚙みちぎっていくのを眺めた。二人には十分な蓄えがあるのだから無理に土地にしがみついて働く必要はないということをローズはいつもモランに思い起こさせようとしていた。二人には使い切れないほどの、二人が生きていくのに必要以上に十分な金があったが、モランはそれに安心することはなかった。夕方になると彼は手持ちの金、使った金、溜まった損失などを何時間も計算して過ごしていた。

彼は手紙を書く習慣を再び取り戻した。ロンドンにいるマギーやマイケルに毎週手紙を書いた。彼は手紙を出したり郵便物を取りに郵便局に出かけて行ったが、ローズは彼を車で送り、車の中で待っていた。局は相変わらずアニーとリジーの二人がやっていて、中もまだ輝くようにきれいだった。二人の埃に対する嫌悪感は今や法の力となり、汚い靴やブーツを履いた人間は中に入れず、外からあれこれ注文するしかなかった。彼らが頼むと扉が開かれ郵便物や金などが中に手渡しされて行き、そのあとまた扉が開いて荷物や手紙やおつりなどがきれいな靴を履いて中で待っている客の手で外の連中に手渡しされていくのだった。床は信じられないくらい時代がかっていたが、よく磨かれたモミ材は柔らかく光っていた。アニーとモランはお互いあたりさわりのない程度に実に注意深く観察しあっていたので、お互いのことを良く理解するようになっていたが、かつては信頼できる余裕などほとんどなかったのだ。本当に少しもなかった。

「最近モラン氏の調子はどうだい」彼が局を出るとすぐに客の一人が小声で聞いた。

「今までも良くはなかったけど、あまり良くはないようね。でもいつも自分の身体には十分気をつけているわ」そう言ってアニーが切手帳の上に頭を低くかがめると、人々の理解したという意味の笑いが小波《さざなみ》のように起こった。「先週あの人たちの土地が水を被ったときにも大した被害はなかったのに、丸々二日間は何も考えられなかったそうよ」

それを聞いたみなの突然の大笑いは無遠慮極まりないもので、モランが強い意志で自分の健康をずっと管理していたという話などほとんど忘れ去られてしまったようだった。

嘲笑の対象が自分にまで及ぶことを怖れたアニーはすぐに手綱を引き締めた。「もしかしたら、あの人はもうそれほど元気じゃないのかもしれないわ。私たちみんなと同じ道を辿っているのかもしれないわね」

「私たちがアニーのところで初めて出会ったことを覚えている」ローズはある雨の日の午後、局から帰る車の中でその頃を思い出しながら優しく聞いた。

彼は答えなかった。彼女は細い橋を渡るときスピードを緩めるためにギアを変えようとして大きな音をさせた。「ああ、なんてこと、なんてこと。どうして目の前のことに集中できんのだ。足をずっと床につけておかないとギアを壊しちまうと何度も何度も言ってるだろうが」二人が一緒に暮らした日々は今や過去のものであり、彼は過去を思い出すことが大嫌いだったのだ。

「ごめんなさい。忘れていたわ」

「すぐに思い出すんだな。わしが言ったことを思い出しもしなかったのか。お前が思い出し始めた日に祝福あれだ」彼の怒りはますます激しく強くなってきたので彼女は言い返すことができなかった。雨の中をゆっくりと運転しながら考えていたのは車がいつまでもコックスヒルに近づかなければ良いのに、ということだった。そこでまたギアを変えなくてはいけないのだ。

ある雨の日、ストランドヒルに行こうと提案したのはローズの方だった。彼の退屈を紛らせてやろうと思ったのだ。最初彼はそれを鼻で笑っていたが、突然行くことに同意した。茶を入れた魔法瓶とサンドイッチを持って行った。二人はゴルフ場の周りを歩き、店を眺めた。二人は車の中に坐り茶を飲み、波が砕けるのを眺めた。帰る前に彼は一緒に波打際を歩こうと陽気に提案した。彼は引いて行く波に手を入れて海水を掬い、それを唇に持って行き塩の味を確かめ、ローズにも味わわせてやろうと彼女の手に海水を垂らした。

「とっても良い外出だったわね」家に帰ってそう言ったローズの声にはほっとした調子があった。

「何もしないで一日中家の中に閉じこもっているよりずっと良かった」

次に二人は国境を越えて北のエニスキレンにまで出かけて行った。次第に二人にはこうした外出が退屈な日々からくる閉所恐怖症を癒すものであることが分かってきた。彼らはずっと閉じこもっていたのだ。二人はいつの間にかネル・モラハンとマイケルが何年か前のあの怠惰な日々を過ごしたあらゆる町や場所を訪れていた。

今まで変わらずにこの家をずっと支えてきたと思っていた資産の価値が外界の変化によって少しずつ減ってきているのではないかという心配がモランにはあった。そこで彼はある日ストランドヒルやエニスキレンに出かけて一日を過ごす代わりに、所有している国債を持ち続けていた方が良いのか売るべきかを銀行に相談しに行こうと決心した。

ローズとモランは銀行のカウンターで支店長に会いたいと申し出たが、行員の一人として二人のどちらのことも知らなかった。二人は支店長の部屋の前で坐って待つように言われた。

「クリスマスイヴに告解の順番を待っているようだな」モランは長い時間が経ったあとでローズに不平を漏らした。「もうそんなに長くは待たされないでしょう。何か仕事で忙しいのよ」

ある顧客と親しげに話をしながら部屋から出てきた支店長は彼を正面出口に案内していた。カウンターにいた行員の一人が椅子に坐って待っている老夫婦のことを彼に知らせた。戻ってくると彼は二人を部屋に入れた。背が高く白髪の彼は二人のことを知らなかった。モランの書類を捜しているときに、一人の女子行員がノックをして皿に乗せたカップを持って入ってきた。コーヒーの香りがした。皿の脇には二枚のイチジククッキーが上手く乗せられていた。そのとき電話が鳴った。支店長は電話の相手が誰だか分かるとすぐに書類を捜すのを止め、椅子ごと机に近づいた。ゴルフクラブの会長選挙に関する長い会話の間、彼は二枚のクッキーを食べコーヒーを飲み干した。ローズは何度か不安そうにモランの顔を覗った。最初からこんな調子では、かつてのモランならさっさと席を立ち部屋からも銀行からも出て行ってしまっているところだったろうが、彼は少し疲れた様子で意気消沈し辺りを見回すこともせずにじっと坐り続けていた。支店長が受話器を置き謝罪したときにもまだ彼はじっとしたままだった。支店長はモランたちの用事はもう終えてあとは丁寧に彼らを戸口まで案内するだけだ、というような様子だった。二人は黙って出て行った。外の通りに出るや怒り狂ったのはローズの方だった。

「あんな目にあったのは生まれて初めてのことよ」

「そんなこと誰が気にする」モランが言った。「誰も気にかけやしない」

「私がよ」彼女は激しく怒った。

「そんなことは勘定に入れないのだ。最近は誰もそんなことは気にしやしない」

その週末にローズはこの出来事をさんざんモナにこぼすとモナは怒り狂った。彼女は月曜日にも休みを取り、支店長に不服を述べに銀行に出向くと言った。

「父さんにそんな仕打ちなんかさせないわ。話をすればその人だって少しは分かると思う。あとで父さんに報告するわ」

「そんなことのために一日を無駄にしないでね」今度は反対にローズがなだめる立場になってい た。「そのままにしておけばいいわ。あの人が愚か者なら教育することなんてできないでしょ」

彼女は昔良くしたように笑って言った。

「父さんだってあの人に言い返すこともできたのにしなかったのよ」

「やっぱり私言いに行くわ」とモナは言ったが、結局そうしなかった。

夜、長い時間をかけてまた手持ちの金を勘定していたときだったか、あるいはマイケルかマイケルの妻、または娘たちの誰かに手紙を書いていたときだったかに、彼はローズに繰り返し自分は一人の子どもの育て方をしくじったこと、そしてそれが彼の人生を通して他の何よりも一番自分を苦しめていることなのだと語った。

「奴はわしが奴に間違ったことをしたとか害を与えた、と思っているのではないだろうか」

「自分でもそんなことはないって分かっているでしょう。ルークは自分一人のことだと思っているわ。どこの家にだって見解の相違っていうのはあるものよ。だから違った生き方をしている人間がいても、誰も注意なんかしないの」

「わしは奴に会いたいのだが、絶対に来んだろうな。わしは奴に悪い感情は何も持っておらん。わしの方から謝りたいと思っている。こっちにも責任があると手紙に書けば、奴だって悪い所があったと思うだろうし、奴のことを気に病むこともなくなるだろう」

彼は何晩かかけて手紙を書いた。書いていると昔の怒りがめらめらと戻ってきた。最終的に書き上がった手紙は短いものだった。彼はそれをローズには見せなかった。「わしは今まで何度も自分の考え方が正しかったかどうかじっくり考えてみた」手紙はこう始められていた。「『お前とわし以外はみんな狂っている。しかしわしもおかしいのかもしれん〔「君とぼくを除いて世界中の人間はみんな狂っている。そんな君だって少し狂っている」という、イギリスの社会主義者ロバート・オーエン（一七七一―一八五八）の言葉のもじり」』という言葉があるが、ローズに言わせればわしたちは良くも悪くも他の人間と変わらないということだ。お前が目の前にいようがいまいがいつまでもお前を恨んでいられるほどわしの命も長くはない。わしが今できることなどほとんどない。これだけは言わせて欲しいが、昔からお前を傷つけようと思ったことはなかったし、これからもそんなつもりはない。そして言葉にせよ行動にせよ、もしそう思われるようなことをしたとしたら、わしはお前に謝る。スイセンがもうすぐ満開だ。周りの木々も花も果物もみな華やいでいる。もうじき植付の時期だ。いろいろ考えて疲れ果ててもううんざりだが、それがどうだというのだ。父」

手紙を読んでルークは父がもう長くはないに違いないと思った。初めは手紙をそのままにしておいたが、もう一度読んだあと、死に行く運命にある人間に対して感じる気持ちをモランに対しても感じ、心を込めて返事を書いた。彼にはモランを苦々しく思ったり、彼を非難しようという気持ちなどなかった。許すも許さないもなかった。彼は自分が原因で彼に苦痛を与えたことに許しを乞うた。望んでそうしたのではなかったが、そうしなければいけないと思ったのだ。

マギーが電話をしてきて、帰郷するつもりなのでルークも一緒に行って欲しいと誘った。彼らはみなモナハンディにグレートメドーに向かうのだと言う。「父さんは具合が良くないの。ずっと昔モナハンディになるとマッケイドさんが家にやって来たときのことを覚えているでしょ。だから私たちがその日に集まれば、父さんもまた元気になるんじゃないかと思って。クリスマスのときみんなで出かけて行ったあと父さんは随分具合が良くなったってローズも言っていたわ」

「ぼくが行く必要はないよ」ルークは言った。「行けないんだ」

「父さんは兄さんに会いたがっているのよ」

「手紙をくれたよ」

「知ってるわ」

「返事を出したよ」

「でも父さんはまだ受け取っていないでしょう」

「父さんが手紙をくれたからぼくも手紙を書いた。怒ってなんかいない。何とも思っていないんだ」

「それじゃなんで私たちと一緒に帰れないの」

「行っても無駄なんだ。ぼくたちはうまくやって行けないんだ」

「努力しようとしたことあるの」

「もう遅すぎるんだ」

「駄目な人ね。ちっとも役に立たないんだから」

モランの注意力は失われていなかった。それからも娘たちはみな家に何度も何度も繰り返し帰って来た。娘たちは夏の間できるだけローズに負担がかからないようにそれぞれが途切れずに戻る計画を立てた。マイケル夫妻と二人の子どもが八月にやって来た。夏が終わるとモナが毎週末ダブリンからやって来た。シーラも来られるときにはいつも来た。モランはだんだん弱ってきた。

小さな卒中の発作を何度も起こしていた。自分たちの生活の中心となっていた、かつては力に溢れていた人間が、いつふっと消えて行ってしまってもおかしくないのだとみなが感じ始めていた。クリスマスにみな揃ってやって来たときに、二月の末のモナハンデイを復活させるためにまた集まることを決めた。みなはローズに昔モナハンデイにはマッケイドが家にやって来て、盛大にふるまったこと、そのときに気を揉んだりわくわくしたりしたこと、栄光時代の二人の話、またマッケイドが飲んだウィスキーのことなどを話して聞かせた。

ローズは初めからモナハンデイ復活の話には首を傾げていた。彼女は自分が今まで聞いたこともなかったその日を単に蘇らせるだけで、たとえそれがどんなものにせよ奇跡が起こるなどとは思えなかったのだが、娘たちがそれにあまりにも拘《こだわ》っていたので邪魔はできないと感じていた。娘たちはその日何も知らせずにモランを驚かせたかった。彼女たちは徐々に衰えているモランの精神状態がこの一日で昔に戻るのではないかと理屈ではなく思っていた。

彼女たちはモナハンデイに集まった。娘たちは手が冷たいモランに手袋を持ってきた。自分のためにわざわざ遠いところからやって来てくれたことが分かり、モランは今まで話すことを自ら禁じてきた戦争の話やマッケイドのこと、また昔のモナハンデイのことなどをよく話した。ロザリオの祈りの最後に彼はジェイムズ・マッケイドの魂が安らかであるようにと祈った。しかしこの日モランを生き生きと蘇らそうという目論見は失敗に終わった。

何も変えられなかったという失敗はモランをこのまま彼女たちの元から消えさせてはいけない、

という決心をかえって強めることになった。自分の家で過ごすより多くの時間をグレートメドーで過ごすようになった。その間子どもたちを放って置かねばならないことに対する口に出せない苛立ちやどんどんかさんでいくマギーの飛行機代などの問題に直面せざるを得なかったが、彼女たちは向きになっていたので、モランの世話の腰を折るようなものが出てきても、またいくら負担がかかろうとも、そんな問題はいつも脇に捨て置かれた。というのは大変な事態に直面したときには常識的な反論など考えない方が楽だからだ。飛行機代はあとで払えば良い。仕事はあとで取り返せば良い。彼女たちはモランの病によって強く結びつき、一緒にいるとより力強くなれるような気がしていた。彼女たちには強い気持ちがあったので、もっと生きようという意欲を愛する者に持たせることができると当たり前のように思っていた。自分たち女性には命を生みだす力があるのだからこの命を死から遠ざけることができない理由はない。生まれて初めてモランは彼女たちの気迫を恐れ始めた。

「父さん、もっと身体を動かさなくちゃ。ちょっと頑張るだけでいいの。また良くなるわよ」

「構うものか。どのみち誰もわしのことなど気にしてやせん」

彼は自分たちに命を任せなくてはいけないし、そうすればまた元気になろうと思うようになるだろうと彼女たちは思っていた。それは今までの彼の生き方とは正反対のことだった。彼は今まで一生の全生涯を通してどんなことに対しても人に頭を下げてきたことなど決してなかった。だから彼は逃げ出したかった。家から、部屋から、もっと良くなると彼女たちが言い張ることから、そして病気から逃げ出したかった。初めて彼の姿が見えなくなったときにはみなパニックに陥った。彼女たちは全ての部屋という部屋、浴室までも探し回ったあと、石敷の玄関に行ってみると扉が開いていていた。

家の裏の木の柱に疲れた様子で寄りかかり、何もない牧場をぼんやり眺めている彼の姿を発見した。家に連れ戻される間彼は黙ったままだった。彼女たちは自分たちの監視を試すための気紛れな発作だと思った。この事件のあと彼女たちは彼を今までより厳しく見張るようになったにも拘らず、いつの間にか彼は外へ出てしまい、いつも同じ方角に向かった。塀を背にして沢山の白い花を咲かせている古い梨の木を過ぎ、去年の枯れたイラクサが絡まった木の下に打ち捨てられた草刈機の前を過ぎ、雨の日の作業場として自分で建てた畝状の屋根を持った小屋を過ぎて牧場に出て行く。牧場には今や新しい草が育ち、生えたばかりの草は薄く青い色を帯びている。死ぬということはこういった景色をもう見ることができなくなるということだ。他の人間にはできても自分にはできなくなるということなのだ。彼は自分もその一部である堅固なこの世界がいかに素晴らしいものであるか、そしてそこに自分がいるのだということを今ほど実感したことはなかった。気も狂わんばかりの声で自分の名前が呼ばれているのが聞こえてくる。そして彼は叱られ家に連れ戻される。彼は頑なに扉の前から動こうとしなかった。「わしは死ぬというのがこんなに難しいことだとは思っていなかった」とぽつりと言った。

それから何日か経ったある日、神父がやって来て彼の告解を聞き、聖体を与え病者の塗油を行った。「わしは今までに死を恐れない神父に一人も会ったことがない。なぜだと思う」彼はローズに言った。

「だから神父さんになったんじゃないのかしら」

「そうすると何か良いことでもあるのか」

「そうすれば天国での自分たちの居場所が確かなものになるんじゃないかしら」

「ならば死を恐れることなどないじゃないか」

「でもみんな怖いのよ」

「自分たちの説教を信じているなら怖くなんかないはずだ。え、そうじゃないか。ま、どうでもいいが」

ある晩モナがベッドのそばにいたとき寝ていると思っていたモランに「モナ、わしはもう死ぬんだと思うか」といきなり聞かれて彼女はびっくりした。

「まさか、そんなことないわよ」彼女は驚いて穏やかにたしなめた。「父さんが私たちにもっと看病させてくれれば、また働くこともできるようになるわ。今牧場の様子を見に行こうとしても何の助けにもならないわ」

その晩遅くモナがローズに言った。「父さんったら何であんなに外に出て行きたがるのかしら。いつも同じ場所を眺めているわ。きっとそこに何か見えるのね」そして訳もなく二人の女性は突然泣き始めた。

娘たちは自分たちの家に戻って行かねばならなかった。彼の具合はますます悪くなった。茶色の屍衣が持ち込まれ、家の中にこっそりしまわれた。娘たちがまた戻ってきてモランの状態を見たとき、彼が生きている限りこの家を離れることはないだろうと思った。彼女たちがマイケルを呼ぶと、彼は息子を連れてやって来た。

死に際に苦しんだり、見苦しい姿を見せる者もいるし、まるで生みの苦しみのように長く骨を折る者もいるが、モランは静かに生から滑り落ちようとしていた。彼はみなの目の前でまさに姿を消そうとしていた。みなが彼のそばに集まっていた。

「なぜ祈らないんだ」彼は自分がもうじき向こうの世界に消えて行くことが分かっているかのようにみなに命じた。

彼らはすぐにベッドの周りに跪いた。

「主よ、わが唇を開かせたまえ」ローズが始めた。

「われらが父なる神」と「アベマリア」を繰り返すとき、彼らの頬に涙が流れた。マギーが自分の番の玄義を唱え始めると、モランが口を開こうとしているのが明らかに分かった。彼女が唱えるのを止めると部屋は静寂に包まれた。低い囁き声だったが「黙れ」と言っているのは間違いなかった。みな恐れ混乱して顔を見合わせたが、ローズはマギーに今の命令を無視して祈りを続けるようにと強く頷いた。彼女が何とか祈りの流れに戻ろうとしていたときモナが「父さんが逝ってしまったわ」と叫んだ。みなは膝を立てベッドの周りに集まった。大きな声をあげて泣きなが

らマギーとシーラが抱き合い、モナは怒ったように部屋から飛び出し大きな音を立てて扉を閉め

「今朝あの医者に注射なんかさせるべきじゃなかったのよ」と大声で叫んだ。ローズはシーラの方を向き「あの子が大丈夫かどうか見に行ってきてくれない」と頼んだ。「それから今門のところを曲がってきているのはマイケルの車に違いないと思うのだけど」

マイケルが玄関に現れるや、モランの死に対する怒りの気持ちの幾分かが彼に向けられた。女性たちの外に置かれていたマイケルは所在なく息子と一緒に町に出かけていたのだ。「あなたは本当に大した息子よね。父さんが逝ってしまったときに家の中にいようともしなかったんだから」彼は最初何が起きているのか理解できず、手がつけられないほど怒り狂っている女性たちに降参だよとでも言うようにふざけて両手を挙げたりしたが、父親がたった今亡くなったことを知ると、顔がさっと青ざめ静かになった。ローズが静かに部屋の扉を開けるとマイケルは彼女に黙礼して中に入った。そのあとでローズはマイケルの息子の手を取った。二人は部屋から部屋へとまわり、家中の時計を止め全ての鏡に布を掛けた。

さまざまな実務的なことが次々と生じ、それをしなければならないのは有難いことだった。湯灌はウッズに頼んだ。弔問客のためにウィスキーやシェリー、それにビールなどを注文して届けて貰わなければならないし、サンドイッチも用意しなければだめだし、神父や医者にも知らせなくてはいけない。ローズは自分で葬儀屋に行ってくると言った。彼女は展示してある棺桶を全部見て、最も高価な美しい樫材のものを選んだ。墓も掘らなければならない。ルークに知らせるべ

きかどうか娘たちの間で議論された。電報が打たれたが返事も来なければやっても来なかった。ウッズがやって来ると、隠し場所からフランシスコ修道会の屍衣が出された。彼が湯灌をしている間、部屋の扉は閉ざされた。モランのロザリオの数珠が小さな黒い袋から出され、茶色の屍衣に包まれた胸の上で合わされた指の間に巻かれた。

一人また一人と間を置いて一晩中弔問客がやって来た。彼らはローズや娘たち、そしてマイケルと握手をして「ご愁傷さま」と呟き、ベッドのそばに跪いて祈り、立ち上がりざまに死者の手や額に触れて別れを告げる仕草をした。それから彼らがベッドの脇の椅子に坐るとウィスキーやビール、ワインや茶が振る舞われた。これまでこの家の中に入ったことのある者はほとんどいなかったので、みな好奇心丸出しで中の様子を眺めていた。

みなモランのそばで寝ずの番をした。時計を止めたので時間も一緒に止まっているはずだったが、時間は針の音はさせずに、疲れた彼らのどんよりした夢の中で動いていた。いつの間にか朝の光が畑を照らしていた。日中も弔問客が訪れ続けた。遺体は六時に教会に運ばれることになっていた。六時が近づくと時間はどんどん早く過ぎて行くようだった。

霊柩車がやって来て木の門の近くで向きを変えた。車が列をなして道に集まってきた。空の棺桶が家の中に運ばれ、家の扉が閉ざされた。

みなはモランと最後の対面をするために部屋の中に入った。自分たちはこの世で再び彼の姿を見ることはないだろう。しかし彼はすでに彼らの元から去っていたのである。棺桶が部屋に運ばれベッドの脇に並べられた椅子の上に置かれた。部屋の扉が閉ざされた。誰かがロザリオの祈りを始めると、外の花壇の周りに立っている人に唱え継がれて行った。家の中から泣き声が聞こえ、しっかり蓋をされた棺桶がゆっくりと部屋から運び出されてきた。正面の入り口が開けられた。棺桶は霊柩車の開いた扉に運ばれて行った。霊柩車は鉄製の門からゆっくりと出て行きイチイの木の下で右折した。棺はその晩ずっと教会の、彼がローズと結婚した日、付添い人が来るのをじりじりと待っていた場所からほんの少し離れた高い祭壇の前に置かれることになっていた。

天気の良い五月の夕方だったが、みな胸が張り裂けるようで、その明るさの中、木々の間を耐えられない思いで歩いて戻った。家に入りブラインドを一つずつ開けてまわり、それから茶を淹れた。

「手が搾《しぼ》り機にかけられたみたいだわ」モナが言った。

「私の手もそうよ。人の列が終わらないんじゃないかと思ったわ。シャベルみたいに硬い手の人もいたし」シーラも言った。

「みんなあなたたちには本当に親しみを込めて力一杯の握手をしたかったのね」手加減しながら握手をしていたローズはいつもの低い笑い声で言った。「そういう風に元気一杯の力強い握手をしなければ、あなたたちに本気じゃないって思われると考えたのね」

「あの連中だって良かれと思ってそうしたんだよ」マイケルがさらっとそう言ったが無視された。考えなければならないことがまだあった。ショーンとシーラの子どもたちが翌朝葬儀にやって来ることになっていた。もし泊まって行く場合どこに寝かせるかの相談が始まった。話がそれほど進まないうちに自分たちは葬儀が済んだらすぐに帰るとシーラは言った。疲労のあまり無感覚になっていたが、誰も寝たいとは思わなかった。みな時間が過ぎ去って行くのを怖れているかのように話をし、茶を飲み続けた。

朝の大ミサのあとモランをイチイの木の下に新しく掘った土に埋めた。鳥たちが自分たちの縄張であるカシやトネリコ、常緑樹の中で囀っていた。小さなミソサザイやコマドリが低い墓地の壁に沿ってちょんちょんと飛び歩いていた。外には太陽の光が満ち溢れ石垣に囲まれた畑のあちこちで、家から出された牛たちが生えたばかりの草を一心に食んでいた。

大ミサとゆっくりと進んで行く葬儀の間ずっと色の褪せた三色旗〔緑、白、橙の三色からなるアイルランド国旗〕が棺の上にかけられていた。柩が墓穴の脇に置かれたとき、茶色のフェルト帽を被った小柄だが、フィンやオシアン〔フィン・マックールはアイルランド神話上の英雄。オシアンは彼の息子〕と一緒に戦えそうなほどがっしりした男が群衆の中から現れた。深い敬意を払って彼は帽子を脱ぎ褪せた旗を畳み、それを持ってまた群衆の中に下がって行った。弔砲はなかった。

輝くように華麗な棺桶がロープで降ろされて行くと、群衆の頭を振り向かせるのに十分なほど良く聞こえる囁き声で「この男は死ねば自分と一緒に沢山の金も地中に埋められて行くと思っていたのだろう」と言われたのが聞こえてきた。

葬儀の間中お互いどちらが重要な立場にあるかを張り合っていた地元の政治家二人が、祈りが始まると群衆の後ろに下がって行った。二人は境の塀まで下がり寄りかかって、時折墓の周りに集まっている群衆に頭を向け、この時ばかりは共通の特権意識で、露骨に軽蔑した目つきをして眺めていた。

ローズは娘たちに囲まれて墓から離れた。マイケルと息子は一緒に少し離れた場所で、ショーン・フリンとはるばるロンドンからやって来たマーク・オドノヒューの隣に立っていた。マークは年をとってエルヴィスのような感じが消えて、その老けた顔を別にすればショーンのような公務員と言っても通るほどだった。男たちはどこでどうやって喪に服せば良いのかがはっきり分かっていない様子で、親しい人間を亡くして墓地から出て行く女性たちのあとを、遠慮した距離を開けてついて行った。

しかし悲しみに打ちひしがれた女性たちは、小さな塊になってゆっくりと墓地から離れて行くに連れて、一足ごとに力を取り戻していくように見えた。彼女たちは、この家とこの男に対する忠誠を固く誓い、この男がいつも自分たちの全生活の生きた中心であり続けていたことを確かめているようだった。彼女たちはその誓いを破ることがなかったばかりか、彼の元にやって来て結婚した女性と共に二度目の誓いをたてたのだった。彼女たちがずっと変わらずに続けてきたグレートメドーへの帰郷は家と共に父親がいつもそこにいるということを強く確認する作業であった。彼をイチイの木の下に埋めた今は、自分たちがそれぞれ違った形で「父親」というものになったようだった。

「父さんは家から離れて行ってしまったけれど、いつだって私たちと一緒よ」マギーがみなに代わって言った。「私たちを置いてもう決してどこへも行かないわ」

「かわいそうなお父さん」ローズがぼんやりと思ったことを口に出し、すぐに我に帰って明るい表情で娘たちの方を向いた。

彼女たちは門のそばで立ち止まり、男たちが子どもを連れてお喋りをしたり笑ったりしながら小道をのろのろと歩いてくるのを待った。

「あの人たちをご覧なさいよ。何だか女の人たちがかたまっているみたい」シーラが彼らのだらした歩みを見て言った。「あんな風にマイケルがふざけて何か言ってショーンやマークを笑わせているのを見ると何だかダンスからの帰りみたいね」

訳者あとがき

本書は、一九九〇年にフェーバー・アンド・フェーバー社より刊行された*Amongst Women*の翻訳である。ブッカー賞の候補にもなった長篇で、恐らくマクガハンの作品の中で最も良く知られたものであろう。

Amongst Womenという言葉は、作中何度も唱えられるロザリオの祈りの天使祝詞という繰り返しの部分"Blessed art Thou amongst women, and blessed is the fruit of Thy womb, Jesus."(御身は女のうちにて祝せられ、ご胎内の御子イエスも祝せられたもう)に現れるものだが、作中にその言葉が出てくることはない。もちろんその意味も十分含まれたタイトルだとは思うが、『女のうちにて』では分かりづらいので、邦題は『女たちのなかで』とした。主人公である家長モランが女性たちのなかで(実際には息子たちもいるのだが)生きている、そして女性たちのなかで生き続けている、といろいろなことを考えさせられる題名である。

訳者が作品の解釈に踏み込んでしまうのもいかがかと思うので、これくらいにしておき、まずは作品そのものを楽しんでいただきたいと思う。

舞台はアイルランドの田園地方、場所は特定されていないが、登場人物たちが出かけている地名などから、恐らくはマクガハンのほとんどの作品の舞台と同様、そしてマクガハン自身が晩年暮らしたアイルランド北西部のリートリムの小さな村であろう。

作品に関して特別な解説は必要ないと思う。もちろんアイルランドの地域性、イギリスに対しての複雑な感情、それらがこの小説の大きな背景要素になっていることは確かだが、アイルランドの地理や歴史に関する知識がほとんどなくても、楽しむことはできるし、そうでなければ普遍性のある小説にはなりえないわけである。


以下に書くことは読み飛ばしていただいても結構だが、二点ばかり補足を。

まずは、主人公モランが対イギリスとの戦いで部隊長として活躍していたことが描かれているが、その戦い、およびモランが軍を離れてからのアイルランドの情勢について簡単にまとめてみる。

一九一六年、イギリスからの独立を求め（アイルランドは八百年以上イギリスの統治下にあった）アーサー・グリフィス、パトリック・ピアスらがダブリンでイースター蜂起として知られる武装蜂起をし、アイルランド共和国の成立を宣言したが、イギリス軍に鎮圧され失敗に終わっていた。その後も独立を求める気運は強く、一九一九年には一部の議員たちがロンドンの議会に出席せず、アイルランド国民議会を結成した。イースター蜂起の生き残りであったエイモン・デ・ヴァレラがその議長となり、マイケル・コリンズを対イギリス武装集団の長に任命した。彼らのゲリラ戦に対処するためにイギリスは特別警察治安隊を組織した。黒に近い濃緑の帽子とカーキ色の制服が、黒と茶のまだら模様の猟犬を連想させるところから彼らはブラック・アンド・タンズという名で呼ばれた。この武装集団はアイルランド各地で情け容赦ない弾圧を強行し恐れられていた。モランが相手にしていたのも彼らである。一九二一年に休戦したが、その後は主にプロテスタントが多く住むアルスター（現在の北アイルランド）とそれ以外のカトリック地域との内戦に変わって行き、一九四九年に正式にアイルランド共和国が成立したあと、ＩＲＡが停戦を宣言した一九九四年まで南北間の対立は続いたのである。

もう一つは作中に繰り返し現れるロザリオの祈りについてだが、キリスト教徒でない訳者にとって大変難しく、辞書的な説明しかできないことをお断りしておく。

ロザリオとは本来「バラの花冠」の意味で、天使祝詞を一輪のバラとみなしている。そしてそれを含む聖母マリアに捧げる祈りのことをロザリオと言う。その祈りはイエスと聖母マリアの喜び、苦しみ、栄えの玄義（第五玄義まである）を黙想しながら天使祝詞を百五十回唱える。天使祝詞十回が一連で、五連が一環。毎日すべての玄義を黙想しながら三環唱えるもので、各連の唱え方は黙想する玄義を初めに唱え、大きな珠では主禱文を、小さな珠では天使祝詞を各一回ずつ唱え、終わりに栄唱を唱えるという、大変に時間がかかるものである。唱える回数を間違えないように数珠を使うのである。

現在はインターネットで検索すればさまざまなサイトで詳しいことを知ることができる。

要らずもがなの説明を加えたが、どちらも小説の背景としてのもので、歴史小説でもないし、宗教小説でもないことはお読みいただければ分かると思う。何よりも人間を描いた優れたもので、この作品がきっかけとなってマクガハンの他の作品にも興味を持ち、手にとっていただければ幸いである。

最後に、マクガハンに倣って、妻、静子へ。

二〇一五年八月

東川正彦

ジョン・マクガハン著作リスト

長篇小説

The Barracks 1963

The Dark 1965 翻訳『青い夕闇』(東川正彦訳、国書刊行会、二〇〇五)。

The Leavetaking 1974(一九八四年に改訂版)

The Pornographer 1979 翻訳『ポルノグラファー』(豊田淳訳、国書刊行会、二〇一一)。

Amongst Women 1990 本書。アイリッシュ・タイムズ賞、ギネス文学賞(審査委員長はジョン・アップダイク)受賞、ブッカー賞候補。一九九八年BBC北アイルランドとアイルランドRTÉの共同製作により四回完結のテレビドラマ化。監督トム・カーンズ、主演トニー・ドイル。DVDは日本でも入手可能。

That They May Face the Rising Sun(アメリカ版は*By the Lake*) 2002 翻訳『湖畔』(東川正彦訳、国書刊行会、二〇一〇)。

短篇小説集

Nightlines　1970　十二篇収録。このうちMy Love, My Umbrellaが柴田元幸訳で『月刊カドカワ』一九九六年六月号に、また同氏編の翻訳アンソロジー『僕の恋、僕の傘』（角川書店、一九九九）の表題作として収録。ここでは作者名がマッギャハンと表記。

Getting Through　1978　十篇収録。

High Ground　1985　十篇収録。

The Collected Stories　1992　三十四篇収録。三冊の短篇集の作品三十二篇（その多くが改稿されている）に、二つの新しい短篇を加えたもの。またここから十五篇が『男の事情 女の事情』（奥原宇・清水重夫・戸田勉編、国書刊行会、二〇〇四）として翻訳。

Creatures of the Earth　2006　二十九篇収録。*The Collected Stories*から二十七篇（後に長篇や回想録の一部になったものなどが削除されているが、残りの作品に改稿はない）を選び、更に新作二篇と序文を加えたもの。没後出版だが、マクガハン自身が生前作品の選定をし、序文も書いている。

戯曲

The Power of Darkness　1991　トルストイの同題中篇からインスパイアされたものだが、完全にオリジナルの作品となっている。ダブリンのアビー・シアターで上演。演出ギャリー・ハインズ、出演はショーン・マッキンリー、バーナデット・ショート他。

回想録

Memoir（アメリカ版は *All Will Be Well*）　2005　自伝的長篇。『女たちのなかで』や『湖畔』の舞台となっているリートリム地方についての美しい描写が数多く見られる。翻訳『小道をぬけて』（東川正彦訳、国書刊行会、二〇〇七）。

随筆評論集

The Love of the World　2009　小説以外の全散文を未発表の文章を含めて収録。

翻訳

The Manila Rope　1967　フィンランドの作家ヴェイヨ・メリの小説 *Manillaköysi* を当時のパートナー、アンニッキ・ラークシと共訳。

ほとんどの作品が Faber and Faber, Penguin Books（英）, Knopf, Vintage（米）などの版で現在も入手可能である。

ジョン・マクガハン　John McGahern

一九三四年アイルランドのダブリンに、警察官の父と小学校教諭の母との間に生まれる。大学を卒業後、小学校教員となる。一九六三年 *The Barracks* で作家としてデビュー。一九六五年の第二作『青い夕闇』（*The Dark*）が発禁処分を受け、教員の職を失い、ロンドンに出て、臨時教員や建築現場の労働者として働く。スペイン、アメリカなどを転々としたすえ、一九七〇年にアイルランドに帰国、再び小説の執筆を始める。一九九〇年の『女たちのなかで』（*Amongst Women*、本書）でアイリッシュ・タイムズ賞などを受賞、またイギリスのブッカー賞の候補作にもなった。現代アイルランドを代表する作家の一人である。二〇〇六年三月没。

東川正彦　ひがしかわ　まさひこ

一九四六年東京都生まれ。早稲田大学卒業。小説に、「虹」（『群像』一九七〇年）、翻訳にジョン・マクガハンの『青い夕闇』『小道をぬけて』『湖畔』（いずれも国書刊行会）などがある。

女《おんな》たちのなかで

二〇一五年九月十六日初版第一刷印刷
二〇一五年九月二十一日初版第一刷発行

著者　ジョン・マクガハン
訳者　東川正彦
発行者　佐藤今朝夫
発行所　株式会社国書刊行会
東京都板橋区志村一―十三―十五　〒一七四―〇〇五六
電話〇三―五九七〇―七四二一
ファクシミリ〇三―五九七〇―七四二七
URL : http://www.kokusho.co.jp
E-mail : sales@kokusho.co.jp
装訂者　長井究衡
印刷・製本所　三松堂株式会社
ISBN978-4-336-05947-5 C0097

ウィリアム・トレヴァー・コレクション

恋と夏

ウィリアム・トレヴァー／谷垣暁美訳
四六判／二九八頁／二二〇〇円

孤児の娘エリーは、事故で妻子を失った男の農場で働き始め、恋愛をひとつも知らないまま彼の妻となる。そして、ある夏、一人の青年と出会い、恋に落ちる——名匠トレヴァーによる極上のラブ・ストーリー。

若者の住めない国

ジュリア・オフェイロン／荒木孝子・高瀬久美子訳
四六判／四一六頁／二八〇〇円

長いイギリス支配から独立しようとしているアイルランド。年老いたジュディスは死者の記憶に悩まされる。入り組んだ複雑な歴史のなか、時間と空間を越え語られるオマリー家とクランシー家の四世代の物語。

サマーブロンド

エイドリアン・トミネ／長澤あかね訳
B4判変型／一三六頁／一九〇〇円

R・カーヴァーのペシミズム、M・ジュライの孤独感を併せ持つアメリカン・グラフィック・ノヴェルの旗手による傑作短篇集。〈自分の中で何かが決定的に変わる瞬間〉の訪れを待つ人々を描く四つの青春小説。

棗と石榴

尉天驄／葉蓁蓁・伊藤龍平訳
四六判／三〇四頁／二二〇〇円

時代のうねりに翻弄される中国の庶民の姿を、温かなユーモアと、冷徹な現実の厳しさを交えながら、ノスタルジックな筆遣いの中に描き出した、現代台湾文学のオピニオン・リーダーによる作品集。

税別価格。価格は改定することがあります。

動きの悪魔

ステファン・グラビンスキ／芝田文乃訳

四六判／三二四頁／二四〇〇円

「ポーランドのポー」「ポーランドのラヴクラフト」の異名をとる、ポーランド随一の恐怖小説作家が描く、幻視と奇想に満ちた鉄道怪談集。鋼鉄の蒸気機関車が有機的生命を得て疾駆する、本邦初訳十四の短篇小説。

スウェーデンの騎士

レオ・ペルッツ／垂野創一郎訳

四六判変型／二七二頁／二四〇〇円

軍を脱走し北方戦争を戦うスウェーデン王の許へ急ぐ青年貴族と、逃走中の市場泥坊——対照的な二人の人生は不思議な運命によって交錯し、数奇な物語を紡ぎ始める。波瀾万丈のピカレスク伝奇ロマン。

剣闘士に薔薇を

ダニーラ・コマストリ＝モンタナーリ／天野泰明訳

四六判／三六二頁／二六〇〇円

紀元四五年のローマ。満員の観衆が見守るなか無敵の剣闘士ケリドンが闘技場で謎の死をとげる。貴賓席でこれを見ていたアウレリウスは、翌日、皇帝からその死の真相をつきとめるよう依頼されるが……

教皇ヒュアキントス　ヴァーノン・リー幻想小説集

ヴァーノン・リー／中野善夫訳

A5判／五〇四頁／四六〇〇円

伝説的な幻の女性作家、本邦初の決定版作品集。女神、聖人、ギリシャ、ラテン、亡霊、宿命の女、カストラート……彼方へと誘う魅惑の十四篇。いにしえへのノスタルジアを醸す甘美なる蠱惑的幻想小説集。

税別価格。価格は改定することがあります。